A INCRÍVEL HISTÓRIA DO HOMEM QUE PEDALOU DA ÍNDIA À EUROPA POR AMOR

PER J ANDERSSON

A INCRÍVEL HISTÓRIA DO HOMEM QUE PEDALOU DA ÍNDIA À EUROPA POR AMOR

PER J ANDERSSON

A INCRÍVEL HISTÓRIA DO HOMEM QUE PEDALOU DA ÍNDIA À EUROPA POR AMOR

TRADUÇÃO

CAMILA ARAÚJO

LETRAMENTO

Publicado pela primeira vez por Bokforlaget Forum, Estocolmo, Suécia

Publicado na língua portuguesa por acordo entre Bonnier Rights, Estocolmo, Suécia e Vikings do Brasil Agência Literária e de Tradução Ltda., São Paulo, Brasil.

Diretor Editorial | **Gustavo Abreu**

Diretor Administrativo | **Júnior Gaudereto**

Diretor Financeiro | **Cláudio Macedo**

Editor | **Henderson Fürst**

Logística | **Vinícius Santiago**

Tradução | **Camila Araújo**

Preparação | **Lorena Camilo**

Ilustrações da Capa | **Sarah Guedes**

Diagramação da Capa | **Luís Otávio**

Projeto Gráfico e Diagramação | **Luís Otávio**

Referência para citação

ANDERSSON, PER. J. A Incrível história do homem que pedalou da Índia à Europa por amor. Belo Horizonte (MG): Letramento, 2017.

Dados Internacionais de Catalogação na Publicação (CIP)
Bibliotecária Juliana Farias Motta CRB7- 5880

A552i Andersson, Per. J.

A incrível história do homem que pedalou da Índia à Europa por amor / Per. J Andersson ; Tradutor Camila Araújo. -- Belo Horizonte(MG): Letramento, 2017.

304 p. ilustrado.fotos.; 23 cm.

ISBN: 978-85-9530-050-7

Título original : The amazing story of man who
cycled from Índia to Europe for love

1. Ìndia – Descrição e viagens. I. Araújo, Camila. II. Título

CDD 915.4

Belo Horizonte - MG
Rua Magnólia, 1086
Bairro Caiçara
CEP 30770-020
Fone 31 3327-5771
contato@editoraletramento.com.br
grupoeditorialletramento.com.br
casadodireito.com

Grupo Editorial LETRAMENTO

SUMÁRIO

A PROFECIA

Desde o dia em que nasci, em uma aldeia na selva indiana, minha vida foi guiada por uma profecia.

Era inverno, e estava quase na hora da celebração de ano novo, que permaneceu uma tradição mesmo após o britânico que a apresentou a nosso país ter ido embora há dois anos. Raramente chovia em dezembro, mas naquele ano a monção vinda do Nordeste se demorou na costa de Orissa. Eventualmente a chuva diminuiu, mas os montes arborizados de cada lado do rio permaneciam escondidos nas nuvens escuras que mantinham a paisagem numa penumbra, mesmo sendo dia.

De repente, o sol cortou a escuridão.

E lá estava eu, deitado em um cesto dentro de uma das cabanas da aldeia, destinado a ser o protagonista de nossa história mesmo que ainda não tivesse um nome. Minha família se aproximou, me admirando, recém-chegado ao mundo. O astrólogo da aldeia também estava presente, proclamando que eu havia nascido sob o signo de Capricórnio, assim como o profeta cristão.

"Olhem!", gritou um de meus irmãos.

"O quê?"

"Ali, acima do bebê!"

Todos olharam para cima e viram um arco-íris que havia se formado no raio de luz que entrava pela pequena janela.

O astrólogo sabia o que aquilo significava.

"Ele trabalhará com cores quando crescer."

Não demorou muito para os rumores se espalharem pela aldeia. "Uma criança arco-íris", disse alguém. "Uma grande alma, um Mahatma*, nasceu", disse outro.*

Quando eu tinha apenas uma semana uma naja entrou na cabana onde eu dormia, alheio ao perigo iminente. Ela se posicionou acima do meu berço e expandiu seu capuz. Minha mãe viu e assumiu que o animal já havia me mordido. Ela correu até mim enquanto a cobra se rastejou para fora. Mas eu estava bem, de fato, estava lá deitado quieto, meus olhos escuros encarando o vazio. Um milagre!

O encantador de cobras da aldeia disse aos meus pais que a cobra havia expandido seu capuz para me proteger das gotas de chuva que escorriam pelo teto diretamente em cima do meu berço. A chuva havia molhado nosso telhado por alguns dias e agora o teto estava vazando. Najas são consideradas divinas e esse era um sinal do divino. O astrólogo concordou enquanto o encantador de cobras falava.

Sim, de fato, eu não era qualquer bebê.

O astrólogo voltou para ler minha sorte. Ele pegou um graveto afiado e riscou meu futuro em uma folha de palmeira. "Ele casará com uma garota de longe, muito longe, de fora da aldeia, do distrito, da província, do estado e até do país", começou.

"Você não precisa sair em busca dela, ela virá até você", ele sussurrou para mim, me olhando nos olhos.

A princípio, meu pai não conseguiu entender o resto das palavras. O astrólogo segurou uma lamparina embaixo de uma vela besuntada em manteiga e deixou a fuligem que se formou cair nos sucos riscados na folha porosa. O texto apareceu diante de meus pais. Ele não precisou ler em voz alta, meu pai pôde ver o escrito em oriá por si próprio e o leu para minha mãe: "Sua futura esposa será agradável, possuirá uma selva e nascerá sob o signo de Touro".

Tenho vivido com a profecia na folha de palmeira e as histórias do arco-íris e da cobra desde que aprendi a entender o que os adultos estavam dizendo. Todos estavam certos de que meu futuro estava traçado.

Eu não fui o único a ter meu futuro traçado. O destino de todas as crianças estava escrito nas estrelas no momento em que elas nasciam. Isso era o que meus pais acreditavam, e eu também, enquanto crescia.

E de algumas maneiras, ainda acredito.

Seu nome completo é Jagat Ananda Pradyumna Kumar Mahanandia. Um nome alegre. Jagat Ananda significa felicidade universal, e Mahanandia significa otimismo. Mas esse não é seu nome completo, essa é apenas a versão encurtada. Incluindo todos os títulos passados de seus avós, tribo e casta, chega a 373 letras.

Mas quem consegue acompanhar 373 letras? Seus amigos, como alternativa, escolheram duas. P (de Pradyumna) e K (de Kumar). PK.

A família de PK nunca usava nenhum de seus nomes de batismo quando chamavam o garotinho enquanto ele corria pela aldeia ou escalava até o alto das mangueiras. Seu pai usava *Poa*, que significava garotinho, seus avós paternos sempre diziam *Nati*, neto, e sua mãe escolheu *Suna Poa*, garoto dourado, pois sua pele era um tom mais claro do que a de seus irmãos.

Suas primeiras memórias da aldeia perto do rio na beira da selva eram de quando ele havia completado três anos. Ou talvez tivesse quatro. Ou ainda apenas dois. Idade não era tão importante. Ninguém ligava para aniversários. Se você perguntasse aos aldeões suas idades, as respostas deles variavam e nunca eram precisas. Por volta de dez, quarenta e poucos, quase setenta, ou simplesmente jovem, meia idade, muito velho.

Qualquer que fosse sua idade, PK lembrava de estar dentro de uma casa com paredes grossas feitas de barro e um teto de grama amarelada. A imagem entra em foco. Campos de milho, com seus cumes empoeirados sussurrando na brisa da tarde e aglomerados de árvores com suas folhas gordas acesas com flores no inverno e pesadas com frutos suculentos na primavera. Um córrego passava pela aldeia até um largo rio, onde atrás havia uma parede sólida de folhagem e galhos se erguiam do chão. Era o início da selva, de onde vinha um ocasional trombetear de um elefante ou o rugido de um leopardo ou um tigre. Rastros de animais selvagens podiam constantemente serem percebidos na lama, junto com pilhas de dejetos de elefantes ou a marca da pata de um tigre, acompanhada pelo zumbir de insetos e o cantar dos pássaros.

O horizonte de PK era à beira da selva, mas seu universo se estendia além e mata adentro. A aldeia e a selva. Não havia mais nada. A floresta era interminável, misteriosa, secreta, mas também familiar e segura. Era uma aventura e ainda assim também uma certeza, um conforto. A cidade era algum lugar sobre o qual ele tinha ouvido, mas nunca visto por si próprio.

Ele vivia na cabana com sua mãe, pai e dois irmãos mais velhos. E os pais de seus pais, claro. Era assim que a maioria das famílias vivia; a tradição dizia que o filho mais velho ficava com seus pais, mesmo depois de casado e com sua própria família. Shridhar, pai de PK, se ateve as tradições.

PK não ia a seu pai com frequência. Ele trabalhava como chefe dos correios em Athmallik, a cidade mais próxima, que possuía mercados, lojas de chá, uma delegacia e uma prisão. Como a jornada de vinte quilômetros era muito longe para ele pedalar todo dia, seu pai possuía um quarto com cama nos correios, onde ele dormia durante a semana. Todo sábado ele fazia a jornada para casa com os dois irmãos mais velhos de PK, que moravam no internato da cidade.

PK se sentia filho único. Durante a semana sua mãe devotava toda sua atenção a ele. Na maioria dos dias era apenas eles dois e seus avós em casa, que se localizava na aldeia, na beira da floresta.

A luz do sol inundava a aldeia, invadindo o espesso dossel que frequentemente mantinha o chão da floresta em eventual escuridão. A maioria das casas era construída no mesmo estilo: cabanas redondas ou retangulares, feitas de barro seco marrom, tetos de folhas de palmeiras grisalhas e cercas de bambu para as vacas e cabras. Ao lado delas, pedaços de vegetação foram arrancados do solo e pilhas de feno estavam lá para serem usadas como alimento. Havia algumas casas de tijolos espalhadas pela aldeia, construída para os intocáveis pelos britânicos em um ato de misericórdia. Mas as chuvas de monção haviam destruído essas casas antes mesmo que alguém pudesse se mudar e agora elas permaneciam vazias, seus tetos caídos. Fora isso, o mundo de PK continha apenas uma escola primária e outro prédio aonde as reuniões de conselho da aldeia ocorriam.

A mãe de PK costumava dizer que eles viviam na maior floresta da Índia e que Kondpoda era sua aldeia mais antiga. Era o lar, ela dizia, dos vivos e dos mortos. As margens arenosas do rio eram usadas como local para cremação, onde as almas dos que partiram se reuniam à noite para cantar e dançar. Um redemoinho no rio havia tirado a vida de duas mulheres recentemente, ambas recém-casadas e grávidas. Ela havia visto seus corpos deitados na praia, suas testas enfeitadas com pontos vermelhos ofuscantes, símbolos brilhantes de suas vidas puras e imaculadas. Seus olhos estavam arregalados, como que à procura de algo, suas bocas abertas como se tivesse gritado por socorro em seus momentos finais. Na realidade, ela disse a ele, era porque era assim que suas almas haviam deixados seus corpos; apenas esqueceram de fechar a porta quando saíram.

À noite, sua mãe deitava ao seu lado na esteira de palha, sussurrando histórias de almas, deuses, deusas e magia negra. Ela balançava suas joias para criar efeitos sonoros macabros. PK tremia e prendia a respiração, seu coração acelerado. Ele escutava enquanto os fantasmas se aproximavam na escuridão, ofegante, arfando. Mas então vinha o calor do corpo de sua mãe. Ela sentia que o havia assustado e o puxava para perto. Ele havia passado da felicidade da tarde, brincando na floresta, para o horror da hora de dormir no vale da morte até a segurança do abraço de sua mãe. Confortado por aquele sentimento, ele adormeceu.

Sua mãe não tinha medo da morte. Ela acreditava que a melhor forma de manter espíritos maliciosos à distância era mostrando confiança, o que ela acreditava possuir. Apenas se auto duvidar lhe colocaria ao alcance da morte.

"Enquanto você for corajoso, ninguém poderá lhe machucar, nem mesmo os mortos", ela dizia.

Antes de PK começar a estudar ele não fazia ideia do que era uma "casta". Ninguém o disse que as pessoas eram divididas em quatro *varnas* principais, e então em milhares de subcastas dentro delas. Ele nunca ouvira sobre os versos *Rigveda* antigos, com milhares de anos, nos quais as quatro castas eram descritas. Ele nada sabia sobre o ser mítico e primitivo Purusha, que era dividido em quatro. Ele não sabia que os brâmanes, os padres, vinham da boca de Purusha. Que os Kshatriya, os guerreiros, vinham de seus braços; os Vaishya, os negociantes, artesãos e fazendeiros, de suas coxas, e os Shudras, os trabalhadores e criados, de seus pés.

Também não ouvira sobre os Indo-Aryans, que vieram cavalgando das planícies da Ásia Central há 3.500 anos e haviam ensinado os povos das florestas do subcontinente indiano a plantar antes deles mesmos se tornarem padres, soldados e administradores, assumindo suas posições nas castas superiores. Ninguém o contou que os povos indígenas da floresta, de pele mais escura, acabaram sendo designados aos grupos mais baixos, para trabalharem como fazendeiros, artesãos e criados, como a família do pai de PK, ou então a viver como caçadores, entre as árvores, sendo conhecidos como tribais, como seus parentes por parte de mãe.

Quando atingiu a vida adulta, PK havia chegado à conclusão de que o sistema de castas não era muito diferente dos sistemas feudais e outros sistemas de classe da Europa.

"Não é tão difícil", ele dizia quando os ocidentais diziam que não compreendiam as divisões indianas.

"Ok, talvez seja um pouco mais complicado", ele às vezes admitia.

E então ele explicava que os indianos nasciam em um dos *jati* – que significa nascimento – um grupo cuja categorização funcionava quase como o sistema social Europeu. Jati eram os subgrupos das quatro varnas, a palavra em sânscrito para cor. Estas eram as quatro castas principais como dito nos textos antigos do hinduísmo.

"Então existem apenas quatro varnas, mas milhões de *jatis*", PK adicionava.

"Milhões de *jatis*! Como diabos vocês conseguem acompanhar todas elas?", os ocidentais perguntavam. E quando PK respondiam que não conseguiam, nenhum indiano poderia, seus amigos desistiam e a conversa seguia para outro tópico.

A não ser que pressionado, PK preferia não contar aos seus amigos que sua própria família não pertencia a nenhuma das quatro varnas e, ao invés disso não fazia parte de uma casta, que eram intocáveis. Historicamente, a designação "intocável" surgiu porque as pessoas tinham como ocupação tarefas consideradas sujas e profanas. Não era exatamente algo do qual ele se orgulhava. E ainda assim, se ele não fosse um intocável, sua vida teria sido completamente diferente.

O Pai da nação, Mahatma Gandhi, quis elevar o *status* dos intocáveis e assim chamá-los de *Harijan*, ou "filhos de Deus". PK achava que soava bonito, mas na verdade essa palavra descrevia alguém que não tinha um pai adequado. PK suponha que Gandhi queria dar a eles um nome agradável, o nome para melhorar sua situação na vida. Mas de alguma forma o rótulo ainda continuava ofensivo, uma rejeição da legitimidade de seu próprio sangue, e um rótulo que PK desdenharia quando adulto. Depois que os britânicos partiram, as autoridades indianas oficialmente classificaram os intocáveis como "Castas Programadas", dando a eles passagens de trem mais baratas e cotas para facilitar sua entrada na universidade e serem eleitos para cargos públicos. Esses gestos bem-intencionados de benevolência foram supostamente desenvolvidos para melhorar sua baixa posição na vida.

Leis antidiscriminação foram redigidas para combater injustiças, mas leis são inúteis se não forem aplicadas. Antigos preconceitos estão enraizados nas mentes das pessoas como camadas de escudo rochoso.

PK desde então percebeu que a mudança tem de vir de dentro – do coração.

Em um país a muitos quilômetros de distância, Lotta ansiava por visitar a Índia desde que tinha doze anos. Ela ainda lembra daquele primeiro gostinho do oriente, mesmo agora, enquanto sua turma assistia um filme sobre o Ganges. Ela assistiu o sol surgir acima do rio, acompanhado pelo zumbido do projetor. Ela consegue relembrar perfeitamente o tinido da citara emergindo das caixas de som, o soar dos sinos do templo e o barulho da água enquanto os peregrinos desciam os degraus na água até ela ficar pelas suas cinturas.

Esse filme preto e branco fora sua primeira apresentação a Índia. Afetou-lhe mais do que qualquer outra coisa que ela tenha sido ensinada na escola. Pediram que eles escrevessem redações sobre o filme; a dela foi longa e sentimental.

"Irei lá um dia", Lotta disse a si mesma.

Ela queria se tornar uma arqueóloga. Ela amava cavar o solo, procurando por coisas. Ela sonhava com descobertas sensacionais, desmaranhar o bagunçado fio da história em pedaços organizados. Ela optou por fazer um imenso desenho das pirâmides na aula e ler sobre o egiptologista Howard Carter e sua descoberta da tumba de Tutancâmon. A maldição dos faraós a fascinava, a excitação crescente em seu estômago enquanto lia sobre as mortes misteriosas de vinte pessoas de sua equipe. Lotta queria passar sua vida desvendando enigmas como esse.

Durante sua adolescência seu fascínio com o espaço começou a tomar conta. Ela pegava livros sobre óvnis emprestados da biblioteca e viajava para Gotemburgo para ouvir palestras sobre vida em outros planetas. Ela fez assinatura de uma revista especializada e lia cada edição com imenso prazer, convencida de que não havia a possibilidade dos humanos estarem sozinhos no universo.

Mais do que tudo, ela estava interessada em uma vida diferente da que vivia. Ela costumava fantasiar sobre ter nascido no século XVI e viver com sua família em uma cabana no bosque. Sem luxos modernos e aparelhos extravagantes. Tudo sem enfeites, simples, próximo da natureza.

A única pessoa que entendia o pequeno PK era sua mãe. Seu nome era Kalabati. Ela tinha tatuagens azul escuras em seu rosto, um coração dourado em seu nariz e luas em suas orelhas. Tudo o que restava dela agora era um castiçal cerimonial de cobre em forma de elefante. Era seu castiçal favorito. PK pensa nela sempre que olha para ele, em cima da lareira na casa amarela no bosque.

Era Kalabati quem pintava as tradicionais figuras mágicas nas paredes das casas da aldeia antes de cada grande festival. Ela tinha um olhar artístico e era boa com um pincel. Suas habilidades tinham demanda entre todas as castas, incluindo a casta superior dos brâmanes. Quando os dias sagrados se aproximavam, ela acordava cedo, lavava as paredes de barro da casa da família com esterco de vaca e começava a decorá-las. Uma vez que ela terminava sua própria casa, ela passava para as casas dos vizinhos. No dia anterior ao início das festividades, ela trabalhava do amanhecer ao anoitecer, pintando figuras com galhos espinhosos, junto com vinhas e flores com folhas delicadas. Ela mesmo fazia o pigmento branco com farinha de arroz e água. Quando terminava, as casas da aldeia brilhavam nos primeiros raios amarelos da luz da manhã. Essas eram as grandes obras de arte de Kalabati.

PK observava sua mãe pintar e se perguntava porque ela nunca trabalhou com papel.

Kalabati nasceu na tribo Khutia Kondh.

"Pessoas de tribo comuns, como nós, são descendentes das pessoas de pele escura da floresta que viviam nessa terra desde que nos damos por gente ou que chegaram aqui pelo menos uns milhares de anos antes das pessoas das planícies se mudarem e cortarem as árvores e começarem a plantar trigo e arroz", ela contou a PK. "Guerra e doenças os seguiram, foram as pessoas das planícies que nos dividiram entre merecedores e sem valor. Antes dos Hindus chegarem, nós não fazíamos distinção entre as pessoas. Ninguém na floresta era superior a ninguém.

Ma era a única pessoa que parecia real para PK; o restante de sua família parecia desconhecidos. Um sentimento estranho se instalava em seu estômago quando seu pai e dois irmãos mais velhos retornavam para a aldeia no final de semana. Eles somente passavam os domingos em casa. Todo sábado à tarde seu pai encostava sua bicicleta na parede e se aproximava para pegá-lo, mas PK tinha medo dele e sempre chorava.

"Não chore – olhe, seu pai trouxe doces pra você", Kalabati dizia.

Ele se calava, fungava, e então pegava um dos crocantes e açucarados *burfi*, úmidos *gulab jamun* ou suculentos caramelos ingleses da mão de seu pai antes de subir no colo de sua mãe.

Toda manhã Kalabati banhava PK no riacho de Kondpoda. Eles iam para a beira da água, onde a fragrância das flores silvestres se misturava com as pilhas de esterco de vaca que haviam sido deixadas para secar. Sua mãe o avisava para não nadar muito adentro. Ela esfregava suas costas com um pedaço de seu sari e passava nele óleo de coco, para que ele brilhasse ao sol. Ele escalava em uma pedra lisa, polida pela água corrente e mergulhava no rio, antes de escalar novamente. Ele poderia continuar assim para sempre. Ele nunca ficava com frio ou doente, pois estava protegido por uma camada de óleo tão grossa que a água deslizava de sua pele em gotas, o mantendo aquecido até que o sol subisse alto no céu.

No início de cada verão os rios estavam praticamente secos, esperando pelas chuvas de monção. A nova represa de Hirakud, construída a alguns dias de canoa rio acima, havia privado o rio Mahanadi de suas correntezas mais ferozes. Em junho, apenas o menor fio d'água permanência no centro do canal. Essa falta de água havia se tornado uma praga para a aldeia. Seria uma coisa se eles tivessem recebido eletricidade em troca, mas a energia produzida na usina era direcionada para outro local. Quando o crepúsculo chegava, eles recorriam as fogueiras e as chamas das lamparinas a óleo. Kalabati e as outras mulheres da aldeia começaram a cavar poços artesanais nos largos bancos de areia, buracos que se estendiam por metros, dos quais a água que passava pelas laterais era coletada e levada até as casas em baldes de lata amassado. Um balde equilibrado na cabeça e mais um em cada mão.

De acordo com os padres, os intocáveis tornavam sujo tudo o que era puro e sagrado: eles jogavam pedras em PK sempre que ele se aproximava do templo. No ano antes de começar a escola, PK resolveu ter sua vingança. Quando os rituais começaram e os padres apareceram carregando potes de argila cheios de água, ele pegou seu estilingue, procurou por pedras ao redor, carregou e atirou. Splash! Splash! Splash! A água começou a vazar pelas rachaduras dos potes. Os padres o viram e o perseguiram pela aldeia.

"Nós vamos te matar!", eles gritaram.

Ele se escondeu em um monte de cactos, os espinhos entrando em sua carne. Sangrando, ele mancou para casa até sua mãe. "Até as plantas querem me machucar", ele pensou.

Ma alisou suas costas e sussurrou suavemente que tudo estava bem, mesmo que ela soubesse que para intocáveis e pessoas de tribos como eles, o mundo era em sua maioria vingativo e injusto. Ele não sabia porque os brâmanes o detestavam tanto, nem porque eles o mantinham fora do templo. Ele não tinha explicações para as pedras que lhe eram atiradas. Tudo o que ele sabia era que elas doíam.

Sua mãe se segurou para não lhe contar a verdade e ao invés disso desenhou para eles as figuras mais bonitas com suas palavras.

Quando as crianças das castas superiores tocavam PK por acidente, elas corriam e se lavavam no rio.

"Por que elas fazem isso?", ele perguntou.

"Porque elas estão sujas", sua mãe respondeu. "Eles precisam de um banho! Argh, tão fedidos e sujos!", ela repetiu até ele parar de tomar as atitudes dela como um reflexo de seu valor.

Kalabati nunca foi à escola, e então não podia ler ou escrever. Mas mesmo assim sabia muito sobre o mundo. Como fazer pigmentos, por exemplo, pintar padrões detalhados e misturar folhas, sementes e raízes para fazer remédios naturais.

Sua vida era moldada pela rotina. As tarefas eram sempre realizadas nos mesmo horários todos os dias. Ela levantava antes do sol, seu alarme eram os galos cantando, e a posição do sol da manhã era seu relógio. PK ficava deitado na sua esteira de palha e escutava ela esfregar o chão, varanda e quintal com uma mistura de água e esterco de vaca. Ele achava estranho que ela usasse esterco para limpar, até que ela explicou que era muito mais eficaz do que muitos pós químicos clareadores que pudesse ser comprado na loja da aldeia.

Após limpar a casa, Kalabati fertilizava a plantação de milho da família e se banhava no rio. Ela retornava e ficava com seu sari azul escuro na varanda recém varrida. Seu cabelo enrolado molhado brilhava na luz do sol enquanto ela vagarosamente espremia a água dele com um pano de algodão.

Ela cantava suavemente enquanto aguava as cheirosas folhas verde-arroxeadas do arbusto de manjericão sagrado. Então, ela ia para a cozinha e mergulhava seu dedo indicador em um pote de argila com pó de cinabre vermelho e o pressionava no meio de sua testa. Ela se olhava em um espelho trincado que pendia de um gancho acima do fogão. Aproximando-se dele, ela pintava linhas pretas grossas ao redor de seus olhos com carvão caseiro, uma mistura de fuligem e ghee.

E então era a vez de PK levantar. Ele enrolava seu tapete de palha e recebia um ponto de carvão no meio de sua testa para protegê-lo do mal. Isso se seguia de um pouco de ghee, que logo derretia ao sol e escorria pelo seu rosto. A manteiga era uma forma de Kalabati dizer ao restante da aldeia que eles não eram tão pobres quanto aparentavam.

"Nem todos podem comprar manteiga e leite", ela o disse, "mas nós podemos".

"Olhem! A família Mahanandia deixa a manteiga escorrer pelo rosto de seus filhos!" Pelo menos era isso que Kalabati esperava que eles pensassem.

Seu corpo limpo, cabelo penteado, carvão e manteiga espalhados em sua testa, PK estava pronto para o novo dia.

Os ancestrais de sua mãe, os tribais, haviam caçado por entre as árvores e cultivado as clareiras por milhares de anos. Atualmente, a maioria dos parentes de Kalabati trabalhavam fazendo tijolos à beira do rio. Eles coletavam lama do fundo do rio, modelavam e queimavam. O tio de PK, no entanto, se atinha aos modos antigos e vivia com seu estilingue, caçando na floresta. PK recebeu uma pena de pavão dele, a qual ele amarrou em uma linha e amarrava em sua cabeça enquanto brincava se esgueirando pela floresta, fazendo de conta que ele também estava caçando.

Kalabati secretamente desejava uma filha, então deixara o cabelo de PK crescer e o ajudava a amarrá-lo em tranças. PK tinha orgulho delas e gostava de amarrar pedras em suas pontas. "Olhem como meu cabelo é forte!", ele esbravejava para as outras crianças, balançando as pedras em suas tranças.

Os outros garotos, que tinham os cabelos curtos, ficavam impressionados. Eles nunca haviam visto algo assim.

Ele geralmente brincava despido, a não ser por munhequeiras e um cinto de conchas brancas. Todas as crianças de Khutia Kondh andavam assim. Os Hindus achavam os tribais estranhos; seus filhos andavam cobertos.

Kalabati venerava o sol e o céu, macacos e vacas, pavões, serpentes e elefantes. Ela venerava o de licor do arbusto de tulsi, assim como a figueira sagrada e a árvore nim, cuja seiva antibacteriana era usada para limpar os dentes. Para ela, o divino não possuía um nome, mas estava presente em tudo que os rodeava. Várias vezes por semana ela ia até um bosque onde as árvores cresciam tão próximas que formavam paredes em todos os lados. Dentro do templo sagrado tomado pela natureza, ela coletava pedras e grama fresca, derramava um pouco de manteiga e salpicava pó de cinabre vermelho por cima. Ali, ela rezava por todas as coisas vivas na floresta, mas principalmente pelas árvores, que, juntamente com o sol, eram o mais sagrado de tudo.

Assim como outras tribos das florestas do leste da Índia, a Khutia Kondh nunca havia se dividido em castas, nem fez qualquer distinção entre chefes e súditos. Todos tinham o mesmo direito de venerar os deuses e se comunicar com o divino. Mas então algo aconteceu. Kalabati contou a PK como as pessoas ao norte das planícies do Oeste vieram, e como eles começaram a cultivar os vales e as margens dos rios. Eles tratavam as pessoas da floresta como primitivas e não civilizadas.

"Por fim, fomos forçados em seu sistema de castas", sua mãe disse tristemente.

As pessoas da floresta tentaram por vezes se rebelar. Os britânicos tiveram que mandar tropas para restaurar a ordem. Mas foi uma batalha desigual na qual o povo de PK foi completamente derrotado. Quando PK estava na casa dos vinte anos, ele leu que os soldados guerrilheiros de Maoist, chamados Naxalistas, haviam comprado a briga pelos direitos dos tribais uma vez. Gradualmente, o conflito aumentou e o exército indiano fizeram uso da força. Sangue foi derramado, o ódio tomou conta, e os jornais chamaram o conflito de guerra civil. PK não gostava desse desenrolar violento. Ele percebeu que muitos dos parentes de sua mãe sentiram que toda a esperança havia se perdido quando as empresas mineradoras começaram a explorar suas montanhas sagradas, árvores e arbustos atrás de minerais. No começo, ele também pensava que a única solução era revidar. Mas então o ódio de PK diminuiu. Nenhum homem valia tão pouco que merecesse morrer, nem mesmo um opressor ou um assassino. PK concordava com Mahatma Gandhi quando ele disse, "Olho por olho deixa o mundo inteiro cego".

Athmallik havia sido um dos 565 estados principescos durante os anos do Império Britânico, um país liliputiano de aproximadamente 40.000 habitantes. Não que tivesse sido um país "de verdade": o rei havia sido subordinado aos britânicos e foi forçado, como todos os outros, a abdicar quando o Império recuou em 1947 para dar lugar a um estado moderno e governantes eleitos democraticamente.

A fundação do reino de Athmallik foi encoberta de mistérios. A família real dizia serem os herdeiros de um clã governante tradicional de Jaipur, em Rajastão. Um dos filhos do rei, chamado Protap Deo, deixou seu palácio em ruínas em Jaipur com seus irmãos e viajou ao leste para conquistar Puri, a grande cidade templária às margens do golfo de Bengala. Mas o plano deles falhou e eles foram obrigados a fugir rio Mahanadi acima, por terra, em direção as florestas. Após alguns dias marchando rio acima, Protap Deo fundou seu reino, tomando uma coleção de aldeias localizadas em uma clareira. Ele matou o chefe indígena local e se instalou no trono.

As pessoas disseram que antes da chegada dos reis, quando os chefes tribais ainda governavam, o rei Jagannatha vivia em uma caverna escondida nas montanhas florestadas de Athmallik. O deus era representado por uma estátua de madeira sem membros e de olhos arregalados que era venerado pela tribo indígena Sabar. Mas um dia padres Hindus chegaram pelo rio em barcos e sequestraram Jagannatha, o instalando no templo principal de Puri, onde ele permanece desde então. O deus então foi levado ao Panteão Hindu para ser venerado por milhões de peregrinos de toda a Índia. Em Athmallik, acredita-se que Jagannatha foi adornado pelo o que na época seria o maior diamante do mundo, antes de ser conhecido como Koh-i-Noor e ter se juntado a coleção de joias da coroa da família real britânica através dos Mongóis, Persas e Siques.

Em 1827, um coronel britânico chamado Gilbert chegou e foi nomeado diretor da Agência da Fronteira Sudoeste em Athmallik. Ele descobriu que o rei estava em conflito com o reino vizinho, Boud, do outro lado do rio. O rei de Boud considerava o rei de Athmallik seu subordinado e exigia que ele pagasse tributos, mas pelos governantes de Athmallik não se considerarem um reino súdito, eles se recusavam a pagar. O coronel britânico percebeu que vez ou outra o rei de Boud fazia excursões a Athmallik e roubava gado e outros pertences de valor. Gilbert deve ter batido palmas de alegria. Uma disputa local! O local não poderia ser melhor para uma tomada de terras, perfeito para os britânicos e sua política de dividir e governar.

Quando PK era criança, o povo de Athmallik ainda falava sobre os dias de governo principesco. Aquela época era envolta por um brilho nostálgico. Os parentes de PK viviam bem durante aquela época, e seu avô paterno teve a grande honra de ser designado a tarefa de capturar elefantes selvagens para o rei e domá-los para servirem na corte. De acordo com o costume, os filhos e netos dos capturadores de elefantes eram tidos em grande estima pela família real.

Os reis de Athmallik não lutaram com os britânicos. Eles aderiram as exigências dos imperialistas por supremacia política e controle de comércio, e aceitaram com gratidão a oferta de proteção. Os britânicos recompensaram sua submissão em 1890, tornado o Rajá deles, Mahendra Deo Samant, um rei, ao título de Marajá, Grande Rei.

E ainda assim, apesar de seu privilégio durante o tempo dos príncipes, foi sob o comando dos britânicos que a família de PK realmente prosperou.

Quando o rei Bidhudendra morreu, em 1918, o herdeiro tinha apenas quatorze anos e era muito novo para ocupar o trono, então o Coronel Cobden-Ramsay assumiu temporariamente. Ramsay era conhecido por seus súditos como o Raja Branco, e ele governou o principado de Athmallik por sete anos. De acordo com o avô de PK, aqueles foram os melhores anos vividos na memória.

"Cobden-Ramsay não era racista como os outros ingleses", seu avô dizia. "Ele não se atinha a castas." Os britânicos, em contraste com muitos indianos, se importavam com o bem comum e não apenas em fazer fortuna.

"Você consegue nomear um Brâmane que tenha tratado a todos fora de sua própria casta com o mínimo de respeito ou dignidade?", seu avô perguntava. "Algum deles alguma vez fez algo para beneficiar as castas inferiores? Não, exatamente! Mas os britânicos fizeram, o tempo todo. Eles agiam em prol de todos e nunca discriminaram a nós, os intocáveis."

A família de PK gostava e respeitava os britânicos. Foi a primeira vez que eles haviam conhecido homens ricos e poderosos que não os viam como sujos ritualmente. Eles sabiam que a elite indiana odiava os britânicos. Mas o avô de PK costumava dizer que ele nunca havia conhecido um intocável ressentisse os mestres coloniais britânicos.

Mahatma Gandhi disse que os britânicos eram racistas. Isso pode ter sido verdade, mas o avô de PK acreditava que Gandhi nunca entendeu que o pior racismo que assolava a sociedade indiana era o tratamento da casta superior Hindu para com os intocáveis.

O avô, a avó e o pai de PK frequentaram a Escola Vernácula Victoria, em Kaintragarh, a capital do pequeno reino, onde aprenderam a ler e a escrever e até a falar um pouco de inglês.

"Antes dos britânicos chegarem, claro que não havia escolas para nós", vovô disse. "Mas então todos puderam ir à escola!", ele exclamou, quase triunfante. Os britânicos não faziam distinção entre a população local – castas superiores e inferiores tinham igual valor. "Não importava a qual casta pertencíamos. Ah, era tanta alegria poder aprender. Pela primeira vez, vimos que alguém fora de nosso grupo desejava o nosso bem."

Todo ano, durante as celebrações do aniversário da rainha Victória, o vovô tinha permissão para hastear a bandeira britânica na escola enquanto as outras crianças cantavam o hino nacional britânico. Muitos anos depois, os amigos europeus de PK achavam difícil entender como seus parentes podiam sentir alegria em realizar tal cerimônia enquanto seu pais foi colonizado, ocupado e subordinado a um poder estrangeiro. Mas Athmallik quase sempre foi governada por reis estrangeiros, ele explicou. Há centenas de anos, o rei Ashoka foi conquistado pelo imperador Kharavela, que foi sucedido pelo sultão de Bengala e então pelo o império Marata.

"Os britânicos foram apenas um em uma longa linha de governantes estrangeiros", disse PK. "Mas contanto que os reis estrangeiros não interferissem nas vidas das pessoas comuns, os locais não se importavam muito com quem estava no comando."

No entanto, o governo britânico mudou o poder da dinâmica dentro das aldeias pela primeira vez. Eles não entendiam o sistema de castas, pelo menos não da forma que os brâmanes queriam que eles entendessem. Os britânicos contratavam intocáveis para trabalhar nos correios, no serviço civil e nas ferrovias. E qualquer um que quisesse podia frequentar a Escola Vernácula Victoria.

"Não, os britânicos não têm nada do que se envergonhar", era a opinião de vovô.

Os reis de Athmallik não foram extravagantemente ricos. Não como os marajás de Rajastão no oeste da Índia, que viviam em enormes palácios e possuíam centenas de elefantes, exibiam troféus de caça em suas paredes e enchiam suas gavetas com diamantes. E certamente não era como o marajá que possuía 27 Rolls-Royces ou o marajá que casou sua filha com um príncipe em um casamento que o *The Guinness Book of Records* descreveu como o mais suntuoso do mundo. Ou como o marajá que organizou um casamento para dois de seus cachorros, vestindo 250 convidados caninos com roupas de brocado enfeitados com pedras preciosas para receberem o "noivo" montados em uma fila de elefantes decorados. Tal desregramento era desconhecido no minúsculo reino onde PK cresceu.

Quando PK nasceu, a maioria dos palácios dos marajás e prédios de escritórios já estavam abandonados e dilapidados. Videiras de Liana haviam começado a enroscar seus caules ao redor das paredes mofadas e dos tetos caídos. O filho do último governante marajá de Athmallik deixou o palácio quando a Índia se tornou independente, mas como dono de um negócio bem-sucedido, ele se mudou para uma mansão majestosa. PK e sua família eram sempre bem-vindos lá para uma conversa, uma xícara de chá ou para admirar as fotografias em sépia emolduradas dos britânicos vestidos com capacetes pith e príncipes indianos com turbantes. Realmente, PK era tão bem-vindo lá hoje quanto era quando criança.

Apesar de seus *status* como intocáveis, o pai, o avô e a vó de PK ainda pertenciam a fé Hindu. Seu pai realizava rituais Hindus em casa, mas nem todos os intocáveis faziam isso. PK suspeitava que as crenças de seu pai eram inspiradas pelos seus colegas de castas superiores dos correios. Shridhar montou um pequeno altar com fotos de Lakshmi, a deusa da prosperidade, Ganesha, o elefante protetor e uma estatueta de Vishnu, o criador do universo, rodeados por incenso e lamparinas. Todos os dias, envolto em perfumes adocicados e fumaça do fogo, seu pai rezava para os deuses por uma vida feliz para ele e sua família.

Contanto que não houvesse brâmanes por perto, os intocáveis podiam se aproximar do templo de Shiva. Mas nenhum intocável jamais ousou entrar nos cômodos mais ao fundo, onde as estátuas dos deuses descansavam. Tal impudência teria despertado nos brâmanes um ódio descomunal.

Um costume local dizia que machucar ou matar cobras trazia má sorte, então elas transformaram o templo da aldeia em sua casa. Os padres alimentavam as cobras todos os dias porque eles acreditavam que esse era o desejo de Shiva. PK gostava que os moradores cuidassem das cobras. Ele havia espiado o templo e visto uma naja em metal brilhando na escuridão, seu pescoço estendido enquanto protegia os deuses da mesma forma como a naja havia feito quando ele era um bebê. As cobras eram amigas da humanidade, PK tinha certeza disso.

O templo também era o local para onde você ia se fosse mordido por uma cobra, lá você deitava de barriga para baixo em frente à entrada e era dito para rezar para Shiva. Mais cedo ou mais tarde o Auspicioso responderia e curaria seus machucados. PK viu com seus próprios olhos quando sua tia sofreu um ataque particularmente violento. Como mandava o costume, ela foi ao templo, se deitou nos degraus e rezou. Então ela foi para casa e dormiu. Na manhã seguinte ela se levantou e anunciou que estava completamente curada. Foi um milagre pela mão do próprio Shiva, todos podiam ver.

Os poderes de Shiva não estavam limitados a mordidas de cobra. Uma das tias de PK foi casada por doze anos sem conceber uma criança. Ela foi ao templo, se deitou nos degraus para rezar, e lá ficou por quatro dias e quatro noites. Ela não comeu ou falou; sua devoção tomou toda a sua energia. Ela voltou para casa fraca e cansada e teve de ser levada até a mesa para que lhe dessem arroz. Nove meses depois ela deu à luz ao seu primeiro bebê.

Os deuses não se confinavam nos templos. Um aglomerado de cactos era o lar de Sati Devi, as Sete Deusas que tiveram sua origem nas crenças do povo da floresta, mas que desde então têm sido temidas pelos Hindus. As deusas possuíam grandes poderes, as pessoas diziam. Coisas ruins aconteciam se elas não fossem respeitadas.

Os padres realizavam cerimônias para satisfazer as deusas antes dos aldeões coletarem sementes para a colheita do ano seguinte.

Mas um homem não esperou que o ritual se completasse e logo foi acometido com dores e febre alta. Os músculos de suas pernas atrofiaram até ficarem finas como galhos. Ele nunca se recuperou. Pelo o resto de sua vida ele foi forçado a se arrastar com muletas. Isso era o que acontecia se você desafiasse as deusas.

Uma árvore velha cresceu na parte leste da aldeia, onde morcegos e pássaros noturnos viviam. E bruxas, disse a avó de PK. Toda noite, uma conferência de pássaros podia ser ouvida tagarelando na árvore, apenas para ser abafada pelo grasnido dos corvos, os falantes mais fervorosos de todos. Mas PK achava que esses barulhos eram na verdade os choros desesperados de pessoas que haviam sido amaldiçoadas pelas bruxas e condenadas a passar aquela vida em forma de ave.

Uma grande carroça de madeira geralmente ficava estacionada nos arredores da aldeia. Durantes as festividades de verão ela era usada para exibir os deuses preto, branco e amarelo: Jagannatha, Deus do Universo, e seu irmão Balarama e irmã Subhadra. Eles eram deuses do povo da floresta, que a família de sua mãe venerava desde os tempos antigos ainda que os Hindus houvessem os tomados para si. Jagannatha se tornou uma revelação de Vishnu, enquanto os budistas o viam como uma encarnação de Buda.

No outono, a temporada de festivais retornava. Era quando Durga, a esposa de Shiva, era honrada. Os padres sacrificavam cabras em um monte fora da aldeia, deixando o solo escuro com o sangue deles. Os brâmanes diziam que o sangue dava a Durga poder para lutar contra os demônios que ameaçavam a ordem divina.

"Os Hindus possuem tantos deuses", pensava PK. Ele nunca entendeu como todos eles se encaixavam. Mas ele sentia suas presenças e ignorava as contradições. Quando adulto, ele percebeu que sua e seu pai não tinham permissão para participar dos festivais por completo. Eles podiam seguir as procissões, mas eram proibidos de tocar as estátuas e as carroças onde os deuses viajavam. Eles podiam rezar, mas não próximos as castas superiores ou no templo. Eles podiam realizar os rituais, mas de preferência ao fundo, para que os brâmanes não os vissem. Se os padres tivessem liberdade para decidir, eles teriam feito os intocáveis ficarem em casa, longe de tudo que era puro e sagrado.

Uma grande parte do entretenimento indiano é focado no relacionamento entre mães e noras, o conflito central no coração da família indiana e, por isso, o assunto de muitas novelas e filmes bollywoodianos. Isso, talvez, não fosse mais do que natural quando várias gerações vivem juntas sob o mesmo teto. Homens podem ser os mestres das montanhas, mas as mulheres reinavam no lar. Até hoje, sogras mantêm um pulso firme no ambiente doméstico, enquanto as noras trazem hábitos herdados de suas próprias mães. Como o *chapati* devia ser amassado, o *dal* fervido, o milho colhido e as crianças educadas?

PK tinha apenas três anos e era muito novo para perceber o que estava acontecendo com sua família, mas seus irmãos mais velhos depois o contaram sobre quando sua mãe se desentendeu com Vovó.

Kalabati havia dado à luz ao seu quarto filho três meses antes, uma menina chamada Pramodini. Mas sua sogra estava no ataque.

"Sua amada esposa é uma bruxa", ela disse a Shridhar. E então se virou para Kalabati. "Você não pode ficar aqui. Você traz problemas para todos nós."

Os olhos de Kalabati escureceram, mas ela não respondeu. Que bem faria protestar? Era entendido por todos que Vovó que tomava as decisões. A casa pertencia a ela e ao seu marido. A mãe de PK era a estranha que havia se mudado para lá. A única pessoa numa posição para defendê-la era Shridhar, mas ele não disse nada. Não demonstrou emoção, nem descontentamento com o comportamento de sua mãe.

O silêncio recaiu sobre a casa. Naquela segunda, Shridhar partiu para a cidade sem comentários e Kalabati seguiu com suas tarefas.

Mas depois que uma semana se passou e Shridhar estava prestes a retornar para o fim de semana, Kalabati se virou para a sogra. Sem deixar cair uma lágrima, ela anunciou que se mudaria de volta para a casa de seus pais.

"Com os dois mais novos."

Vovó bateu o pé. "Leve a garota, ela é só um bebê, mas o garoto fica comigo."

Kalabati aceitou sem dizer uma palavra.

PK ficou na varanda, com os braços cruzados e suas bochechas molhadas de lágrimas enquanto sua mãe pegava seus pertences em um braço, sua irmãzinha no outro, e, cabisbaixa com uma carranca, saiu da casa e seguiu caminho. Ela virou diversas vezes para olhar para ele; ele acenou e ela acenou de volta. Até hoje ele consegue ver ela desaparecendo por trás da plantação de cana-de-açúcar e sentir como seu mundo se tornou quieto e vazio.

Sua mãe e irmãzinha tinham ido embora. Como seu Bapa Shridhar morava seis dias da semana na cidade, PK ficava sozinho com sua avó e seu avô.

Ele chorou por dias, semanas, talvez até meses. Lágrimas molhavam seu rosto enquanto as nuvens da monção expeliam rios d'água que deixavam as estradas sujas brilhando e os tetos de palha úmidos e cheirando a mofo. Tudo era uma névoa molhada de perda. Uma vez que havia chorado todas as suas lágrimas, ele caiu em silêncio. Parou de falar, rir, até sorrir. Passou dias com a mesma cara fechada. Ele se recusava a deixar uma palavra sair de seus lábios. A maior parte do tempo que passava acordado era sozinho em um canto, encarando o espaço. Ele rejeitava comida, mas logo não tinha mais forças para lutar quando Vovó o forçava a comer. O arroz e as lentilhas não tinham mais gosto. Comida era apenas uma textura em sua boca.

Então, em um domingo, um homem veio pedalando uma bicicleta. Ele tinha uma mensagem da família de Kalabati; ela havia ficado doente. Não fazia mais suas tarefas, o mensageiro disse. Apenas ficava sentada chorando. Shridhar recebeu a notícia sem deixar ninguém saber no que ele estava pensando, andou calmamente para o jardim dos fundos, pegou sua mãe, que estava cavando o solo, e a levou para o milharal.

"Nós não podemos continuar assim!", ele exclamou, finalmente pondo para fora meses de raiva aprisionada.

Sua mãe não respondeu.

"Você está deixando minha esposa maluca!", ele continuou.

Ainda assim ela não respondeu.

O que ela poderia dizer? Era orgulhosa demais para admitir que havia cometido um erro. E bem no fundo, ela provavelmente achava que estava fazendo o certo. Era uma mulher teimosa. Inflexível. Ela representava a razão e a lógica no mundo de loucos.

Quando o Bapa de PK retornou no sábado seguinte, ele sentou com PK e o disse que havia comprado um pedaço de terra próximo aos correios na cidade da Athmallik.

"Nós vamos nos mudar para lá, para nossa nova casa", ele disse.

"Nós quem?"

"Nós. Apenas nós."

"Moraremos lá sozinhos?", PK perguntou. Ele nunca ouvira sobre alguém que não morasse com seus avós.

"Sim, será nossa casa. Só nossa", Shridhar confirmou.

A chuva polia a cana-de-açúcar e transformava o solo vermelho em lama, fazendo com que vacas e pessoas afundassem os pés e os pneus das bicicletas deixassem sulcos na sujeira. Nuvens negras se juntavam acima e o horizonte estava envolvido em uma semiescuridão, tomando dos aldeões preciosas horas de luz do sol.

Bapa colocou PK na carroça, que estava presa a dois brilhantes bois. Tinha um teto de bambu trançado e dois potes de argila cheios de leite tirados da vaca da Vovó e do Vovô haviam sido colocados no fundo da carroça. O condutor açoitou os animais com seu chicote e as rodas começaram a girar, entrando em um rangido rítmico preguiçoso enquanto eles avançavam na estrada pela aldeia.

Bapa caminhava atrás com Vovó e Vovô, conversando, enquanto PK se sentava perto de sua mãe, que estava com sua irmãzinha no colo. Ele não conseguia ouvir o que seu pai falava, mas ele esperava que ele estivesse explicando porque eles não podiam ficar, que eles estavam se mudando para fazer sua mãe feliz novamente.

Após alguns minutos, a carroça parou próxima à árvore espiritual ao lado do templo, nos arredores da aldeia. PK olhou para trás e viu seu pai ajoelhado em frente a Vovó, sua testa ao chão. Ele estava tocando os pés dela com a ponta dos dedos.

Havia começado a chover novamente, as gotas gordas encharcando o cabelo cinza e o sari amarelo de Vovó. Mas nenhuma lágrima rolou por seu rosto. A carroça de bois continuou a andar pela estrada estreita entre os campos. PK olhou novamente enquanto o templo e as plantações de milho diminuíam e desapareciam completamente na névoa.

Vovó desapareceu com o resto da aldeia, um ponto amarelo vacilante em meio ao cinza, antes de se tornar um só com a monção e o cair da noite.

Ele deitou a cabeça no colo de sua mãe. Ela cobriu seu corpo nu com um pedaço de pano fino e macio de algodão.

A carroça balançava estrada a dentro, serpenteando por entre matas, passando por campos de arroz inundados e por pontes estreitas de madeira que pairavam sobre rios e corredeiras apressadas. As nuvens de chuva bloqueavam qualquer luz das estrelas ou da lua. PK olhava na escuridão e não via nada. Mas seus ouvidos estavam atentos aos estalos das rodas e os sons característicos da floresta: sapos coaxando, grilos cantando e raposas gritando. Ele sentiu o calor das pernas macias de sua mãe e foi acalentado pelo ritmo de sua respiração.

Ele acordou quando sua mãe alisou sua testa para anunciar a chegada deles. Paralisado pelo cansaço, PK teve ajuda para descer da carroça. Encarou a escuridão, mas não tinha nada para se ver. Onde estava sua casa nova?

O pai ascendeu uma lamparina e sua nova casa emergiu das sombras. A grama comprida fazia cócegas em suas pernas.

"Onde estamos?", ele perguntou.

"Liptinga Sahi", respondeu sua mãe. "Perto de Athmallik, próximo de onde seu pai trabalha e seus irmãos estudam."

O pai desapareceu para pegar comida das cozinhas da escola particular. Logo retornou com lancheiras de metal cheias até a borda. Sentaram-se no chão de sua nova casa e comeram sua primeira refeição em sua nova aldeia, bem, bem distante da Vovó e do Vovô. De repente a vida havia tomado uma nova cor, PK pensou, enquanto observava insetos voando no brilho branco da lamparina. Até o dal havia sido preparado com temperos diferentes, ele percebeu maravilhado. O gosto havia voltado. A nuvem de tristeza que havia permanecido sobre a família começou a se dissolver no passado.

Ninguém nunca seria capaz de separá-lo de sua mãe novamente.

A nova casa era isolada, separada das outras. Mas PK frequentemente ouvia o som de crianças gritando e rindo.

"Eles são nossa gente", sua mãe disse, alisando sua cabeça.

"Nossa gente?"

"Eles pertencem a mesma casta que nós."

Foi a primeira vez que ele ouviu aquela palavra, mesmo que ele houvesse experimentado seu ferrão perverso na antiga aldeia. Ele entendeu, no entanto, que aquilo significava que as crianças não se importariam de brincar com ele. Que elas pertenciam juntas.

"Casta?", ele repetiu.

"Sim, eles são Pan, assim como seu pai."

"E quanto a você, Ma?", PK perguntou.

"Eu sou Kondh. Khutia Kondh."

Ele já estava aprendendo tanto nesse novo lugar.

Um caminho cortava os milharais, passava por sua casa e as outras mais distantes e seguia até um prédio de concreto velho e amarelo, quase desmoronado, com uma pequena janela de escotilha protegida por barras de metal. Era por esse caminho que uma longa fila de homens da aldeia cambaleava em busca de bebida. Eles gritavam para o homem que estava dentro e então saiam grandes garrafas de cerveja e pequenas garrafas de aguardente embrulhadas em sacolas de papel marrom. Eles apareciam cedo da manhã até o sol desaparecer na noite, cantando e gemendo, os brancos de seus olhos inundados de sangue. Esse foi o primeiro encontro de PK com o álcool. Ele nunca havia visto um bêbado antes.

Outra estrada estreita ia da casa até um grande reservatório. Ele gostava de seguir os caminhos e explorar onde eles levavam. Cada dia ele se aventurava apenas um pouco mais longe do que o anterior. Mas ele sempre era cuidadoso em evitar a loja de bebidas, porque os homens, fedendo a álcool, gritavam com ele, o agarravam e falavam tão arrastado que ele mal podia entender o que eles diziam.

Na casa de seus avós eles se banhavam no rio. Em Liptinga Sahi eles se lavavam no reservatório, que era coberto por flores de lótus e abarrotado de peixe. Muitos dos aldeões tomavam banho lá pela manhã, junto com pássaros e ursos procurando café da manhã. Sua mãe cavava argila úmida do aterro arborizado próximo à beira da água e levava para casa em uma cesta. Ela usava a lama para lavar seus cabelos e limpar os pratos, vasilhas e panelas.

"Cascalho e argila misturados funcionam melhor do que sabão e água", Kalabati disse. Ela criou uma tradição de comprar o mínimo possível na loja, para que eles pudessem guardar dinheiro para coisas mais importantes.

Quando as primeiras nuvens da monção haviam passado e o sol de outono estava alto no céu, PK começou a se sentir em casa. Quase parecia que eles nunca haviam morado em outro lugar. Ele se adaptou rapidamente; na verdade, ele sempre se adaptava.

Se você não se adaptava, você afundava, ele percebeu muitos anos depois.

Um dia, sua mãe o levou numa caminhada até as duas árvores mais largas nos arredores da aldeia. Elas eram lar de águias e abutres. Embaixo das árvores, homens trabalhavam esfolando vacas mortas, preparando o couro cru para venderem aos sapateiros para fazerem sapatos e bolsas.

"Eles", ela disse, apontando para os homens, "são o nosso povo".

"Nós os conhecemos?", ele perguntou.

"Não, eles pertencem a mesma casta que nós."

Mas isso não era de todo verdade. Os homens que cuidavam das carcaças dos animais vinham de um grupo de famílias que pertencia a casta Ghasiara. Eles viviam na floresta, além dos milharais. Mas eles também eram intocáveis, foi o que sua mãe quis dizer. Os Ghasis viviam em péssimas condições. Os brâmanes os consideravam ainda mais sujos que os Pan, não apenas porque eles trabalhavam com animais mortos, mas eles também lidavam com as carcaças das vacas. Deus os livre. Até mesmo suas sombras eram sujas. O mero vislumbre deles era considerado mau presságio.

Mas quando a escuridão caia, as mulheres Ghasi deixavam de ser intocáveis, pelo menos isso Kalabati sabia. À noite, os homens das aldeias vizinhas vinham, homens distintos e virtualmente limpos, para comprar sexo das mulheres. Até mesmo brâmanes, que cuspiam nelas durante as horas do dia, eram atraídos para suas tendas à noite.

Kalabati não contou isso ao seu filho, ela queria protegê-lo da cruel realidade da vida de um intocável enquanto fosse possível.

PK ficou no milharal e observou os homens Ghasi arrastarem uma vaca morta em direção a árvore espiritual da aldeia. Sua segunda monção na nova casa estava chegando. Ele observou enquanto eles deitaram o corpo pesado no chão e começaram a separar a pele da carne, e a carne dos ossos. Moscas se aglomeravam ao redor dos montes de carne e abutres circulavam cada vez mais baixo. Finalmente, os pássaros desceram do céu como flechas. Mas ao invés de comer seu jantar, eles esperaram, como estátuas de pedra, paciência predominando sobre a ganância. Para PK, parecia que os abutres haviam sido possuídos pelos deuses, ou, pelo menos, não agiram como predadores. Ele não conseguia entender porque eles não estavam comendo. Ele olhou para cima. Mais dois pássaros voavam. Então, de repente, eles também desceram com tanta força que suas asas transformaram o ar em ciclones.

PK sonhavam em poder fazer o mesmo. Ele saiu correndo pelo caminho inclinado que serpenteava até sua casa, gritando como um abutre, seus braços estendidos como asas.

"Ma, se eu sentar nas costas de um daqueles abutres, eu também voaria?", ele perguntou quando estavam em casa.

Mas instantaneamente seus sonhos de voar foram dissipados.

"Cuidado com os abutres!", sua mãe respondeu rapidamente. "Eles vão bicar seus olhos fora e lhe deixar cego!"

"Por que eles esperaram antes de comer?"

"Abutres", ela disse, "são como pessoas. Eles têm reis e rainhas, filhos e filhas e vivem em famílias também. Quando uma vaca morre, os abutres dizem ao seu rei e rainha onde o corpo está. Eles não se atrevem a comer antes do rei e da rainha. É por isso que eles esperam tão pacientemente daquela forma.

Então ela continuou: "O rei e a rainha são os mais bonitos dos abutres. Olhe com atenção da próxima vez: suas penas brilham como ouro ao sol".

Ela pôs a mão em sua testa.

"O mundo deles não é tão diferente do nosso."

A avó materna de PK vivia sozinha em uma pequena vila a alguns quilômetros selva adentro. Sua casa era ainda mais humilde, com paredes feitas de bambu e lama e um teto chapeado que frequentemente desabava durante as chuvas de monção. O jardim havia sido tomado por plantas de milho, que atraiam animais selvagens quando o milho estava maduro. Os visitantes mais frequentes era o urso, com sua capa longa e preta, e a raposa. Quando Vovó cansava de ver sua preciosa plantação de milharal ser tomada, ela construía um espantalho feito de palha e o colocava no alto de uma vara de bambu. Ela pendurava um sino de latão que tintinava com o ar de um de seus braços. Isso mantinha a maioria dos animais distante. Mas não todos.

PK e sua irmãzinha Pramodini visitaram sua avó uma tarde quando uma família de *hathi* vieram visitar. As crianças já dormiram quando as paredes ao redor deles começaram a tremer. Dois elefantes adultos e seu bebê estavam pisoteando a vegetação e mastigando as espigas de milhos amarelos. Mas Vovó não estava assustada. Ela foi até a varanda com um monte de grama seca, tacou fogo e começou a balançar as chamas em direção a eles. Infelizmente, os elefantes também não estavam assustados. O pai elefante bufou, esfregou o chão com seu pé traseiro e disparou em direção a Vovó. Ela jogou a tocha e correu de volta para a cabana, fechando a porta de madeira atrás dela e a trancando.

O elefante jogou seu peso contra a frágil construção, rachando as paredes de lama e bambu. Vovó acordou seus netos, disse a PK para sair do caminho e, com a pequena Pramodini em seu quadril, começou a bater na parede oposta com seu próprio punho, conseguindo abrir um buraco grande o bastante para eles escaparem. Ela empurrou PK para fora e eles correram pela espinhosa vegetação rasteira e os cactos. PK lembra de não sentir nada enquanto os espinhos arrancavam sua pele. Sangue escorria por suas pernas, mas ele estava dormente. Estava acordado, ou ainda dormindo e sonhando?

Finalmente pararam, exaustos. PK não fazia ideia de quanto haviam corrido. Sua fuga foi rápida, mas pareceu infinitamente longa. Encharcado de sangue e suor, desabaram em um tronco de árvore e esperaram o sol nascer. O ar da noite estava cheio de zumbidos e gorjeios de mosquitos, gafanhotos e grilos.

"E se os elefantes estão bravos com a gente? E se eles vierem atrás de nós e nos pisotearem até a morte?"

Mas felizmente eles nunca chegaram, e Vovó, PK e Pramodini estavam machucados, porém vivos.

Em um país ao norte não vagueava nenhum elefante selvagem. Ao invés disso, mosquitos zumbiam nos canaviais que beiravam os lagos arborizados de Borås. Rouxinóis dos salgueiros serenavam entre si, enquanto alce e cervo pastoravam entre os abetos nas florestas centenárias. Água da chuva brilhava nos caminhos deixados pelas grandes máquinas florestais. Uma fumaça cinza subia das chaminés dos chalés vermelhos de verão que pontilhavam a clareira.

A família de Lotta frequentavam a igreja regularmente. A mãe de Lotta cresceu temendo o purgatório, assombrada pela descrição do padre da punição eterna que aguardava os pecadores na próxima vida. O pai dela se juntava a elas nas missas semanais mesmo que ele não fosse crente. Lotta nunca tinha certeza sobre o que ele pensava sobre religião e a Igreja; ele raramente expressava suas opiniões sobre o que quer que fosse. Ele era um homem difícil de se conhecer. Havia momentos em que ela achava que poderia entendê-lo, principalmente quando sentavam lado a lado em silêncio. De alguma forma, ela sentia uma profunda conexão com ele, apesar da falta de conversa.

Quando Lotta tinha oito anos, uma de suas tias adoeceu enquanto estava grávida. A família rezou a Deus, mas a condição de sua tia piorou. Tia e bebê morreram, e a fé que Lotta uma vez sentiu foi diluída em raiva e decepção.

Ela foi crismada na igreja sueca, mas não porquê ela tinha fé. Não, ela o fez mais por ser o que todos faziam. Ela era facilmente influenciada por seus pais e amigos. Era difícil ser diferente, fazer seu próprio caminho. As pessoas se viraram contra aqueles que quebravam as normas, se destacavam muito. Lotta não possuía de forma alguma fortes fés; ela achava difícil dar muito peso a qualquer única ideia. Havia um traço de verdade em tudo que as pessoas diziam e ela não tinha muito interesse em política. Como alguém podia devotar toda sua fé a um partido, ou uma ideologia, cem por cento? Fazer isso significaria que todo o resto deveria estar completamente errado. Não, partidos políticos não eram para ela.

Às vezes ela se pegava cantarolando uma música que ela aprendeu quando tinha três anos de idade. Sua mensagem: uma luz brilhava sobre toda a humanidade, apesar de sua vaidade, ambição e mesquinhez.

Essa luz existe em mim também, pensava Lotta. Mas não era Deus, era outra coisa:

> Nuvens vêm e vão
> Às vezes o coração esfria
> Mas acima de nós, no céu
> Uma estrela nos guia

Ao contrário, em sua adolescência, sua imaginação se voltou para o oriente. Ela leu os *Upanishads* e continuou com os *Vedas* e os sermões de Buda. Havia similaridades entre os textos Hindus antigos e o Sermão do Monte na Bíblia, ela percebeu. Mas havia algo de errado na forma como a Cristandade expressava seus ensinamentos. Ela mais excluía que englobava. Os cristãos pareciam mais interessados em estabelecer barreiras entre as pessoas. Todos, crentes ou não, eram guiados pela mesma energia vital. O coração bate pela mesma razão em todos nós, não importa sua crença, ela pensou. Todos os átomos do universo pertenciam juntos. Tudo estava conectado.

As filosofias asiáticas causaram uma grande impressão nela, principalmente a ideia de que todos os humanos e animais se dissolviam após suas mortes e retornavam a vida em outras coisas vivas. Sim, é isso, ela pensou. Se você quer conhecer o passado, olhe para o presente. Se você quer conhecer o futuro, olhe novamente para o presente, como disse Buda.

A vida é reciclada e recriada de novo e de novo. Todos fomos terra e água e é para terra e água que retornaremos, pensava a Lotta adolescente.

Quando os homens Pan atiravam num cervo sambar, o avô de PK era convidado para provar a carne. Próximo a época dos festivais, os aldeões vinham com presentes auspiciosos de pele de tigre e penas de pássaros. O *status* social elevado de Vovô ressoava em PK, e entre as crianças intocáveis ele era rei. Ele tinha orgulho de seu avô e gostava de imitá-lo. Com um arco e flecha que Vovô lhe deu de presente, ele liderava grupos de amigos em expedições na selva, nu como sempre, salvo pela pena de pavão e um cinto e bracelete em formato de cobra. Eles rastejavam pelo caminho e fingiam caçar tigres e cervos. Eles gritavam excitados com cada esquilo que passava por uma árvore próxima ou uma águia que circulava sobre a copa da floresta.

Eles fingiam que PK era seu líder enquanto as outras crianças revezavam como seu conselheiro espiritual. Esse garoto pegava fruta para PK e o presenteava com uma reverência. Então eles corriam até o rio para pescar ou se aventuravam na mata para derrubar as colmeias que balançavam no alto dos galhos.

As colmeias eram o domínio de PK. Ele subia com um monte de grama seca, ateava fogo e segurava logo abaixo para fazer as abelhas saírem com a fumaça. Ele prendia um graveto na boca, que ele usava para cutucar a colmeia e assustar qualquer abelha que tivesse sido corajosa o bastante para permanecer lá dentro. Às vezes as abelhas lançavam mão de seu próprio contra-ataque. Mas não importa o quanto ele fosse picado, PK se recusava a recuar sem antes ter provado o doce néctar que estava lá dentro. Com uma mão em volta do tronco, ele chupava seu graveto de forma sedenta enquanto o mel escorria por seu rosto e pingava em seu peito. E então ele deixava um pouco cair para os outros, que esperavam abaixo, suas bocas abertas enquanto as gotas doces e viscosas caiam do céu.

***

PK também estava se tornando o artista da aldeia. Ele coletava pedras grandes e lisas ao lado da estrada fora da aldeia e desenhava nelas com carvão. Nascer do sol, pôr do sol e montanhas arborizadas.

As habilidades de PK progrediram rápido. Ele levou as crianças da vizinhança para uma grande e plana pedra próxima ao rio, disse para fecharem os olhos e declarou que, com seus poderes mágicos, ele podia atrair um tigre e fazer com que ele permanecesse diante deles. Eles estavam céticos, mas obedeceram. Ali, na pedra, ele desenhou um tigre com a boca aberta em um rugido. "Olhem!", ele exclamou. As outras crianças observaram perplexas. Elas estavam assustadas? Ele havia as convencido? Talvez fosse apenas um grande desejo. Então elas riram com deleite.

Pelo menos posso fazer as pessoas felizes com meus desenhos, ele pensou.

Ele expandiu seu repertório e aperfeiçoou sua técnica. Pintava em cada momento livre que tinha, antes e depois da aula e todo o domingo. Ele encontrava pedras em cores variadas, não apenas bege e cinza. Ele descobriu como usar folhas e flores para produzir pigmentos fora o preto. Ele aprendeu a fazer pratos com a argila do rio e então pintava desenhos neles, que ele pincelava com uma camada de gema de ovo para fixá-los. Ele também desenhava no papel e preferia temas da selva, como folhas, flores e árvores.

Cada pedra a cem metros de sua casa foi transformada em uma obra de arte. Aqui era sua galeria. E dentro, uma fileira de pratos decorados eram orgulhosamente exibidos em uma prateleira.

Esses jogos entre as árvores estão entre as memórias mais estimadas da infância de PK. A floresta falava com ele e com seu desejo de aventura. Era cheia de segredos e surpresas que ele sabia que só se revelariam gradualmente. O restante era destinado a permanecer misterioso e desconhecido. Ele se atinha a esse sentimento até hoje. É o bastante compreender apenas uma pequena parcela da vida. Ele está satisfeito em saber que existe muito mais e que ele nunca vai entender.

O pai de PK pedalava energeticamente, um assobio dançando em seus lábios. Ele estava de bom humor. A estrada serpenteava por entre milharais, bosques de mangueiras e aglomerados de casas de barro. Sua camisa branca se debatia com o vento enquanto ele desviava de poças, pedras e galhos. PK estava tão feliz quanto ele. Estava sentado na garupa, a camisa de seu pai uma vela içada a sua frente. Eles estavam a caminho da cidade, longe da segurança de seu povo, mas ele se sentia corajoso e aventureiro, e apreciava o sentimento de incerteza.

Finalmente ele começaria na escola.

O professor de sua nova escola fundamental em Athmallik havia prometido a Shridhar que seu filho poderia se juntar a turma mesmo que o semestre tivesse começado um mês antes. Talvez sua mãe e seu pai tivesse adiado a decisão, temendo a forma como PK seria tratado. Com base em suas próprias dolorosas experiências, sem dúvidas.

A escola era constituída por uma fileira de salas de ocre construídas com barro, compartilhando uma longa varanda que dava para um pátio arenoso. Os limites da escola eram marcados por uma densa parede de vegetação feita de varas de bambu e videiras.

PK espiou a sala de aula. Lá estava seu novo professor, sua barriga grande e redonda. O professor virou-se para olhar para ele.

"Igualzinho a Ganesha", o velho homem riu e se deu uma tapinha no estômago.

Então ele se virou para os demais alunos e apontou para as letras escritas no quadro negro. As crianças cantarolaram as letras em uníssono.

Tantas crianças, tantos novos amigos.

O professor parou e gesticulou seu lugar. Mas seu dedo não apontava na direção das outras crianças, mas para a varanda do lado de fora.

"Ali", ele disse. "Você senta ali, Pradyumna Kumar Mahanandia!"

PK sentou-se de pernas cruzadas no piso arenoso do lado de fora. Ele se sentia confuso e desapontado. Por que estou sentando sozinho aqui fora? Mas seu pai não prestou atenção. Apertou a mão de PK, disse até logo, e andou até sua bicicleta encostada na cerca de bambu.

PK estava sozinho com todas essas pessoas desconhecidas. Elas queriam ser suas amigas? Ele já não tinha tanta certeza. A excitação do trajeto agora havia se dissipado. Por que o professor estava bravo com ele? Por que ele não podia se sentar no chão dentro da sala, com todos os outros?

O professor logo veio até a varanda para lhe ajudar com o exercício escrito. Ele espalhou uma fina camada de areia no quadro de madeira de PK e lhe mostrou como desenhar as letras com seu dedo nos grãos. PK notou que o professor evitava tocá-lo. Sentava-se próximo, mas evitava o tocar. Por que ele estava agindo assim?

Da varanda, PK podia ver dentro da sala quando o professor se virou e começou a escrever no quadro a letra "ma" no quadro negro em oriá. "Repitam", ele instruiu.

"Ma, ma, ma, ma, ma", cantarolou PK e o restante da turma.

O professor tocou um sino de bronze para anunciar a hora de brincar. Os alunos correram para o pátio, então PK levantou-se para juntar-se a eles.

"Aonde você está indo?", exclamou o professor.

A pergunta deixou PK sem palavras. Não era óbvio?

"Você não pode brincar com eles!", o professor continuou.

PK se adaptou surpreendentemente rápido. No primeiro dia de aula, ele passou o intervalo sozinho em um canto do parquinho, lutando contra as lágrimas. No segundo dia, ele descobriu um lago atrás da escola onde ele podia brincar sozinho. Em uma semana, PK pegou-se ansiando aqueles momentos solitários. Ele não entendia por que tinha de ser daquela forma. Ele encarou seu reflexo na água. Ele buscou na imagem distorcida pelas características, talvez a cor, que o fazia diferente dos outros. Talvez seu nariz fosse muito achatado, sua cor muito escura, seu cabelo muito enrolado? Às vezes ele achava que parecia mais com as criaturas da floresta que brincavam na superfície escura da água. Outras vezes ele chegava a conclusão de que, na verdade, ele parecia com todas as outras crianças.

Após uma semana ele finalmente perguntou a sua mãe o que ele devia ter perguntado naquela primeira tarde, mas estava confuso demais para colocar em palavras.

"Por que eu tenho que sentar do lado de fora da sala?"

Sua mãe estava agachada próximo ao fogo na cozinha, grelhando espigas de milho e assando chapati. Ela olhou para ele.

"Por que eu não posso brincar com os outros?", ele continuou.

"Nós somos do povo da selva", ela finalmente disse.

Ele olhou para ela e se sentiu ainda mais confuso. O que ela queria dizer?

"Houve um tempo em que nosso povo vivia nas profundezas da floresta. Nós provavelmente deveríamos ter ficado lá e levado nossas vidas por entre as árvores e não termos nos mudado para a aldeia para viver com o povo das planícies."

Ela o pegou e o sentou em seu colo.

"Nós não podemos entrar no templo, porque isso deixa os padres zangados. Você já notou isso. Nós não podemos pegar água do mesmo poço que os outros. É por isso que eu vou até o rio ou ao reservatório e não ao poço comunitário. Mas não há nada que possamos fazer quanto a isso. Apenas temos que aceitar."

"Por quê?", ele perguntou.

"Porque nós somos intocáveis, porque nascemos de uma casta inferior... ou... de nenhuma casta."

Ela o olhou nos olhos.

"Vai dar tudo certo, você vai ver, apenas se você focar na verdade..." ela enxugou suas próprias lágrimas. "... E enquanto você for honesto consigo e com os outros."

Naquela noite, ele se deitou em sua esteira de palha e ponderou o que sua havia lhe dito. O revoar dos morcegos e o uivo dos cães era o acompanhamento de seus pensamentos. Ma coletou gravetos para a fogueira e chacoalhou cumbucas de aço. Aqueles eram os seus sons de segurança, sob os quais ele adormecia toda noite. Mas por algum motivo ele não conseguia tranquilizar sua mente. O que significava castas? E intocável? Ele sentia que aquilo explicava o comportamento estranho de seu professor, mas de onde vinha aquilo? Por que todos eram tão obcecados com aquilo?

A turma de PK havia sido designada um pedaço de terra no jardim da cozinha em um dos lados do parquinho. Nela, os alunos plantavam pepinos, quiabo, berinjela e tomates. Quando os legumes estavam maduros, eles podiam colhê-los e levá-los para casa, para suas famílias. PK recebeu a tarefa de aguar as plantas. Ninguém se importava com ele tocando as sementes ou a água.

Na época da colheita, ele recebia sua própria cesta, enquanto os outros alunos compartilhavam outra. Isso, ele percebeu, era porque eles não queriam seus legumes contaminados por sua impureza. Mas ele já não se importava. Ao invés disso, ele focava em todos os adoráveis tomates que ele poderia levar para sua mãe. A ideia de participar da colheita o animava, e ele correu pelo caminho. E tropeçou. Ele pisou em uma mangueira e caiu na cesta da turma, entornando os frutos que estava em cima. PK se baixou e pegou todos eles, colocando-os de volta.

"O que você fez?", o professor explodiu. "Agora estão todos arruinados!"

PK congelou, petrificado, e observou enquanto o professor tomava a cesta de suas mãos. Ele sentiu que algo desagradável estava prestes a acontecer. O professor elevou a cesta acima da cabeça de PK e derramou todos os tomates sobre ele. Uma chuva de frutos redondos e vermelhos bateu em seu crânio e rolaram para o chão, enquanto o restante da turma permanecia em um círculo e assistia em silêncio. O professor então declarou que PK podia levar todos para casa, já que mais ninguém poderia comê-los.

Chorando, PK se abaixou, pegou os tomates e os colocou em sua cesta.

O rosto de Ma se iluminou quando ele chegou em casa com seu prêmio, mas quando ele contou o que aconteceu, ela pareceu deprimida. Talvez ele seria expulso e os outros aldeões o vexariam.

"Você nunca sabe o que esperar da casta Hindu", ela disse. "Às vezes eles gostam de nos humilhar em público."

Mas no dia seguinte, o professor fingiu que nada havia acontecido. E nem PK ou o resto de sua família notou qualquer outro tipo de repercussão.

PK ponderou sobre isso. O professor explicou que tudo o que ele tocava ficava sujo. Então o que aconteceria se ele tocasse os outros alunos? Eles ficariam zangados? Ou fingiriam que nada havia acontecido?

Eu preciso tentar, pensou o jovem PK.

Os alunos estavam alinhados em fileiras no pátio da escola como faziam toda manhã. Essa era a hora. Ele correu, estendeu sua mão e tocou todas as barrigas da fila. Então ele correu até seu professor e o diretor e os tocou em suas barrigas.

O professor ficou chocado. Ele olhou fixamente para PK, e então para o diretor, e finalmente para as outras crianças.

"Venham!", O professor gritou, virando-se para seus alunos. "Vamos para o poço nos lavar. PK, você fica aqui. Tratarei de você depois."

O professor costumava bater nos alunos com sua bengala quando eles desrespeitavam as regras da escola, mas PK nunca apanhou porque o professor não queria sujar sua bengala e espalhar a infecção para os demais. Para PK, o professor criou uma forma de punição especial; ele era posto na varanda, parado, de olhos fechados. O professor então se afastava e jogava pedras, pequenas e afiadas rochas que ardiam e machucavam sua pele, deixando manchas horríveis.

PK amaldiçoou o professor, mas lembrou das palavras de suas mães resignado; esse era seu destino, como a vida era fora de sua casa. Era assim que ele sempre seria tratado. Não havia nada que ele pudesse fazer quanto a isso.

Às vezes isso o deixava zangado, e ele fantasiava sobre se vingar ou ter a justiça divina intercedendo a seu favor. Esses pensamentos vinham quando ele voltava para casa à tarde, quando ficava deitado momentos antes do entardecer, quando a primeira luz da manhã tomava o céu e sua mente ainda se atinha aos acontecimentos do dia anterior.

E um dia, a justiça divina pareceu fazer sua parte. O professor havia adormecido enquanto os alunos liam as preces matinais em voz alta. PK conseguia sentir o cheiro do disparate em seu hálito e seu ronco tomou a sala quando sua boca se abriu ainda mais. E então algo maravilhoso aconteceu, algo que ele nunca esqueceria. Um dos pombos que gostava de se sentar nas vigas acima se aliviou de repente. O cocô caiu em direção ao atril do professor, sua cadeira, e, para o deleite de todas as crianças, caiu bem no meio de sua boca. O professor pulou, gritou e começou a amaldiçoar seus alunos, acreditando que um dos meninos havia pregado uma peça nele.

Será que o pombo havia lido os pensamentos de PK? O que quer que fosse, PK sentiu grande prazer com o choque e o nojo do professor.

O clima da escola mudava drasticamente quando o inspetor fazia uma visita. Sua principal tarefa era checar se a escola obedecia às leis ante discriminação indianas que tornavam ilegais tratamentos preconceituosos com base nas castas. Vestido em um blazer azul, camisa branca e calça branca com vincos marcados, ele possuía uma autoridade natural. Seus sorrisos eram educados, mas mascaravam uma vontade de ferro.

Naquela manhã, PK foi instruído a se juntar a turma do lado de dentro, como se sua intocabilidade não passasse de um sonho ruim. De repente ele era um deles e tinha permissão para brincar com os outros alunos durante o intervalo. Ninguém o mandou embora. Ele se sentiu extasiado, liberto. Mas, tragicamente, ele não sabia que tudo não passava de uma farsa, que assim que o inspetor fosse embora, ele seria jogado de volta no inferno da exclusão mais uma vez.

Se ele não tivesse sido tão ingênuo, não teria se permitido sentir tanta alegria.

À tarde, ele contou a sua mãe como ele impressionou as outras crianças ao responder corretamente todas as perguntas do inspetor. Ela estava visivelmente orgulhosa dele, e se sentiu tão comovida que até chorou. Aquilo fez ele se sentir melhor, que aos olhos dela ele era importante e apreciado. Anos depois, em sua adolescência, ele pensou que as lágrimas de sua mãe talvez tivessem sido derramadas por causa da hipocrisia, que ela soubera o tempo todo que tal tratamento era apenas temporário, um faz de conta para alguém que logo partiria.

Ele costumava sonhar com o retorno do inspetor. Ele se sentava na diagonal atrás do professor, observando com olhos de águia sobre a sala. Nada escapava seu olhar e ele fazia com que todos tratassem PK de forma justa. PK sentava no meio da sala, cercado pelos outros alunos. Levantava sua mão, respondia todas as perguntas corretamente e era elogiado repetidas vezes.

Mas tão doces sensações evaporavam assim que ele abria seus olhos. Ele ficava parado, o calor permanecendo em seu corpo por um tempo um pouco mais longo do que o sonho. A pressão em seu peito retornava assim que ele se levantava e se encontrava sentado na varanda cumprimentando o sol, e ele repassava o ritual pós-inspeção em sua mente. Aconteceu da seguinte maneira: imediatamente após o inspetor ter montado em sua bicicleta e ter partido, o professor brâmane de PK e colegas de sala formaram uma procissão e seguiram para o reservatório para se limparem com sabão e água. Eles se lavavam cuidadosamente e vagarosamente, esfregando qualquer vestígio do fedor de sua presença de suas peles.

Da primeira vez que aquilo aconteceu, ele voltou para casa e chorou desesperadamente.

"Eles estavam sujos", sua mãe o acalmou. "Eles precisavam se lavar. Você os fez um favor, fazendo com que eles fossem nadar. Eles fediam!"

Ela continuava repetindo aquelas palavras até ele parar de chorar. Embora ele soubesse que ela estava mentindo, as palavras eram macias e calorosas e o envolvia como uma manta. Pelo menos alguém no mundo o aceitava.

Essa farsa não era encenada apenas para o inspetor. No seu terceiro ano escolar eles receberam a visita de um oficial colonial britânico que havia permanecido em Orissa após a independência. Ele e sua esposa entraram a passos rígidos na sala, ele em um terno escuro e ela em um vestido floral. Seus rostos eram brancos e lisos como iogurte. As garotas brâmanes da turma colocaram guirlandas de flores ao redor de seus pescoços. Para marcar a ocasião, PK mais uma vez recebeu permissão para sentar com os outros dentro da sala de aula, como se a humilhação diária não fosse nada além de fruto da sua jovem imaginação. As crianças ficaram de pé juntas e cantaram para os visitantes, uma amável família reunida.

Quando o casal britânico deixava a sala, a mulher se aproximou de PK e tocou seu rosto. Ela o olhou nos olhos e sorriu.

"Eu posso tocar você, porque eu também sou intocável", ela disse e retirou a guirlanda de flores de seu pescoço e a colocou em PK.

O sentimento de aceitação era intoxicante. Dessa vez ele sabia que era temporário, mas ele não permitiu que sua transitoriedade se instalasse; não, ele a espantou como um mosquito, desesperado para deixar que o momento durasse um pouco mais.

Quando os britânicos estavam próximos, as castas não existiam. Talvez a vida fosse melhor para nós quando eles estavam no comando? Seu avô pensava assim.

Ele olhou para a mulher branca e lembrou da predição do astrólogo: ela virá de muito, muito longe, até mesmo de outro país. Estava ele destinado a se casar com uma mulher de vestido floral e a face branca como iogurte?

O anseio de Lotta pelo oriente apenas crescia. *Os Beatles partiram para a Índia para meditar*, os jornais suecos anunciaram. Ela leu sobre como George Harrison viajou para a Índia, se encontrou com mestres espirituais, aprendeu a tocar cítara e fez uma performance de uma música indiana em um templo Hindu em Londres. Ela também leu uma entrevista com Maharishi Mahesh Yogi, guru dos Beatles, que disse que o fabuloso quarteto tinha grande potência cósmica. A Índia estava em todo lugar, impossível de se escapar.

Lotta frequentemente pensava em seu avô, que havia morrido quando ela tinha apenas dois anos. Seu sonho tinha sido viajar, seu maior desejo era partir para países bem, bem distantes. Ele foi tecelão no comércio e fez amizade com um comerciante têxtil viajante de Bombaim. Ele lia os livros de Rudyard Kipling, Jack London e o explorador sueco Sven Hedin, e conversava constantemente sobre realizar suas próprias aventuras no oriente.

Lotta olhava com frequência a cópia amarelada da revista *Idun*, onde ele havia circulado um anúncio de cruzeiros para a Índia. O Avô nunca havia realizado seu sonho. Ao invés disso, ele trouxe o mundo para casa com ele. Um dia ele encontrou um queimador de incenso antigo no ferro velho local, que acabou descobrindo ser da Pérsia. Ninguém sabia como ele havia ido parar em um monte de lixo em Borås, mas o que importava? O avô de Lotta tinha grande estima por ele. Era sua aventura.

Quando ele morreu, a responsabilidade de cuidar do cencer[1] recaiu sobre Lotta. Muitos anos depois, ela acabou pendurando-o em um nicho em sua casa na clareira em meio às árvores. Eu não

1 N.T.: difusor de incenso.

vou me contentar com um cencer, Lotta disse a si mesma, vou fazer o que meu Avô nunca conseguiu.

A casa da família em um apartamento pequeno de três quartos. Eles geralmente viviam com pouco dinheiro e de forma comedida. Seus pais tinham uma loja de tecidos que haviam herdado, mas nunca a quiseram de fato, e quando o negócio diminuiu, eventualmente eles foram forçados a fechá-la. O pai de Lotta começou a trabalhar administrando a floresta da família, enquanto sua mãe conseguiu um emprego como enfermeira no consultório dentário de seu tio.

Não ficava óbvio pelo seu estilo de vida modesto, mas a família de Lotta descendia de um cavalheiro. Eles eram nobres, os von Schedvins. Mas o que para outros era um nome para se orgulhar, para a Lotta adolescente parecia um peso em seus ombros. Não era divertido carregar um nome tão extravagante. Lotta queria ser como todos os outros. E, no entanto, ela também se sentia culpada por renegar seu passado privilegiado.

A família dirigia um carro velho e enferrujado que quebrava com frequência. Mas Lotta e suas irmãs queria um cavalo. Então a família se sentou para discutir: qual investimento era mais importante, um cavalo ou um carro? Não poderia ser os dois, era um ou outro. A mãe de Lotta que carregou o voto decisivo.

"É mais importante que as meninas possuam um hobby", ela disse, "do que nós termos um carro novo."

Ela se virou para Lotta e suas irmãs.

"Vocês devem aprender a ter responsabilidade com algo que não vocês mesmas."

Lotta uma vez viu um filme no cinema sobre um garoto que percorreu as densas selvas indianas em um elefante. Eu vou ter um amigo assim, ela pensou. E logo ela estava escrevendo para amigos por correspondência em Nairóbi, no Japão, na Áustria e em São Francisco.

Um dia, um bracelete feito de pelo de elefante chegou de Nairóbi. Ela usou para ir à escola no dia seguinte com orgulho.

O primeiro Primeiro Ministro da Índia foi Jawaharlal Nehru, que foi empossado em 15 de agosto de 1947, o dia em que a Índia obteve independência do império britânico. Ele acreditava em modernidade, na indústria, em urbanização e nas ferrovias. Em seu discurso expondo sua visão para a Índia, ele falou sobre como o novo deveria tomar o lugar da madeira velha do passado. O discurso inspirou muitos dos compatriotas de PK. De fato, o pai de PK foi um dos muitos admiradores de Nehru, assim como o novo diretor de sua escola.

No primeiro dia de seu novo emprego, o diretor juntou todos os alunos no parquinho e contou a eles sobre todas as máquinas e as coisas modernas que ele havia visto na cidade. Primeiro ele descreveu o telefone, e então algo tão estranho e mágico que PK lembra até hoje.

"A locomotiva", o diretor disse com um toque de drama, "é muito longa. Parece um pouco com uma cobra gigante que vai daqui onde estou até o outro lado acolá." Ele apontou para um monte de grama a algumas centenas de metros de distância. "Também se movia como uma cobra, ziguezagueando pelo interior. Eu viajei em uma por três dias e duas noites para chegar aqui, havia mais de cem de nós sentados nela."

PK ouviu com cuidado e imaginou o trem como uma longa cobra construída pelo homem, se rastejando pela areia, com as pessoas montadas nela, como se estivessem andando a cavalo ou em um elefante.

"Alguma pergunta?", o diretor finalmente disse.

PK levantou a mão.

"Ela pode saltar como uma cobra?"

Ele lembrou não apenas da cobra que o havia protegido quando ele era um bebê, mas também da que havia o mordido quando ele tinha cinco anos. Ele havia ficado tão furioso que pegou a cobra, mordeu sua pele escamosa e deixou ela sangrar até pender sem vida em suas mãos. Ele imaginava um animal muitas vezes maior que aquele, brilhante e poderoso.

O diretor fungou e bufou teatralmente.

"É muito pesada para pular; é completamente feita de metal", ele disse.

Sim, deve ser terrivelmente pesada, PK percebeu. Não havia a possibilidade de saltar do chão. Mas ele tinha mais uma pergunta.

"Ela vai vir até a aldeia?"

Agora o diretor havia perdido a paciência.

"Não, com certeza não virá. Ela viaja apenas em metal. Estradas feitas de metal. E nós não possuímos elas aqui."

Incrível! Estradas de metal sólido! Imagine a quantidade necessária para construir uma estrada inteira! Mais do que em todas as flechas de Vovô, e ele tinha mais do que qualquer pessoa na aldeia. Talvez se eu pegasse todas elas e as derretesse seria o bastante para... fazer um metro? Não mais que isso. E o diretor disse que ele viajou por três dias e duas noites!

Ele tentou imaginar tal coisa, mas a escala de tudo apenas o deixou tonto e ele teve que sacudir a cabeça para se libertar da sensação.

Após cinco anos, ele se mudou para o internato e, assim como seu pai e seus irmãos, retornava para sua mãe apenas um dia na semana.

Ele andava pelos corredores de sua nova escola e olhava para o teto. Ele era decorado com objetos estranhos que ele nunca havia visto antes: globos de vidro que pendiam de cordas. Uma vista intrigante. Lamparinas? Eles eram tão claros! Eles devem empanturrar de óleo, ele pensou. Ele os examinou de diversos ângulos, procurando pelo reservatório.

"Como as pessoas da cidade recarregavam suas lamparinas?", ele perguntou seu pai em seu primeiro domingo em casa.

Shridhar respondeu que ele não precisava se preocupar com tais questões, e que ele aprenderia como tudo funcionava com o tempo.

"Mas se acostume! O primeiro ministro nos prometeu que teremos esse tipo de lâmpada em nossa aldeia em breve."

Desde o primeiro dia em sua nova escola, sua intocabilidade era aparente para todos e seus novos professores e colegas de sala o tratavam de acordo. Na verdade, agora ele carregava em seu bolso um certificado de casta dobrado, emitido pelas autoridades locais. Isso lhe dava acesso as cotas reservadas para as "*Castas Programadas*", "*Tribos Programadas*" e "*Outras Castas Inferiores*", que incluía intocáveis e povos tribais, como ele:

> Certificado de Casta. Caso Número 44 de 1975.
> Certificado de que Sri Pradyumna Kumar Mahanandia, filho de Sri Sreedhar Mahanandia da aldeia Kandhapada P S Athmallik no distrito de Dhenkanal pertence a casta programada. Sua subcasta é Pan.

Ali estava, a prova preta e branca de que ele era um intocável, uma pária, um cidadão de segunda ordem. O certificado lhe garantia passagens de trem mais baratas e um dia facilitaria sua entrada na universidade, pelo menos aquilo era certo. Mas no mais, ele considerava aquilo um selo de sua humilhação. Ele não era nada além de um pobre miserável que precisava de tratamento especial apenas para sobreviver.

Um de seus novos professores também era diretor de um abrigo para os *Dalits* –intocáveis –, o que o qualificava para dizer ao jovem PK o que se esperava dele e como ele deveria se comportar. Ele não deveria entrar na cozinha ou na sala de jantar se qualquer outra pessoa estivesse presente, e, ao invés disso, deveria sentar-se no chão no corredor e esperar lá por sua comida. O cozinheiro viria servi-lo por último, e separadamente.

O cozinheiro vinha com suas panelas e despejava uma porção de arroz, dal e curry de legumes de tão alto que sua espátula não tocava a vasilha de PK. Alguns dias, PK recebia somente arroz, visto que os outros pratos já haviam acabado. Quando ele reclama o cozinheiro apenas suspirava, como se ele não tivesse poder algum sobre a situação de PK.

"É carma de sua vida passada. Você deve entender e respeitar", era sua única resposta.

Essa não foi a primeira vez em que ele recebeu essa explicação invariável de brâmanes ou pessoas que haviam sofrido lavagem cerebral por eles. Não é culpa deles, ele dizia a si mesmo, eles foram doutrinados, ensinados a tratar os intocáveis como leprosos. Mas ele ainda sentia a raiva crescer dentro dele.

A escola empregava um Dhobi wallah, um homem que lavava as roupas dos internos. Exceto a de PK. Quando ele percebeu isso, a fúria de PK se transformou em um grito ensurdecedor, mas ele estava amedrontado demais para deixar escapar. Em vez disso, ele foi até a margem do rio e, assim como fez com os padres no templo quando era criança, atirou nos potes d'água do Dhobi wallah com seu estilingue. Mais uma vez ele foi pego.

Naquela semana, chegou uma carta para o pai de PK do Dhobi wallah: "Seu filho precisa entender e respeitar nossas regras e tradições. Como pareceria se ele resolvesse fazer o que bem quisesse de uma hora para outra?".

Shridhar respondeu que ele sabia bem sobro todas essas tradições e, por isso, sem dúvidas, seu filho também. "No entanto", ele retornou, "estas regras são injustas e vergonhosas para um país que quer ser moderno e competir com as nações bem-sucedidas do ocidente.

Teria o lavador escutado os discursos do Primeiro Ministro Nehru? Ele não sabia que os políticos em Nova Deli sonhavam com uma Índia livre de hierarquias de castas? Será que ele não leu o pronunciamento mais sábio de Nehru, que dizia que as pessoas eram criaturas de livre arbítrio, e não controladas por costumes antigos? A vida é como um jogo de cartas, disse Nehru certa vez, as cartas que lhe são dadas são predeterminadas, mas a vida é sobre sua habilidade no jogo. Esse é seu livre arbítrio.

Na semana seguinte, o Dhobi wallah se aproximou de PK enquanto ele comia sozinho no corredor. "Pegue suas roupas para mim esta noite", ele sussurrou, "mas certifique-se que ninguém o veja. Eu as lavarei e você as terá de volta amanhã à noite, quando todos estiverem dormindo."

Uma meia vitória, enfim.

A sociedade indiana era cheia de contradições, PK estava mais do que ciente disso. Um bom exemplo era como o sistema de castas havia afetado seu avô paterno. Vovô era um homem respeitado quando se tratava de atividades seculares. No entanto, era inimaginável que os brâmanes recebessem comida ou um copo de água que ele houvesse tocado. Ele teve sua entrada no templo negada até o dia de sua morte.

Os Pans haviam trabalhado como tecelões por centenas de anos, mas seu avô quebrou a tradição e conseguiu um emprego em um escritório em Athmallik. Enquanto os brâmanes o tratavam como esterco de elefante, os britânicos o respeitavam. Eles faziam qualquer coisa para perturbar os brâmanes. Eles o nomearam *chatia*, chefe da aldeia, e o instruíram com a tarefa de intermediar conflitos locais, bem como reportar todos os nascimentos e mortes, e crimes cometidos para as autoridades coloniais. Não havia delegacia ou cartório nacional na aldeia, tudo recaia em Vovô. Seu papel também era punitivo. Se alguém violasse a lei, era Vovô que batia no culpado com seu cano de madeira, seguindo ordens britânicas. Mas além disso, sua posição o tornava um representante oficial do Império Britânico, pois os imperialistas não confiavam nos brâmanes.

"Os brâmanes têm tantos tabus no que concerne comida, assim como regras sociais estranhas, então você nunca sabe se os está insultando. Apenas eles parecem conhecer as regras", um dos britânicos em Athmallik teria dito.

Os britânicos sabiam que o ceticismo era mutuo. Brâmanes ortodoxos menosprezavam os colonialistas e os chamavam de Comedores de carne. Era para ser um insulto.

Vovô costumava dizer a PK o quanto ele gostava dos britânicos.

"Eles mantêm suas promessas; são boas pessoas. Diferente dos brâmanes, eles apertam nossas mãos. Não se importam em nos tocar", ele disse. "Fique longe dos brâmanes", ele continuou em tom grave. "Se não manter distância, será sua ruína."

Durante sua adolescência, PK encontrou um santuário e companhia em um lugar mais inesperado: o circo itinerante. Eles chegavam um dia sem aviso, armava suas tendas, estacionava seus elefantes e construía seu parque de diversões em um lugar próximo. Na primeira noite, uma fila se formou na roda gigante e no carrossel, movidos por homens em bicicletas reconstruídas. As atrações enferrujadas chiavam, lampejavam e gemiam. Era um aparato em ruínas talvez, mas PK ainda assim estava impressionado com as máquinas chacoalhantes e rodopiantes. No entanto, era a tenda do circo que mais o fascinava, mesmo sem saber por quê. Ele perambulava por entre as caravanas, acariciando os cavalos e elefantes e se apresentado aos malabaristas e domadores de leão.

PK era cuidadoso em deixar claro que era um intocável. Por consideração. Assim eles poderiam escolher manter distância e o afastar. Daquela forma ele não os contaminariam.

"Nós não nos importamos com isso!", disse um dos domadores de leão.

"Somos muçulmanos, nós lhe entendemos. Eles nos tratam como se fossemos intocáveis também", disse um malabarista.

Ninguém nunca o disse que os muçulmanos da Índia eram tratados tão mal quanto os intocáveis. Tecnicamente, muçulmanos não pertenciam ao sistema de castas. Mas na verdade, eles também já foram Hindus de castas inferiores que haviam escapado sua intocabilidade ao se converter ao Islam. Não que isso houvesse ajudado. Eles eram excluídos e humilhados da mesma forma.

O sistema de castas era uma epidemia incurável, PK concluiu.

Ele ia ao circo após a escola todos os dias. Finalmente ele havia encontrado um lugar onde ele era tratado com respeito mútuo. O povo do circo era amigável, aberto e curioso. Eles respondiam suas perguntas e escutavam suas histórias. Era um sentimento desconhecido. Após alguns dias, eles lhe ofereceram um emprego. Por que não? Ele não se importava se seus estudos fossem prejudicados. Esse era o seu jeito. Ele não pensava antes de agir, e boas ofertas eram tão raras que ele nunca dizia não.

Ele estava lisonjeado, pela primeira vez em sua vida ele se sentia aceito.

Por duas semanas, ele carregou feno para os animais e escadas para as tendas. Ele também pintava os cartazes.

"Torne-se nosso palhaço e junte-se a nós na turnê!", o diretor do circo lhe disse um dia.

Claro, por que não? Era o início das férias de verão de qualquer modo. Lhe deram um longo casaco listrado e um nariz de plástico. Ele aprendeu alguns truques e cenas, e percebeu que não era tão difícil. E o melhor de tudo, a plateia ria. A atenção era facilmente obtida e no início foi intoxicante.

Os artistas do circo gostavam dele. Mas após algumas semanas, quando o diretor o perguntou se ele gostaria de se juntar a eles em uma turnê mais longa por vários estados do leste da Índia, ele hesitou. Algo não estava certo. Ele havia começado a sentir que atuar como o palhaço era a confirmação final de sua exclusão. O que era um palhaço se não um fracassado que tentava encobrir esse fato se fazendo de bobo? Ele estava em meio a pessoas que pensavam igual a ele, tinha um emprego, estava até ganhando dinheiro, mas de alguma forma, a risada dos Hindus de castas na plateia soava desdenhosas para ele. Não, ele não queria ser um palhaço.

Os testes na escola foram uma tortura impiedosa. PK sentava, encarando as questões, embasbacado. Ele mal conseguia responder uma. Matemática e física eram as piores. Ele não havia entendido nada do que os professores tinham dito?

Sou intocável e burro, ele disse a si mesmo, com pena de si.

Se ele não passasse nos exames, não teria um futuro. Então teria que se contentar em limpar as privadas dos ricos, ou virar um tecelão ou queimador de tijolos, profissões destinadas a intocáveis que, como ele, eram incapazes de fazer qualquer coisa da vida.

Ele foi até o rio com a intenção de se render as correntezas, de encontrar seu alívio final, de obter sua própria e melhor revelação. Ele pulou, para dar fim ao seu sofrimento. Algo mais o esperava, com certeza.

Mas assim que a água passou por sua pele, ele teve tempo para um pensamento: o que sua mãe diria? Emoções dentro dele começaram a lutar contra a corrente que o puxava para a escuridão.

Ele ainda queria viver.

Chegou à superfície, nadou até a margem e escalou até uma praia estreita. No entanto, um impulso disse que ele deveria tentar de novo. Ele pulou, mas seu corpo lutou contra a água. Ele emergiu. Mais uma vez, ele disse a si mesmo. Quando seu corpo alcançou o fundo do rio, ele se agarrou em uma pedra para se manter debaixo d'água. Ele queria essa fuga final.

Não havia volta agora.

De repente a pedra se soltou do fundo do rio e ele retornou a superfície. Ensopado e derrotado, ele retornou à escola, deitou-se no chão de seu dormitório e encarou o teto.

Ele começou a processar eventos recentes. Ele odiava seus professores, o Dhobi wallah, o cozinheiro e os outros alunos. Ele odiava como todos eles aceitavam os lugares predeterminados de todos na sociedade. E ainda assim, ele não conseguia se livrar da sensação de que todas essas coisas aconteciam por um motivo. Nada na vida era sem sentido. Até o fracasso tinha seu propósito. Esse sentimento de exclusão tinha seu propósito, a tentativa de suicídio tinha seu propósito, e a pedra se soltando no momento certo também tinha seu propósito. Em busca de consolo, ele redirecionou seus pensamentos para a folha de palmeira e o horóscopo. A profecia. A mulher com quem casaria. Ele a imaginou, a desenhou em sua mente. A imagem de uma mulher de pele clara tomou forma na escuridão diante dele. Ela era linda e seu sorriso era gentil. Ele sentiu o calor de um corpo enquanto fechava seus olhos, e ele estava convencido de que havia uma luz o rodeando. Sua mãe. Ele não sabia como sabia, mas não havia dúvidas. Ela estava sentada no chão ao seu lado, o acariciando.

"Pronto", sua voz chegou a ele, "eles são estúpidos; você está fazendo tudo certo. Um dia, você conhecerá a mulher da profecia, sua futura esposa."

A escuridão não podia ficar mais escura, mas era sua mãe, sua luz, que o sustentou e o impediu de saltar no vazio.

É tão bom quando você se senta ao meu lado. Foi a última coisa que ele lembrava de ter dito a ela naquela noite miserável enquanto adormecia.

Os campos de treinamento militar eram obrigatórios a todos os garotos prestes a começar o último ano da escola secundária. A Índia havia lutado duas guerras contra o Paquistão e uma contra a China. Haviam batalhas em selvas úmidas, desertos quentes e salinos e geleiras congeladas. Até mesmo estudantes tinham de estar preparados para servir no próximo conflito, porque todos sabiam que era apenas uma questão de tempo até outra guerra começar novamente.

Estava na época de PK participar do acampamento de jovens do Corpo Nacional de Cadetes em Balpur. Mas de mil jovens de toda Orissa se juntava no calor do verão para se exercitar e aprender a atirar. Eles viviam em tendas nas margens do rio Brahmani, embaixo de mangueiras arqueadas com frutos maduros que caiam ao seu redor na areia. Os exercícios eram monótonos e chatos, mas PK estava fascinado com os uniformes, os chapéus e medalhas, e as botas de couro pesadas. A roupa lhe dava uma sensação de autoridade.

Um dia, ele e outros dois cadetes foram encabidos de guardar as tendas enquanto os outros marchavam por um quilômetro as margens do rio para preparar o jantar. Nuvens azul escuras cheias de chuva haviam pairado sobre as arvores durante toda a tarde. O vento os havia alcançado agora. Não muito após os outros terem partido, granizo molhado, do tamanho de grãos de milho começaram a cair do céu.

O ciclone chegou rápido e com mais força do que esperado. Em menos de dez minutos havia coberto o acampamento. A densa escuridão era iluminada pelo *flash* ocasional de luz branca-azulada, e PK caiu em uma vala que ele e os outros haviam cavado naquele mesmo dia. Uma rajada repentina derrubou outro cadete ao seu lado. Um grande galho foi arrancado de uma das mangueiras como um palito de dente. Um galho menor veio voando e acerto PK. A dor o dilacerou. Ele olhou para cima e viu sangue se acumulando em poças onde ele estava, o liquido escarlate ensopando suas roupas. Em segundos, ele estava encharcado.

Ele olhou para baixo em seu corpo, mas não estava sangrando. Foi aí que ele percebeu: o sangue era de seu amigo.

PK acordou várias horas depois, uma luz brilhante irritante pendurada acima dele. Ele estava deitado em uma maca dura no hospital em Dhenkanal. Ele havia quebrado a perna. Seu amigo foi esmagado pelo galho maior e estava morto.

***

Antes que percebesse, a época de provas retornou. Logo quando tudo parecia perdido, a esperança havia retornado. Sua má sorte finalmente havia ido embora. Sua memória começou a funcionar novamente. O bloqueio foi liberado.

Ele havia passado. Por pouco.

Algo do que ele havia sido ensinado havia entrado. Ele não era completamente inútil no fim das contas.

Seu pai mais uma vez viu a chance de empurrar PK em direção a carreira que ele havia escolhido. Se torne um engenheiro, filho. Um emprego com probabilidade, um futuro brilhante para PK e para a Índia, baseado na racionalidade e na ciência, não na superstição e preconceito dos padres.

Bapa lhe disse para se inscrever em uma faculdade de Ciências. PK fez como foi dito e foi aceito no outono seguinte. Mas logo se cansou do curso e ao invés disso começou a desenhar caricaturas dos membros docente durante as palestras.

"Intocáveis não possuem cérebros!", seu professor de matemática gritou quando o descobriu.

Mas ter sido posto para fora não desesperou PK dessa vez. Ele sabia o que queria e era uma vida diferente da que seu Bapa havia sonhado para ele. Ele odiava as ciências naturais: física, química e matemática eram suas piores matérias. Deixassem a construção da nação para outra pessoa.

O mesmo palestrante o abordou no outro dia e lhe deu um bom conselho.

"Pradyumna Kumar, isso não está funcionando", ele disse.

"Então o que eu deveria fazer?"

"Se inscreva na escola de Artes!"

Ele seguiu o conselho de seu professor e partiu com a pequena quantia de 55 rúpias em seu bolso. No início, ele não sabia onde estava indo, mas então ele se lembrou do centro espiritual Bhima Bhoi, em Khaliapali, a algumas horas de ônibus de sua casa. PK sabia que os monges acolhiam almas perdidas como ele. Ele foi recebido calorosamente, recebeu uma esteira de palha para dormir e comida para se alimentar. Essas pessoas compartilhavam de seus valores, então ele tomou seu lugar ao lado dos monges, que estavam nus, salvo por um pedaço de tecido que cobria seus genitais.

PK era fascinado pelo fundador do movimento, Bhima Bhoi. Os monges o contaram que ele fora um órfão da vizinhança e havia fundado a seita por frustração com a hierarquia de castas da Índia, divisões de classes e brâmanes hipócritas. Ele logo acumulou seguidores.

Os monges cantavam as canções de seu Guru e recitavam lindos poemas que falavam de uma sociedade justa na qual as pessoas viviam juntas e não eram divididas em facções concorrentes. PK encontrou abrigo ao ouvir seus próprios pensamentos cantados em voz alta. Aqui, ele estava entre iguais. Os monges pensavam o mesmo que ele sobre os brâmanes.

No entanto, algo lhe dizia que ele não podia passar o resto da vida meditando. A vida de um monge não era para ele; ele precisava provar de vontades e desejos antes de poder renunciá-los. Ele casaria, a profecia o havia lhe dito, e ele queria ver o mundo lá fora, além de Athmallik.

Ele continuou sua jornada e saltou em um trem que viajava para o Norte, para o Oeste de Bengala. O trem barulhento o levava para sua nova vida, e enquanto ele sentava vendo o mundo passar por sua janela, ele lembrou do diretor que uma vez descreveu os trens como cobras de metal. Em pensar que ele havia imaginado os passageiros montados na serpente gigante enquanto ela percorria as estradas asfaltadas de metal. Ele riu de sua própria estupidez. Havia tanto que ele não tinha entendido.

Seu destino era Kala Bhavana, uma escola de Artes na aldeia de Shantiniketan, fundada pelo poeta bengalês Rabindranath Tagore. Ele se hospedou no albergue da escola. Apenas uma rúpia por noite por uma cama? Aquele valor ele podia pagar. Mas o valor das aulas era bem menos sensato e ele teve de abandonar a ideia. Ele simplesmente não podia ligar para seu pai pedindo ajuda. Ao invés disso, lhe informaram sobre uma escola de Arte em Khallikote, de volta em seu estado, em Orissa, criada para alunos menos afluentes como ele.

Com as esperanças renovadas, ele subiu novamente em um trem que seguia para o sul e chegou na escola de Artes, localizada em uma antiga casa colonial, com piso de mármore e uma cerca de ferro fundido, aninhada entre altas montanhas e o imenso lago Chilika.

A escola era extremamente popular porque era gratuita. A competição pelas 33 vagas disponíveis era acirrada, e PK era um dentre centenas de candidatos. O processo de seleção consistia em uma série de testes para saber quão bem os candidatos conseguiam trabalhar com cores, tintas e carvão. A escola montava três naturezas mortas no pátio – um vaso, um cacho de uvas e três mangas – e os esperançosos formavam um círculo ao redor.

PK espiou o desenho dos outros e se sentiu confiante. No dia seguinte, os professores anunciaram os resultados. Primeiro veio aqueles que não tinham obtido sucesso. E então, os sortudos, listados em ordem por suas notas nas habilidades.

PK ficou em primeiro lugar.

Ele não contou para ninguém na escola em Khallikote que ele era um intocável. E ninguém o perguntou. Os professores e os alunos vinham de toda parte do país e socializavam como se classes ou castas não existissem. Era uma sensação nova e poderosa. Essa era uma Índia diferente, e o lembrava do circo muçulmano itinerante do qual ele havia participado por um curto período quando garoto.

Outra vida era possível.

Aquele ano em Khallikote foi sobrecarregado e sua maior conquista até então. Os professores o destacavam por seu talento e, na primavera, o convidaram a se inscrever para uma bolsa para continuar seus estudos em Nova Deli. Ele enviou o requerimento e esperou pela resposta, que finalmente chegou para acompanhar os estalos e rugidos das chuvas de monção do verão. Seu pai, o chefe dos correios, levou para casa o envelope marrom e oficial e o entregou a sua esposa, que o abriu apenas para entregar de volta ao seu marido para que ele lesse.

"Você conseguiu a bolsa!", Kalabati disse quando PK chegou em casa.

O chão rodopiou sob os pés dele.

"Você vai se mudar para a capital", ela continuou e começou a chorar.

Seu pai o parabenizou, tendo finalmente desistido da ideia de seu filho se tornar um engenheiro.

Sua mãe chorou e se recusou a comer por três dias antes de sua partida. A mudança, para ela, era uma tragédia. No entanto, as emoções dela eram mais complexas. Ela também estava orgulhosa. Na verdade, em frente as mulheres da vizinhança, ela estava triunfante:

"Meu filho vai viajar de ônibus e de trem, e então ele vai voar em um pássaro prateado sobre a selva e as montanhas e mais longe do que qualquer uma de vocês poderia imaginar."

A TRANSFORMAÇÃO

Era o fim do verão, e um perfume de fruto caído fermentado e chuva de monção enchia suas narinas. PK estava prestes a partir para Nova Deli. Ele se ajoelhou em frente sua mãe e tocou seus pés delicadamente. Ela chorou. Segurando suas próprias lágrimas, ele se levantou, a abraçou e pulou na carroça. Ele sinalizou ao motorista e o boi respondeu espantando as moscas de seus olhos. Então começou a sua lenta caminhada pela estrada pedregosa e suja, a carroça onde PK sentava rangendo atrás dele. Quando ele concluiu sua jornada até a estação de trem, PK lembrou de seu horóscopo: ele se casará com "uma garota de bem, bem distante, de fora da aldeia, do distrito, da província, do estado e até mesmo do país".

Na manhã seguinte, o trem chegou em Bhubaneswar, a capital do estado de Orissa, uma cidade exuberante que atingiu PK com uma miríade de novas sensações. Largas avenidas com policiais de trânsito vestidos de branco posicionados nos cruzamentos. Fileiras de táxis Hindustan Ambassador, com homens vestidos com roupas de algodão bem passadas sentados nos bancos traseiros. Antigos templos estatais de pedra rodeados por jardins bem cuidados. Pelas ruas, mercados que pareciam ter sido derramados pelos deuses. O delicioso aroma de comida sendo preparada vindo de pequenos restaurantes. Vacas caminhando por entre bicicletas titilantes e riquexós motorizados barulhentos. E a noite, templos brilhantes, altas casas de vidro e luzes vindas dos letreiros das lojas. Era um espetáculo reluzente, uma criação de outro mundo. Como, então, Nova Deli brilharia?

Ele tinha 22, ou 21, ou provavelmente vinte... ele não sabia de fato. Sua mãe, analfabeta, não podia dizer ao certo. Não celebravam aniversários em sua família, e não havia tal coisa como número de identidade na Índia naquele tempo. O ano era 1971: o calendário pendurado na parede da escola lhe dizia, assim como as capas dos jornais à venda no acostamento da estrada.

Sua infância havia sido caracterizada pela percepção gradual do que significava ser um intocável; a solidão, a humilhação, que havia prevalecido sobre a pura alegria dos primeiros anos aos cuidados de sua mãe. A vida na aldeia foi cruel. Mas agora ele estava na porta de um novo tipo de liberdade, uma anonimidade indisponível para ele em sua terra natal. Tudo – as casas, as ruas, o alvoroço da cidade, parques, templos, os vendedores gritando nos mercados – eram como uma visão perfeita de um mundo de sonhos.

Quando seguia o itinerário, o Expresso Utkal, entre Bhubaneswar e Nova Deli, levava dois dias e meio, mas quando finalmente chegaram na parada final, estavam atrasados por mais de oito horas. O que aconteceu? O homem na cama abaixo dele deu de ombros.

"O que *não* aconteceu?", ele respondeu. "Mas devemos agradecer por termos chegado e não nos preocupar com coisas do passado que não podemos mudar. Digo, o que você pode fazer quanto a isso de qualquer maneira?"

Aquilo soou como bom conselho. Olhe adiante, para o futuro. Celebre o fato de ter saído da aldeia, longe do *bullying* constante, para a capital, onde sonhos eram realizados e as ambições alçavam voo.

PK dormiu profundamente naquela noite, em seu novo e vistoso mundo, no quinto andar da hospedaria Orissa Bhavan, o clube e casa de hóspedes para orissanos que moravam na cidade. Na manhã seguinte, ele se levantou e foi até a janela no corredor. Mas quando se pôs de pé, coçando os olhos na luz da manhã, ele começou a se sentir assustado. Ele havia adormecido tão cheio de coragem e novas ideias, mas foi acordado por medos dando voltas em seu peito; um sentimento de, acima de tudo, querer voltar para a segurança, sua cama, sua aldeia em Orissa, e sua família.

Ele olhou para a Nova Deli abaixo: estradas largas e asfalto escuro e liso, carros corcundas em branco e bege, ônibus amassados das constantes batidas no trânsito denso, caminhões pintados com cores do arco-íris, requixós motorizados pretos e amarelos, ondas de motos e prédios altos de concreto, aço e vidro que brilhavam no sol quente de setembro.

Algum dia me sentirei em casa aqui?

Ele começou a se perguntar se sequer se atreveria a sair. E se eles não o entendesse aqui? Ele falava Oriya, sua língua materna, e inglês, que havia aprendido na escola. Mas na capital se falava principalmente hindi, na qual ele havia ganhado apenas um certificado de leitura no colegial; definitivamente não era uma língua que ele se sentia confortável em falar. *Mai Orissa se ho.* Eu sou de Orissa. *Mai tik ho.* Eu estou bem. Em hindi, sua conversação seria travada, formal e infantil.

Ele deixou seu dedo correr no mapa da hospedaria até a escola de Artes. Era um longo caminho. Ele não fazia ideia de como usar os ônibus da cidade. E se ele cometesse um erro? E se ele não conseguisse encontrar o caminho de volta? E se ele fosse roubado ou trapaceado? E se as pessoas da cidade percebessem como ele era estranho – incerto de si e malvestido – e rissem dele?

Durante a primeira semana, ele foi e voltou da escola andando no intuito de evitar ter que descobrir qual ônibus pegar. Mas ele logo percebeu que era exaustivo; ele teria de tomar o ônibus no fim das contas. Enquanto ele se aproximava da parada de ônibus, o medo o envolveu. Os transportes dilapidados da Corporação de Transportes Deli seguiam em um fluxo constante, balançando pesadamente enquanto cones de fumaça preta escorriam de seus escapamentos e passageiros se penduravam como cachos de uva nas portas. Os motoristas não paravam seus veículos quando se aproximavam de uma parada, mas diminuíam a velocidade, para que as pessoas pudessem pular descendo ou embarcando.

De alguma forma ele conseguiu entrar em um dos ônibus. Depois do que pareceu horas preso nas profundezas da massa de calor humano, ele percebeu que os prédios altos e as praças estavam sendo substituídos por pequenas cabanas de barro, e então campos e matagais.

O ônibus, ele percebeu, não estava indo em direção a escola. Ele havia ido para a direção errada.

Ele saltou na parada seguinte, atravessou para o outro lado da estrada e sinalizou por uma carona de volta à cidade.

No outro dia ele resolveu caminhar. Quanto mais ele conhecia as grandes avenidas, passava pelas elevações e caminhava pelas enormes praças, menos aterrorizante Nova Deli se tornava. O que uma vez pareceu perigoso e hostil, começou a se tornar familiar. Ele sentiu alivio. Isso era liberdade. Aqui ele não era o garoto Pan intocável, filho de Shridhar Mahanandia, o intocável chefe dos correios de Athmallik, e Kalabati Mahanandia, a mulher tribal de pele escura. Ninguém havia ouvido falar de Athmallik, muito menos sabiam onde ficava. Ele não tinha escolha quanto ao lugar onde nasceu e seu lugar na hierarquia de castas. Mas aqui, até então, ninguém o havia questionada sobre nada disso.

Os professores na faculdade de Arte eram modernos, se não radicais. Eram veemente contra o sistema de castas, e assim como na escola de Artes em Khallikote, ele sentava na sala de aula junto com os outros alunos. Castas superiores e inferiores eram tratadas da mesma maneira. PK ouvia os professores falando coisas do tipo, "O sistema de castas é um mal que deve ser destruído". Eles diziam isso em voz alta e orgulhosa, quase de forma triunfante, como se quisessem libertar seus jovens alunos dessa cultura obsoleta e ultrapassada. PK até comia com os outros: no mesmo cômodo, na mesma mesa, das mesmas vasilhas. Ninguém se esquivava quando ele chegava e ninguém repudiava sua presença ou seu toque. Era como viver uma revolução. Ele caminhava a noite de volta para casa quase saltitante. Nova Deli, a cidade, era seu futuro.

A bolsa de estudos do estado de Orissa era para ser paga uma vez ao mês e ser o bastante para cobrir as taxas da escola, materiais, livros, aluguel na hospedaria e comida. Mas após alguns meses o dinheiro parou de chegar. As cinquenta rúpias que seu pai mandava todo mês era o bastante para cobrir seus custos com moradia por alguns dias. Alguém no escritório do governo estava desviando o dinheiro e o embolsando. PK retornava para a janela onde ele deveria receber o dinheiro e recebia a mesma resposta de novo e de novo:

"Perdão! Nada de dinheiro. Volte daqui um mês."

Seu primeiro ano na faculdade de Artes começou de forma tão positiva, mas logo se caracterizou por pobreza, fome e ansiedade sobre onde ele passaria a noite. Durante os primeiros três meses ele ficou com vários amigos da escola. Mas ele não queria abusar de suas hospitalidades por muito tempo. Após um tempo, ele começou a dormir no chão da estação ferroviária de Nova Deli junto com os trabalhadores, inválidos, pedintes e famílias do interior que esperavam o trem. A estação era cheia de pessoas envoltas em mantas, malas grandes feitas de placas de metal, sacos de juta cheios de grãos e palha, potes de leite, ferramentas agrícolas e as vezes uma cabra.

Era mais quente e mais confortável dentro da estação do que fora, nas ruas. As noites em Deli não eram tão quentes como em casa, na aldeia; eram bem úmidas e ocasionalmente cruelmente frias. Além disso, ele podia se lavar nos banheiros da estação, e assim não tinha que ir para as aulas fedendo a suor.

No entanto, em algumas noites, ele estava cansado demais para andar até a estação. Naquelas noites ele entrava na cabine telefônica mais próxima e adormecia.

Aos dezoito anos, Lotta se mudou para Londres para estudar Enfermagem e ter sua formação prática em um hospital local. Ela não precisava de suporte moral, nenhum amigo para segurar sua mão. Ao contrário. Era libertador ir sozinha.

Ela conseguiu um emprego em um renomado hospital em Hampstead, onde os pacientes a longo prazo e a equipe eram como uma família. Lotta era responsável por um senhor muito velho e doente que queria ser tratado como Senhor.

"Prometa, Lotta, nunca se deixe endurecer por dentro", ele disse, segurando sua mão, em seu último dia.

Ela tem carregado esse conselho com ela por toda a vida.

Em Londres, ela comia comida indiana em pequenos restaurantes da vizinhança, onde o aroma de cominho e chilli aguçavam seu olfato. Ela foi ao Royal Festival Hall para ver os dançarinos Odissi indianos, com sinos ao redor de seus calcanhares, e ao Royal Albert Hall para ver o *show* de George Harrison e Ravi Shankar pela paz mundial. Por um curto período de tempo, ela até namorou um imigrante indiano de Deli.

E então teve o diário de fotos que ela encontrou no hospital. Uma das fotos era de uma larga roda de pedra. Parecia ser bem velha e era marcada com pequenas esculturas de humanos e elefantes. Ela arrancou a foto e a colocou na parede acima de sua cama em seu dormitório. À noite, ela deitava a observando.

"É como se a roda estivesse me puxando", ela escreveu em seu diário, "como se a imagem estivesse falando comigo, bem no fundo, sobre algo grande que sabia, mas esqueci."

PK começou a faltar às aulas. Nos dias que ele não conseguia comer, ele estava cansado demais para escutar os professores e completar os exercícios que eles passavam. Ao invés disso, ele andava sem rumo pela cidade. Ele frequentemente acabava na área próxima ao Connaught Place, uma larga praça no centro da cidade cercada de casas brancas em estilo colonial, com colunas e arcos. Era lá onde se localizavam os melhores restaurantes e as lojas mais caras. No meio, havia um parque com grama, arbustos, uma fonte e um lago. De sua própria forma peculiar, cheirava à metrópole: o fedor da água parada, fumaça de diesel e dejetos humanos misturada com o doce incenso de flores e frutas, bem como a fumaça dos cigarros dos porteiros, que deitavam na grama inalando bidi.

Próximo ao parque, em um dos prédios brancos baixos, ficava o Indian Coffee House. Era lá que os alunos, jornalistas e intelectuais da capital se reuniam. Um novo tipo de convidado havia começado a marcar presença, os *hippies* europeus. Eles estacionavam suas vans pintadas e caminhões postais conversíveis do lado de fora, que traziam *slogans* tais como: EXPEDIÇÃO INDIANA 1973-74, PRÓXIMA PARADA HIMALAIA e EXCURSÃO TERRESTRE MUNICH-KATHMANDU.

PK ia ao Indian Coffee House quase toda noite. Ele gostava da atmosfera e a mistura de pessoas. Cartazes nas paredes explicavam que o café era membro da Cooperativa de Trabalhadores do Café Indiano. Ele olhou para as propagandas em sépia dos anos 1950: "Um bom homem..." – um fazendeiro de café orgulhoso com uma barba branca e um chapéu de algodão –, "... um bom café" – grãos de feijão – e finalmente o remate, "e ambos são indianos!" Os garçons usavam pijamas brancos com largos cintos verde e amarelo e tocados de algodão na cabeça. Eles corriam descalços no tapete duro de fibra de coco e serviam café preto e chá quente com leite concentrado de búfala em xícaras e pires brancos de porcelana. Aqui, ele passava horas sentado, com uma xícara de chá, um lápis e um caderno de desenho.

Ele desenhava ambos garçons e clientes, mas principalmente os estrangeiros. Caras barbados e de cabelo comprido, com lenços de algodão e blusas com estampas indianas. Garotas com cabelos pintados com hena, vestidas com calças jeans e camisetas apertadas, ou blusas soltas e coloridas. Às vezes ele os oferecia seus desenhos, mas era muito tímido para pedir dinheiro. Uma xícara de chá era o bastante. Alguns clientes o davam algumas moedas mesmo assim, que ele usava para comprar papel, tintas e pincéis. Alguns perguntavam se ele estava com fome, e o levavam para comer samosas fritas, pakoras, grão-de-bico e batatas fritas em ervas e servidas em pequenas vasilhas feitas de folha seca.

Quando PK já não podia bancar telas e tinta a óleo, ele se contentou com papel fino, de embrulho marrom e tinta preta, que ele comprava por alguns trocados nas ruas estreias por trás do Connaught Place. Ele começou a desenhar pessoas à beira da morte de fome, descrições expressionistas da pobreza, que assustavam aqueles a quem ele mostrava. Para PK, a fome era um assunto importante. As finas linhas de tinta transmitiam perfeitamente como era senti fome. Ele estava dando voz as massas famintas. Desenhar o sofrimento dos outros aliviava o seu próprio e lhe proporcionava alguns momentos de alívio temporário.

Ele parou de pagar as taxas da escola e após seis meses foi deletado do registro de alunos. Os professores não se importavam se ele assistisse as aulas, mas parecia não ter sentido, então ele parou de ir. Ele até parou de produzir arte. Tinha coisas mais importantes para fazer, como conseguir comida.

Após quatro dias sem comer, seu estomago começou a se contrair. Era como se uma corda estivesse amarrada ao redor dele. A dor aumentou, surgindo antes de se dissipar novamente e se transformando em uma dor geral de fome. Os efeitos colaterais eram esquizofrênicos: ele estava apático e depressivo um minuto, animado no outro. Quando sua energia estava alta, sua mente se fixava em comida. Ele imaginava chapatis frescos, panner quente e enormes vasilhas de couve-flor coberto em molho.

Ele andava sem rumo em busca de algo para comer. Em um de seus piores dias, enquanto ele caminhava pela estrada Ferozeshah no distrito de luxo de Deli, ele encontrou um poderoso aroma de temperos. Ele não conseguiu parar. Uma parede rodeava o bangalô imponente, mas o portão estava aberto. Ele olhou lá dentro. No jardim, tendas estavam armadas e decoradas com longas mesas cobertas em toalhas vermelhas. Ele viu garçons com turbantes brancos e casacas azuis correndo de um lado para o outro, carregando bandejas cheias de taças com bordas douradas, e músicos usando jaquetas azul escuro com decorações brilhantes enquanto tocavam os instrumentos de bronze.

PK era naturalmente precavido, nunca fazia coisas que eram ilegais ou poderiam lhe deixar em apuros. Mas a fome havia destruído essa integridade. Ele entrou no jardim onde a festa estava a todo o vapor. Centenas de convidados estavam conversando e comendo no bufê. Cordeiro com espinafre, queijo com molho de pimenta vermelha, espetos de frango tandoori com molho de menta, samosas douradas, grão-de-bico com iogurte, molho de batata e couve-flor com cominho e coentro, chapatis, nan, pakoras...

Seu estômago estava se contorcendo. Era agora ou nunca. Ele pegou um prato, encheu de comida e foi para um canto.

Comeu como um cachorro esfomeado. Ele tentou se conter, mas não conseguia. Preocupado em ser visto, ele ficava se virando e olhando ao redor. Mas ninguém estava olhando. Todos estavam ocupados degustando suas refeições.

Uma vez que seu prato estava limpo e seu estômago cheio, ele se esgueirou em direção a saída. Mais três passos e ele teria conseguido, sem ser descoberto. E então, um toque em seu ombro. Com força, autoritário.

Ele congelou, sentiu o pânico tomar conta de seu corpo.

É isso, ele pensou, estou destinado a uma cela. E então serei enviado de volta a Orissa e toda a vergonha e humilhação que me aguardam lá.

"Café ou chá, senhor?"

Ele se virou. Era um dos garçons, com seu colete com bordado dourado e turbante branco. De primeira PK não entendeu o que o homem havia dito. Ele não havia mencionado a polícia, ele percebeu. Chá ou café? Era aquilo mesmo que ele havia dito? Um pulso de alegria passou por ele.

"Não, obrigado", PK gaguejou. Satisfeito que mais ninguém o observava, ele correu até a rua e através dos carros Ambassador e motocicletas estacionadas pela rua.

Ele correu pela Mandi House e seguiu pela larga avenida até Connaught Place. Ele apenas parou quando estava no Indian Coffee House. Ofegando, ele descansou por um momento. Sorriu. A dor insistente em seu estômago havia desaparecido.

Alguns dias ele comia apenas bagas de jamu que cresciam nas árvores que ladeavam a rua do Parlamento. No outono, depois das chuvas de monção, elas gotejavam com pérolas roxo-azuladas. Quando ninguém as colhia, elas caiam na calçada, manchando o chão com poças de vermelho vinho. Elas eram doces e lhe davam energia. Ele as engolia com água das torneiras da rua. Mas eventualmente ele ficou tão doente que queimava em febre e seu corpo se abateu com fatiga. Ele não conseguia segurar o pouco de comida que conseguia encontrar.

Ele logo perdeu peso e sua visão começou a se debilitar. Todo seu ser estava agora focado puramente em conseguir matar sua fome.

Outono se transformou em inverno e as temperaturas noturnas chegavam a apenas alguns graus. Ele dormia debaixo da ponte Minto, próximo a Connaught Place, e se esquentava próximo a fogueiras feitas com folhas. Ele não tinha mais amigos. A indiferença era como uma infestação rastejando dentro dele. Ele não conseguia encontrar energia sequer para desenhar as pessoas no café. Em vez disso, ele começou a escrever cartas para seu pai implorando por dinheiro. Quando não obteve resposta, ele se perguntou se as cartas estavam sequer chegando. Certamente a salvação estava a caminho, certo?

Quando a primavera chegou, o calor retornou. O verão seguiu com seu calor de estufa. As temperaturas em Deli se aproximavam de 45 graus, bolhas se formavam no asfalto, as calçadas desertas entre o anoitecer e o amanhecer, e ele se sentia doente dia e noite. Seu estômago doía constantemente e mais uma vez seus pensamentos se voltaram para o suicídio.

Deli, Índia, o mundo! Ele estava cada vez mais convencido que, na verdade, ele não pertencia em lugar algum. Ele era pobre onde quer que fosse, igualmente inútil e não quisto.

Meu nascimento, toda a minha existência, não foi nada além de um erro.

Estava na hora de acabar com a dor. Ele andava como se em transe, suas pernas tremendo, em direção ao rio Yamuna. Quando a água mais uma vez tocou sua pele, ele esperava desesperadamente que ele nunca tivesse de sair de novo.

Mas na metade do caminho para o fundo do rio marrom e sujo, o subconsciente de PK tomou o controle. Ele lutou para chegar a superfície e por ar, assim como da última vez. Seu corpo se recusava a obedecer. Era como se seus membros fossem controlados por outra força, que não desistia dele.

Ele se rastejou até a margem do rio e começou a andar pelas ruas quentes. Ele não sabia aonde estava indo, mas de alguma forma ele acabou nos trilhos da ferrovia. Aqui era onde ele colocaria um fim a tudo. Ele descansaria sua cabeça nos trilhos e esperaria.

Mas o metal estava vermelho de tão quente no sol da tarde. Ele deu um pulo. A queimadura em seu pescoço incomodava e ele entendeu a tolice de seu plano.

Em vez disso, ele se sentou.

Pularei na frente do próximo trem, ele disse a si mesmo. Apenas dois passos e tudo estará acabado. Tão simples, tão fácil. Era isso tudo o que bastava para ir de um mundo para o outro.

Horas se passaram, mas nenhum trem chegou. O que estava acontecendo? Eventualmente um homem se aproximou pelos trilhos, coberto pelo pôr do sol. PK o parou para perguntar se ele trabalhava para a ferrovia indiana.

"Sim, sou condutor de trem", ele disse.

"Então por que você não está conduzindo trens?"

"Você não lê os jornais?"

"Não."

"Estamos em greve."

"Greve?"

"Você não pode ficar sentado aqui. Vá para casa para sua esposa!"

"Mas eu não tenho uma casa para ir, e nem uma esposa. Estou tão faminto que meu estômago dói. Por que você acha que estou sentado aqui?"

O condutor deu com os ombros e desapareceu.

Momentos depois, um policial veio em sua direção.

"Vá embora, antes que eu o prenda!", ele gritou, balançando seu cassetete.

No dia seguinte ele encontrou uma cópia do *The Times of India* e começou a ler. Uma greve ferroviária, ele leu, liderada por George Fernandes, o presidente da união dos trabalhadores ferroviários. Fernandes persuadiu diversas outras indústrias a se unir em solidariedade. Dezessete milhões de indianos no total. Sua raiva era direcionada à inflação radical, corrupção, falta de alimento – e finalmente ao governo de Indira Gandhi. Foi, potencialmente, a maior greve da história, escreveu um colunista.

Eu não sou o único a beira de um colapso, ele pensou. Toda a Índia está em declínio.

Imagine, a maior greve na história havia salvado sua vida. Ele não estava destinado a morrer, pelo menos não agora. Um poder maior tinha planos para ele, e ele tinha que respeitar isso.

Não podia ser apenas coincidência que suas tentativas de suicídio falhavam repetidamente. Em vez disso ele devia focar na profecia. O que dizia mesmo? Uma mulher de um país estrangeiro. Ele lembrou da mulher inglesa que havia visitado sua escola, com sua pele de iogurte e vestido floral. Havia alguém lá fora, procurando por ele. Ela era seu destino.

A imagem dela cresceu em sua mente. Ela se tornou gigante, ocupando mais e mais do tempo que passava acordado. E ainda assim, foi um amigo indiano que puxou PK de sua fome e delírio. Quanto a mulher da profecia, ele teria de esperar.

PK começou a voltar as aulas. Sua presença era esporádica no início, mas então ele conheceu Narendra. Eles começaram a frequentar o Indian Coffee House, onde Narendra o comprava chá.

"E talvez algo para comer?", PK sugeriu.

Narendra era um estudante de Medicina e, como PK, intocável e sozinho em Deli. Ele havia conseguido uma vaga para estudar Medicina por conta das cotas para as castas inferiores e estava se saindo bem. Certamente melhor do que a maioria dos brâmanes que se recusavam a se associar com ele. No primeiro dia em que se conheceram, PK contou a ele sobre as dificuldades, a fome e a aflição dos últimos meses. Narendra o confortou e lhe deu dinheiro para que ele começasse a comer com mais frequência, algo além de frutas e restos que haviam sido sua sustância ultimamente. Após duas semanas, a febre desapareceu.

"Você provavelmente tem sofrido de shigelose", Narendra disse, "uma terrível bactéria salmonela. Também conhecida como barriga de Deli."

"O que devo fazer?"

"Vai melhorar por si só. Contanto que você coma e se cuide."

Apenas mais algumas semanas de fome, mais um passo em direção ao abismo, e ele teria desaparecido para sempre. Ele tinha certeza. Mais uma semana de frutinhas e água suja e a doença o teria destruído.

Após seu encontro com Narendra, até o dinheiro da bolsa, que havia misteriosamente desaparecido, reapareceu. Boa sorte atraía mais boa sorte. O pai de PK começou a responder as cartas com desculpas sobre como não havia entendido o quão ruim as coisas estavam para seu filho. Sua primeira carta em meses continha cem rúpias extras, que seria o bastante para comprar comida por uma semana, se PK fosse cuidadoso.

Ele começou a pagar as taxas da escola e frequentar as aulas novamente. Seu desejo de aprender voltou e as cores invadiram a vida de PK novamente. Ele estava ansioso para fazer novos amigos. Um dos outros alunos também foi forçado a dormir na rua e PK costumava encontrá-lo debaixo da ponte Minto. No entanto, PK estava prestes a se aproximar de alguém que nunca conseguiria imaginar o que era passar fome.

A maioria de seus colegas de sala vinham de famílias ricas. Não eram simplesmente classe média, mas da elite política e econômica da capital. Um deles era filho do chefe do Serviço Postal indiano, outra era filha do embaixador indiano da Bulgária, um terceiro vinha de uma rica família Parsi de Bombaim. Seu estilo era metropolitano, com uma atitude similar.

"Eu cresci no coração de Bombaim", ela dizia, jogando o cabelo para trás enquanto cuspia o chiclete no chão.

PK era tímido perto dela. Ele se sentia inferior em sua companhia. Como ele se afirmaria quando confrontado com tanta autoconfiança e senso de direito?

Enquanto os alunos falavam em inglês uns com os outros, ele se sentia melhor. Nas ocasiões em que recebia mais dinheiro do que necessário para encher seu estômago, ele comprava o *Reader's Digest*, perfeito para expandir seu vocabulário. Em hindi, as coisas eram mais difíceis, e a conversa se tornava mais incerta. Ele tinha um entendimento decente da língua, mas tinha dificuldades com o alfabeto devaganári, que era diferente do utilizado para escrever sua língua materna, oriya. Ele vivia constantemente com medo de que alguém fosse apontar para algo escrito e obrigá-lo a ler em voz alta.

Mas PK queria superar esses sentimentos de inferioridade, e então ele começou a conversar com um jovem no café da escola, que aparentava ser muçulmano e, portanto, não se importaria com sua casta. As conclusões de PK estavam corretas.

"Meu nome é Tarique, Tarique Beg", ele disse em inglês refinado, antes de se gabar dizendo ter sido o primeiro no exame de seleção. "Embora não tenha sido todo mérito meu", ele acrescentou.

"O que você quer dizer com isso?"

"Pergunte ao meu pai", Tarique disse, sem um pingo de pretensão.

"Seu pai?"

"Meu pai, Mirza Hameedullah Beg. Você nunca ouviu sobre ele?"

"O nome me parece familiar... Ele é famoso?"

"Ele é juiz da Suprema Corte."

"Oh, Tarique, você é filho de um homem poderoso."

"Sim. Infelizmente."

"Infelizmente?"

Um no outro, eles encontraram um interesse comum em filosofia. Mas nenhum se sentia atraído pelos escritos hindus que tanto fascinavam os brâmanes. Eles se estimularam a ler os textos do Budismo e do Jainismo, bem como aqueles escritos pelos místicos Sufi. Eles sentavam por horas no café da escola, conversando sobre a natureza humana e como expandir a consciência, apenas para se dar conta de repente que o zelador veio fechar a escola.

PK ainda era um sem-teto e Tarique o acolheu.

"Você pode dormir no meu chão, tenho certeza de quem meu pai não se importará."

A família Beg morava em um palácio barroco de vinte quartos e nove banheiros dentre os bangalôs frondosos no sul de Deli. Logo após PK se mudar para o quarto de Tarique, a família hospedou uma grandiosa festa de casamento para sua irmã. A mesa do bufê no jardim rangia sob o peso das iguarias que haviam sido especialmente preparadas. Vários grupos da elite política da Índia estavam presentes, e até mesmo a Primeira Ministra, Indira Gandhi, apareceu. Não é preciso mencionar que PK não era bem-vindo. Enquanto os convidados chegavam pela entrada principal, ele estava deitado no chão no quarto de Tarique, que havia sido trancado pelo lado de fora. Tarique havia prometido voltar com um prato de comida surrupiado. PK se sentiu um vira-lata, esperando para ser alimentado.

Ele escutou os murmurinhos de conversas e o barulho de música vindo do lado de fora. Ele escutou risadas e sentiu o delicioso aroma de temperos. Finalmente, tarde da noite, Tarique chegou.

Ele viveu no quarto de Tarique por meses. Apesar da diferença discrepante entre o passado de suas famílias, eles tinham tanto em comum. Mas discussões filosóficas só podiam acontecer após PK lidar com um assunto mais urgente: "Você tem algo para comer?". Quando, anos mais tarde, PK e Tarique entraram em contato novamente via e-mail, essa era a memória que prevalecia com Tarique de seu pobre jovem amigo: "Você estava constantemente com fome, era a primeira coisa em minha mente". Apenas quando o roncar do estômago de PK havia sido remediado é que eles poderiam lidar com o Buda.

O pai de Tarique foi se tornando extremamente cético com relação ao amigo pobre de seu filho. O juiz era educado com PK, lhe cumprimentava respeitosamente, digno de um ex-aluno de bons modos da Trinity College, em Cambridge. Ele nunca falou diretamente que PK não era bem-vindo, não em sua frente, de qualquer modo. Mas Tarique era forçado a encarar diversos longos interrogatórios com seu pai, nos quais ele implorava por misericórdia a favor de PK.

Tarique disse a PK que seu pai estava tentando convencê-lo a fazer amizade com os filhos de famílias ricas e bem-sucedidas. Eventualmente, Tarique mentiu para seu pai e disse que PK havia se mudado. Tarique surrupiava pratos de comida para ele da sala de jantar. Quando o pai de Tarique ia até seu lado do palácio para conversar, PK se escondia no armário. Ele se sentia tão envergonhado, no escuro e escutando o ressoar da voz do juiz do lado de fora.

Ele se mantinha escondido do pai de Tarique e do resto da família durante toda a primavera de 1973. O quanto ele ficou, nenhum consegue lembrar. Talvez ele tenha se mudado em um dia de maio, quando o mercúrio estava prestes a romper o vidro dos termômetros e o asfalto na praça em Connaught Place havia ficado grudento igual caramelo inglês. Talvez tenha demorado até a monção de verão ter trazido as nuvens cor de chumbo, varrido as ruas da capital e esfriado o ar quente. Ninguém sabe dizer ao certo. Mas Tarique nunca o expulsou. Ele foi o melhor amigo que alguém podia desejar.

Durante aquelas noites quentes de primavera, no chão de Tarique, PK era acometido com terríveis pesadelos. Ele logo esquecia sobre o que eram assim que acordava, mas o horror e o medo permaneciam. Uma noite, ensopado de suor, ele abriu os olhos e viu sua mãe se aproximando na escuridão do quarto de Tarique. Um brilho fraco e cinza a rodeava e seu sari estava molhado e grudado em seu corpo, como se ela tivesse acabado de voltar de seu banho matinal no rio. Como sempre, seu cabelo preto estava molhado e ela carregava um pote de argila cheio com água em sua cabeça.

Como Ma pode estar aqui? Em Nova Deli?

"Tudo vai dar certo", ela disse sombriamente e colocou o pote no chão de Tarique.

"Minha jornada acabou agora", ela continuou. "*Sona poa*, você deve cuidar de sua irmã. Me prometa. Você só tem uma irmã!"

Ele abriu os olhos e estava acordado. Não havia mais ninguém no quarto além de Tarique, que estava dormindo, seu peito subindo e descendo com a respiração profunda. Era mais de três e meia da manhã. Mas ele ainda conseguia sentir a presença de sua mãe, o acalmando, assim como ela havia feito tantos anos atrás, quando ele dormia em seus braços. Quanto mais ele pensava sobre aquelas últimas palavras, mas forte seu coração batia em seu peito. Ele não podia ficar no chão como se nada tivesse acontecido, muito menos voltar a dormir.

Ele fez sua mala, saiu de casa sem acordar Tarique, e seguiu caminho até a estação ferroviária. Ele pulou em um vagão onde os passageiros sem reservas se aglomeravam em bancos de madeira. Menos de uma hora depois de ter acordado de seus sonhos no chão de Tarique, ele estava voltando para casa.

Após três dias, quatro trocas e uma longa viagem de ônibus pelos buracos da estrada pela floresta, ele estava em frente à casa de sua infância em Athmallik.

Shridhar saiu, surpreso em ver seu filho diante dele, com roupas amassados e cabelos desarrumados, grudento de suor e poeira.

"Como você sabia que sua mãe estava doente?", ele perguntou.

"Não sabia", PK respondeu. "Ou... bem, sabia. Sonhei."

"Kalabati sabia que você estava vindo", Shridhar disse. "Nós não acreditamos nela. Tentei convencê-la do contrário. Mas ela é teimosa. Ficava dizendo: 'Eu sei que meu filho está a caminho'. Venha, sua mãe está esperando por você. Nosso pássaro está prestes a deixar sua gaiola para sempre."

A família se reuniu ao redor da cama de Kalabati. Ela estava apenas por volta dos cinquenta, seu cabelo ainda não estava branco, mas um infarto recentemente a roubou de seu brilho anterior, ou pelo menos foi essa a explicação dada pelo centro médico em Athmallik.

Kalabati encarou PK. E então falou sem saudações desnecessárias: "Você nunca deve beber álcool e deixar sua futura esposa infeliz".

E então, assim como em seu sonho, ela acrescentou: "E você deve tomar conta de sua irmã. Me prometa. Você tem apenas uma irmã".

A conversa com seu filho foi seu último grande esforço. A condição dela piorou rapidamente. Naquela tarde, enquanto PK gentilmente derramava água em sua boca meio-aberta, ela não conseguia mais engolir. Um borbulhar emergiu de sua garganta, seguido de uns sons exaustos. Com dificuldade, ela se virou de lado. Seus olhos não conseguiam mais focar e sua respiração ficou mais leve e lenta.

E, então, Kalabati morreu.

Naquela mesma tarde, Shridhar enviou uma mensagem aos carpinteiros da aldeia dizendo que precisava de uma remessa de madeira para a cremação. PK e seu pai carregaram o corpo dela até o rio, com a ajuda de seu irmão mais novo, Pravat. Eles colocaram a maca na areia, se agacharam na beira do rio, onde o chão se inclinava para se encontrar com a água.

Eles esperaram pacientemente. O sol se escondeu, o vento acordou e as nuvens tomaram o céu. A chuva começou a cair e o chão estremeceu com os trovões e relâmpagos que cortavam a escuridão, assim como aconteceu em todas as outras monções que vieram antes. PK sentou com o corpo de sua mãe em seu colo, com medo que a tempestade a tirasse dele. Ele segurou firme em seus pés, como se fosse impedir que ela o deixasse.

A noite estava preta como fuligem, mas nos *flashes* de luz ele pegava relances da face pálida e pés rígidos de sua mãe. Muitos dos intocáveis se aglomeraram para presenciar a cremação, apenas para partirem acreditando que espíritos malignos haviam tomado posse da margem do rio.

Mas PK não estava com medo. Ele se sentia triste, mas seguro. Em paz.

Finalmente, o carpinteiro chegou. Mas veio a pé. Eles haviam quebrado a uma boa distância do rio e não tinha como entregar a madeira. Não poderia haver uma cremação naquela noite.

"Você não pode sentar a noite toda nessa tempestade com o corpo de sua mãe em seu colo. Ela vai começar a apodrecer logo", seu pai disse.

PK e seu irmão tinham de fazer algo. Eles desceram do monte arenoso até a beira da água e lá, os três cavaram um buraco de meio metro com suas próprias mãos. Gentilmente colocaram Kalabati lá dentro. Na falta de uma cremação, teriam que se contentar com um enterro, na esperança que o rio levasse o corpo dela em seu abraço.

Seu pai e seu irmão mais novo não demonstraram emoção alguma, mas PK chorou. Então, de repente, ele pulou no buraco em cima de sua mãe. "Me enterre com ela!" Tudo ficou quieto por alguns segundos. A chuva caia neles, mas ninguém disse uma palavra. Em silêncio, Shridhar puxou seu filho e o colocou em um banco de areia. E então ele começou a jogar areia com a pá sobre o corpo de sua esposa.

PK partiu para Deli na manhã seguinte. Ele não ficou para comparecer ao funeral, que aconteceria alguns dias depois, onde, de acordo com a tradição, ele teria de raspar seu cabelo. PK não queria se livrar das mechas esvoaçantes que demoraram uma eternidade para crescer, inspirado pelos *hippies* no Indian Coffee House. Além do mais, ele já havia se despedido de sua mãe nas margens do rio.

A invulnerabilidade que ele havia sentido quando sua mãe ficou deitada em seu colo havia desaparecido, substituída pela sensação de vazio enquanto o trem atravessava a planície de Ganges, no retorno para sua vida na cidade.

Uniões invisíveis haviam sido quebradas, ele escreveria em seu diário mais tarde. "Às vezes nós voamos, mas sempre pousamos novamente nos colos de nossas mães. Agora ela se foi e eu não tenho chão. A vida é instável. O chão está caindo abaixo de mim. Estou caindo."

O semestre acabou e PK e Tarique decidiram viajar juntos. Eles haviam comentado sobre visitar o pai e os irmãos de PK e também queria fazer uma peregrinação aos lugares sagrados do Budismo.

Eles começaram com a aldeia de PK. Mochilaram por Orissa e visitaram um Shridhar abatido, que ainda não havia se recuperado da morte de sua esposa, antes de pegarem um ônibus paras a sinuosa encosta do Himalaia e o Vale do Katmandu no Nepal. Foi a primeira vez que qualquer um dos dois deixou o solo Indiano, a primeira vez que viram topos de montanhas cobertos por neve ou passado por poças cobertas com uma fina camada de gelo.

Tudo brilhava; as cores eram vivas e distintas. O céu era tão claro e azul, que não havia nenhum traço da névoa marrom que pairava sobre Nova Deli. Uma tarde, enquanto PK sentava desenhando as árvores no parque Ratna, em Katmandu, um homem se aproximou. "Namastê", ele disse educadamente, juntando as mãos e baixando a cabeça. "Você desenha pessoas?"

PK hesitou. "Sim. Às vezes."

A face do homem era marcada por um nariz reto e ornado com um chapéu em estilo nepalês que parecia uma tampa forrageira. Seu perfil era distinto, e por isso não muito difícil de capturar. O homem pareceu satisfeito com a imagem e perguntou se ele poderia comprá-lo por algumas rúpias. Aquilo aguçou a curiosidade de um homem que passava e perguntou se PK poderia desenhar ele também. Enquanto o sol se punha atrás dos montes do Himalaia, uma multidão havia se organizado em uma fila organizada enquanto clientes esperavam para pagar por seus retratos.

Após horas desenhando, seu braço direito doía, mas seus bolsos estavam cheios de moedas e notas amassadas.

O dinheiro pagou por quatro dias de café da manhã e jantar nos cafés da rua Freak. Só de poder pagar por si próprio sem ter que depender da generosidade de Tarique era libertador. PK podia sentir o peso de sua pobreza desaparecendo. As coisas poderiam dar certo no fim das contas.

Tarique e PK eram como dois pássaros exóticos dentes os *hippies* ocidentais que frequentavam os cafés mais populares de Katmandu, o Patan e o Snowman. Um garoto intocável da selva e o filho de um rico juiz muçulmano. Nenhum dos dois pertenciam com os aventurosos filhos da classe média europeia. Os jovens *hippies* renegavam o ocidente enquanto PK e Tarique o desejavam. Para PK, não era a riqueza os as tecnologias avançadas que ele admirava, mas o fato de não haver brâmanes ou sistemas de castas. Eles provavelmente têm pessoas pobres na Europa também, ele pensou, mas eles não devem ser oprimidos como os intocáveis da Índia, certo?

De qualquer modo, eles faziam o máximo para se enturmarem com os europeus, que passavam as noites desprezando o materialismo, fumando haxixe e comendo torta de maça. Os ocidentais devem tê-los achados fascinantes, nativos vestidos de jeans, instruídos e que falavam bem.

As coisas estavam prestes a mudar radicalmente para PK. Pela primeira vez ele estava ganhando dinheiro. Sua última noite em Katmandu seria seu novo começo, o início de uma vida na qual ele nunca mais passaria fome.

De volta a Nova Deli, Tarique disse a PK que estava muito assustado em tê-lo de volta em sua casa, por medo da ira de seu pai. PK não o culpou. Ele teria feito o mesmo. Mas isso significava que, mais uma vez, ele era um sem-teto. Algumas noites ele dormia com amigos da escola de Artes, outras noites ele estava de volta no chão de pedra da estação de trem. Apesar de seu humor otimista há apenas algumas semanas nos cafés do Nepal, a depressão retornou com força. Ele se sentia fadado a esses retrocessos.

Mas, desta vez, ele tinha uma saída. Ele iria se tornar um artista comercial. E ele sabia o lugar perfeito para montar sua loja: a fonte no parque em Connaught Place, no centro de Deli.

Clientes do Indian Coffee House geralmente vinham assistir quando PK fazia seus retratos perto da fonte. Toda tarde uma plateia se formava ao redor de seu novo cavalete recém adquirido.

Mas os espectadores começaram a atrair a polícia.

"Senhor, honroso Comandante, por favor, eu preciso ganhar a vida de alguma forma, certo, senhor? Você não concorda, senhor?"

A maioria dos policiais eram decentes, no entanto, ou, pelo menos, abertos a subornos. O chefe da polícia se satisfazia com um retrato.

"Então você não precisa pagar a multa", ele dizia.

Logo as paredes da delegacia começaram a se encher com os desenhos de lápis e carvão de PK.

Quando isso não funcionava, ele era levado até a delegacia. Mas PK não reclamava. Ele rapidamente entendeu a vantagem de não pedir soltura imediata. Desta forma, ele tinha uma cela aquecida, era oferecido comida e até tomava banho. Ele então era liberado na manhã seguinte, limpo e descansado.

Ele começou a cooperar com um dos policiais em específico, que vinha prendê-lo apenas após seu horário de pico. O acordo deles: PK tinha uma cama em uma cela e o policial levava 50% da sua renda. Isso perdurou por um tempo, até que os colegas do policial começaram a suspeitar e ele se sentiu obrigado a pedir para PK desaparecer por um tempo.

Mas PK tinha de fazer dinheiro, então ele mudou seu negócio para a área próxima ao aeroporto. Onde acontecia de ele estar trabalhando no Dia da República, em 26 de janeiro de 1975.

As pessoas haviam se enfileirado na principal avenida do centro da cidade até o aeroporto. Veículos foram banidos e a polícia formou uma corrente humana para prevenir que as pessoas invadissem a estrada. As pessoas se moviam como uma só, ombro a ombro, em direção ao terminal. Algumas carregavam placas, outras, flores. PK viu homens com câmeras e cadernetas. De repente uma onda percorreu a multidão, alguém foi empurrado e caiu, e gritos eclodiram, apenas para serem abafados por um instantâneo murmurinho de excitação. Por quem estavam todos esperando?

Dois jipes da polícia apareceram, e então mais dois. O cortejo foi em direção a eles, realizando um *show* para os espectadores. O murmúrio aumentou. PK entrou na multidão e encontrou um lugar com uma boa vista. Foi então que ele avistou a mulher no jipe. Sua pele brilhava branca como ele no sol forte de verão.

Ela havia vindo de um lugar bem distante, ele percebeu.

"Valentina, você é nossa heroína!", alguém gritou.

PK estava entre um grupo de Sikhs altos e uma turma de pré-escolares. As crianças aplaudiram. PK se uniu a elas. Como ele não tinha flores, ele rapidamente começou um desenho da mulher. Ela havia caído do céu, pousado no aeroporto, e agora era transportada como uma rainha em direção ao centro da cidade. Ele empurrou as pessoas para se aproximar. O jipe havia parado. PK se esticou e tentou entregar o desenho para a mulher na parte aberta do carro, mas um segurança o bloqueou com seu cassetete de madeira. O homem então pegou o desenho, olhou para ele e sorriu. Ele passou a imagem para a mulher. PK viu ela examinar o retrato e então olhar para o segurança, que apontou para PK. Ele encontrou o olhar da mulher. Ela se inclinou e sussurrou algo para o guarda, que se virou para PK.

"A madame quer falar com você", ele disse.

"Agora?"

"Não, seu idiota! Como isso funcionaria?"

Ele recebeu um pedaço de papel com um endereço. *A embaixada da União da República Socialista Soviética, Shantipath, Chanakyapuri*, dizia.

"Amanhã ao meio dia. Traga seu desenho e não se atrase", o guarda completou bruscamente.

Ele chegou na Embaixada Soviética no organizado quarteirão diplomático de Chanakyapuri. Oficiais do governo indiano e diplomatas russos estavam na entrada, rodeados por jornalistas e fotógrafos. Lá estava ela, um pouco mais ao fundo dentro do prédio, em meio ao mar de pessoas e fotografias emolduradas dos líderes soviéticos. Um guarda o empurrou na direção dela, ela segurou sua mão e o agradeceu em inglês falho.

"Um lindo retrato", ela disse, se apresentando, "Valentina Tereshkova."

"Um lindo rosto", PK respondeu.

Quem era ela? Eles sorriram juntos para as câmeras. Tereshkova? Ele nunca ouvira o nome antes. Houve tempo apenas para trocar alguns gracejos. Com tantos diplomatas e jornalistas no recinto, ele não podia acrescentar nada pessoal, como uma pergunta: você é casada?

Em vez disso, ele foi bombardeado com perguntas de jornalistas curiosos assim que saiu.

"Quem é você? De onde você é?", eles queriam saber.

PK pediu que, ao invés disso, eles lhe dissessem quem era Valentina Tereshkova.

"Meu Deus, quão ignorante é você? Ela é a primeira mulher cosmonauta!", bradou um dos jornalistas.

PK estava extasiado. Ele não precisava saber de mais nada. O espaço! Aquilo era o bastante para ele. Ele respondeu às perguntas, falando sobre a aldeia na selva e sua mãe tribal e seu pai intocável. Os repórteres escreveram com intensidade. Indianos amavam uma história de superação e os jornalistas sabiam que esse jovem de pele escura era um achado. PK, o pobre garoto de casta inferior da selva, havia tido a chance de conhecer a mulher cosmonauta mais famosa do mundo.

***

Naquela noite, ele sentou no café em Connaught Place e pensou em Valentina Tereshkova. Agora ele já tinha lido o jornal do dia. Antes uma operária em uma fábrica têxtil, na manhã do dia 16 de junho de 1963, Valentina vestiu seu traje espacial e entrou no ônibus que a levaria ao local da decolagem, dizia no jornal. O foguete rugiu e os controles zumbiram. Após uma contagem regressiva de duas horas, os motores foram ligados e eles partiram. Valentina, sob o codinome Gull, começou sua jornada até a órbita da terra. Ela girou 48 vezes ao redor do planeta em dois dias, 22h50m, antes de retornar em um pequeno cone de aço equipado com paraquedas, e aterrissar no solo árido do Cazaquistão. De volta à Terra, ela continuou como pesquisadora em aeronáutica, e se tornou membro do Supremo Soviético da União Soviética e do Comitê Central do Partido Comunista.

E agora ela estava na Índia.

Havia algo transcendental sobre uma mulher viajando em um veículo no espaço. O que aquilo significaria? Ele pensou na deusa ilusória Durga, comumente descrita como uma figura salvadora, a mãe do mundo que luta contra os demônios que ameaçam a ordem divina. Durga é geralmente ilustrada de pé em uma cabeça de búfalo cortada enquanto carrega os tipos de armas grandes geralmente usadas por deuses masculinos, ou então é ilustrada cavalgando um leão ou um tigre.

Valentina Tereshkova havia escapado da Terra, mas havia retornado. Uma mulher de um lugar além de todos. Uma mulher cavalgando um leão rugindo, um foguete cuspidor de fogo. Uma cosmonauta.

Talvez ela fosse a mulher sobre a qual o astrólogo profetizara?

Ele imaginou uma vida com ela. Mas era difícil. Ele se visualizou a seguindo em um cortejo de automóveis que seguia para o pôr do sol, então chegando, após uma longa jornada, em sua cidade natal na União Soviética. Ela ao seu lado, em um vestido floral, ele usava um terno escuro em estilo ocidental. Quando ele tentava visualizar os arredores, as coisas se tornavam difusas, as emoções mais fracas, as cores apáticas. Ele nunca viu uma cidade soviética, muito menos a casa de uma cosmonauta. Ele não sabia como eles viviam na União Soviética, o gosto que tinha sua comida, o formato de seus carros e a altura de suas árvores.

Ele havia lido sobre os pobres aldeões cazaques que haviam se reunido ao redor da cápsula dela durante o pouso. A mulher no traje espacial ficou frente a frente com os pastores e fazendeiros famintos e de olhos caídos.

"Esperem!", ela disse, e retornou a cápsula onde ela procurou por pequenas embalagens, caixas de biscoitos e outras comidas que sobraram da sua viagem ao espaço.

"Aqui, peguem isso!", ela disse, oferecendo o que tinha.

Mais tarde ela foi punida pelo comitê de boas-vindas da Agência Espacial; ela não deveria ter dado os alimentos espaciais.

PK imaginou Valentina pousando sua nave em Athmallik e entregando pacotes de comida aos necessitados. O pensamento o aqueceu por dentro, porque ele sabia que existiam pessoas boas no mundo, e Valentina era uma delas. Ela fazia o que podia para reduzir o sofrimento humano.

Mas o sonho estava se desfazendo. Ele sabia, no fundo, que ela não era a mulher da profecia, ela não era sua estrela cadente. Tantos pensamentos ridículos! Ele andou pelas ruas escuras e desertas da cidade em busca de uma caixa de papelão ou uma cabine telefônica onde pudesse dormir.

No dia seguinte ele procurou pelos jornais nas bancas que se alinhavam na calçada do lado de fora da estação de trem. *The Navratnam Times. The Times of India. The Hindustan Times. The Hindu. The Indian Express.* O que eles haviam escrito sobre ele?

"Esse é você nos jornais?", um homem chai que estava perto o perguntou.

"Sim, sou eu", ele disse enquanto pagava ao homem trinta paisas e recebia uma caneca de terracota com chá quente. O homem olhou para ele de onde estava, agachado próximo a sua chaleira de alumínio amassada, que fervia sobre o fogo aceso. Ele estava impressionado.

PK comprou o *The Times of India* e folheou as páginas. Lá estavam eles, na página doze. Valentina e PK, na embaixada. *Garoto da selva conhece mulher do espaço*, se lia no título.

Sua cabeça se encheu de barulho. A história de sua vida, não a de outra pessoa, bem ali, no jornal.

Naquele dia PK foi o assunto das filas de ônibus e casas de chá em Deli. Vários jornais relataram a história. As pessoas o cumprimentavam no seu caminho até a estação, pelo seu usual atalho através esburacada rua principal do mercado Paharganj. As pessoas pararam e perguntaram se ele estava bem enquanto passava por paredes descascadas e *outdoors* pendurados e pela larga estrada Panchkuian em direção a Connaught Place.

Após um verão trabalhando em Estocolmo, Lotta estava de volta à Inglaterra, na costa sul, aprendendo inglês. Como parte de seus estudos, ela tinha de preparar um projeto especial, e o dela teria a Índia como foco, obviamente. Ela tomou o trem para Londres, da marina de Portslade, e seguiu caminho até a biblioteca da comunidade. Durante algumas semanas, ela trabalhou de forma intensa, montando uma exibição sobre o povo tribal de Orissa e seus murais cerimoniais em especial.

Enquanto sentava olhando as imagens dos tecidos indianos ikat, ela pensou que as estampas pareciam familiares. E então ela lembrou. Eles pareciam exatamente com alguns dos materiais usados nas roupas festivas tradicionais da Suécia. Na verdade, eles eram quase idênticos aos produzidos em Toarp, uma pequena comunidade nos arredores de Malmö. Como tecidos indianos e suecos podiam ser tão parecidos?

Tudo acontece por um motivo.

A Índia tinha problemas. A inflação estava fora de controle e o desemprego só aumentava. PK leu nos jornais que a Primeira Ministra Indira Gandhi descreveu a situação como "cada vez mais difícil de controlar". O partido de direita hindu ameaçou incitar um conflito religioso.

PK, no entanto, caminhou por seu caminho rotineiro entre a estação onde dormia e a fonte onde trabalhava.

Um homem bem vestido se pôs ao lado de PK enquanto ele desenhava outro cliente.

"Um retrato, senhor? Dez minutos, dez rúpias!", PK disse sem olhar para ele.

"Não é para mim", o homem respondeu. "Venha, para podermos conversar sem interrupções."

"Por quê?"

"Nosso grande Presidente, o honorável Fakhruddin Ali Ahmed, quer lhe convidar para jantar. Ele também quer que você faça seu retrato", disse o homem, que se apresentou como secretário do Presidente.

Alguns dias depois, PK foi levado ao Palácio Presidencial em um carro Ambassador branco com luzes vermelhas no teto e sirenes gritando.

Originalmente construído pelos britânicos para o último vice-rei, o Palácio Presidencial era um prédio de pedra imponente que emanava poder e força.

Ele foi recebido pela guarda presidencial, que era constituída por alguns Sikhs com turbantes. Eles poderiam me esmagar com uma mão, PK pensou, enquanto era levado para dentro. Para todo canto que olhava havia ouro, espelhos e lustres, o brilho do antigo Império. PK estava impressionado. Ele nunca havia visto algo assim, a não ser em fotos. Era quase inimaginável que ele, dentre todas as pessoas, estivesse aqui, no centro do poder no meio da capital da nação, prestes a conhecer o Presidente.

Ele juntou as mãos e curvou-se em um gesto de respeito. O Presidente sentava perto de uma pequena mesa redonda onde repousava um vaso de flores. PK começou a trabalhar imediatamente. O secretário olhou para seu cronômetro. "Me diga quando acabar", ele falou.

Treze minutos depois PK disse "pare", e o secretário apertou o botão. O Presidente olhou o desenho. Ele sentou estudando-o por algum tempo sem dizer nada. E então ele se virou para PK.

"Adorável", ele disse.

O Presidente então começou a fazer piadas. Ele tinha uma risada parecida com a partida de uma lambreta. Como qualquer outro tio indiano comum.

Enquanto PK estava de saída, ele escutou o Presidente dizer ao seu secretário: "Não esqueça de enviar dinheiro a minha filha".

PK gostou dele; o Presidente da Índia parecia ser um pai amoroso, se preocupando em como seus filhos estavam após terem saído de casa. Fez ele parecer mais humano. Quando deixava o palácio, PK foi recepcionado por uma parede de jornalistas gritando e câmeras disparando. A imprensa queria saber o que o Presidente havia dito.

"Ele disse que tinha que enviar dinheiro para a filha", PK respondeu, acreditando que os jornalistas interpretariam da mesma forma que ele, que o Presidente era um homem cuidadoso e adorável.

Mas os repórteres não acharam aquilo nem um pouco encantador.

"Ele devia estar se preocupando com seu país, não com sua família", um disse.

"O futuro da Índia é mais importante que a filha dele", outro reclamou.

"Vocês têm o líder que merecem", disse um terceiro.

No dia seguinte, todos os principais jornais haviam publicado sobre a visita dele ao palácio, ilustrados com fotos do Presidente, PK e seu retrato. O fato de o desenho ter levado apenas treze minutos para ficar pronto era o principal foco dos repórteres, como se ele tivesse sido um atleta, não um artista.

Na primavera de 1975, a polícia estava se tornando ainda mais agressiva em seu tratamento com as multidões. O governo temia que a insatisfação política levasse a violência, manifestações e rebeliões.

PK havia colocado uma placa na fonte: *Dez rúpias, dez minutos*. As filas cresceram. Ele se tornou tão popular que a polícia o via como um risco de segurança. O chefe da delegacia de Connaught Place foi vê-lo pessoalmente declarando: "Isso não pode continuar!".

Então eles o levaram novamente.

Após ser liberado cedo na manhã seguinte, ele foi para a escola de Artes, seu estômago cheio e corpo descansado, e então de volta para a fonte, para continuar de onde havia parado na noite anterior.

Além dos retratos encomendados, PK pendurava paisagens e pinturas a óleo expressionistas do seu período de fome para exibição. Essas pinturas dobraram de número. Toda noite, entre seis e nove, a fonte e o pôr do sol se espelhavam no mais lindo espetáculo que PK já vira. Os últimos raios do dia criavam arco-íris nas gostas de água vaporizadas. Esta era possivelmente a galeria mais inspiradora para sua arte.

Gradualmente, a polícia se tornou mais educada ao lidar com ele. Ainda o prendiam em algumas ocasiões, mais para mostrar serviço, para que as pessoas soubessem que eles estavam fazendo algo. No entanto, com cada vez mais frequência, eles o deixavam em paz. Os artigos nos jornais o atribuíram o apelido de "Artista da Fonte". Os professores na escola de Artes admiravam seu empreendedorismo e o encorajavam. Alunos que antes não o percebiam queriam ser seus amigos. No espaço de algumas semanas, ele tinha ido de um zé-ninguém a celebridade. Todos amavam sucesso.

Após os encontros com a cosmonauta e o Presidente, ele começou a aparecer na mídia aparentemente semanalmente, já que era entrevistado para televisão, rádio e revistas. Ele se tornou o assunto de conversas das favelas do país até as festas da elite e as filas ao redor de seu cavalete cresceram ainda mais. Sua reputação se espalhou, chegando ao centro do poder, e dois membros do parlamento, que viram sua foto no jornal, o convidaram para o Clube da Constituição da Índia na Avenida Sul, próximo a residência da Primeira Ministra.

Era ali que ele estava sentado e conversando quando Parmeshwar Narayan Haksar o viu.

Haksar era o principal secretário de Indira Gandhi. O governo estava em apuros e Haksar sabia que eles precisavam de boa publicidade. PK poderia ser a pessoa certa, ele pensou. Ele veio do fundo da sociedade, mas ele também personificava a energia que faltava em muitos indianos privilegiados. PK era uma vítima do mal da sociedade, tudo que Indira Gandhi e o Congresso Nacional Indiano queriam mudar na Índia. Os intocáveis representavam uma grande base potencial de eleitores, um quinto da população do país. Se Indira Gandhi conseguisse o apoio deles, ela seria capaz de implementar medidas drásticas que queria e ainda ganhar a próxima eleição.

PK rapidamente percebeu que Haksar era uma pessoa importante em quem Indira confiava. Ele era seu conselheiro publicitário, sua fábrica de ideias pessoal e estrategista político, todos em um, e um advogado persistente por políticas governamentais mais socialistas. Ele pertencia ao círculo de brâmanes radicais de Kashmir. Alguns comentaristas políticos alegavam que Haksar estava por trás da nacionalização dos bancos e a excomunhão de certos emblemas do capitalismo, como a Coca-Cola.

Haksar se apresentou e perguntou: "Você aceitaria fazer um retrato da Primeira Ministra?".

"Sim, senhor", PK respondeu pulando da cadeira.

"Onde posso encontrá-lo? Número de telefone?

"Senhor, eu não tenho telefone."

"Endereço, então."

"Eu durmo uma noite na estação de trem e a seguinte na delegacia, senhor."

"Shhh!", Haksar sussurrou. Ele se aproximou. "Vou arranjar um lugar para você ficar."

Indira Gandhi era uma mulher impressionante. Maternal e autoritária, e ainda alegre ao mesmo tempo. Ela fez piadas sobre as notícias recentes e os objetos que decoravam a residência do Primeiro Ministro. PK não entendia as piadas por completo, mas sua comitiva ria, então PK decidia que era melhor rir junto também.

Ele imaginou que ela seria alta, que ele teria que dobrar o pescoço para falar com ela. Mas ela mal chegava a um metro e setenta, quase a mesma altura que ele, mas com uma bela figura feminina e lindos olhos. Como uma estrela de cinema.

Indira perguntou a PK educadamente de onde ele vinha e sobre seus futuros planos.

Sua voz tremeu ao responder.

"Orissa, eu venho de Orissa, mas agora eu frequento a escola de Artes aqui em Deli", ele disse tentando soar digno.

"Entendo", Indira disse, parecendo distraída. Ela parou para olhar para as flores nos jarros próximos a janela.

"Olá", ela disse, se virando para o homem de pé próximo a porta. "Você deve se lembrar de aguar as plantas. Não esqueça de aguar as plantas."

Então ela retornou as suas contemplações.

Indira e PK folhearam o portfólio de pinturas a óleo, desenho de carvão e rascunhos à lápis dele. A Primeira Ministra havia frequentado a escola de Artes de Tagore, em Shantiniketan, isso PK sabia, então ela possuía uma verdadeira apreciação pela arte. Ela folheou seu trabalhou, registrando interesses parciais com algumas concordâncias com a cabeça e "ah-has".

"Esse é bonito", ela disse segurando um desenho, "mas os outros... hmm, bem, você deve praticar mais. É a única forma de melhorar."

Ela o elogiou mesmo assim e disse que desejava sinceramente que ele se tornasse famoso. "Você merece."

Eles então foram para outro cômodo almoçar, servidos por garçons uniformizados. Eles se sentaram à mesa, Indira Gandhi, a Primeira Ministra mundialmente famosa, e PK, o garoto sem-teto da selva. Mas Indira não sabia que PK dormia na estação de trem; Haksar não contou a ela.

Se pelo menos Ma pudesse me ver agora.

Ele olhou para Indira enquanto comiam. Ela descascava suas próprias batatas cozidas. Estranho. Os serventes não podiam fazer isso por ela?

Após esse primeiro encontro com Indira Gandhi, PK foi direto ao Orissa Bhavan. Ele iria se encontrar com um colega de escola que estava trabalhando como cozinheiro no clube. PK estava ansioso por receber mais uma refeição, mas foi recepcionado por um grupo de estranhos assim que passou pela porta. As pessoas o olhavam diferente agora, ele podia sentir. Elas estavam curiosas, expectantes. O que ele diria? Agora eles acreditavam que seria interessante.

"Eu preparei uma refeição especial para você, PK", seu amigo disse e se curvou como se estivesse falando com um oficial do estado.

"Quem são *eles*?", PK perguntou e apontou para um grupo de homens próximos.

"Jornalistas", seu amigo respondeu e sorriu. "Eles querem saber o que ela disse."

Um jornalista do *The Navbharat Times* se aproximou e pediu uma entrevista. PK respondeu de bom grado suas perguntas. Ele gostava da atenção, e o fato de que eles estavam perguntando a ele, dentre todas as pessoas, sobre a Primeira Ministra. Aquilo o fazia se sentir importante. Mas os jornalistas também pareciam querer fazer o encontro mais memorável do que realmente foi.

Na realidade, não foi nada além de uma conversa sobre arte com uma mulher influente. Não qualquer mulher, claro. Mas não foi maravilhoso, foi?

Ele estava nervoso e incerto durante aquele primeiro encontro com Indira Gandhi. Os indianos veneravam a Primeira Ministra como se ela fosse uma deusa e ele não sabia como se comportar.

Mas haveriam mais reuniões com Indira. Três no total. E tudo aconteceu por causa de Haksar. A segunda vez que eles se encontraram, seu medo diminuiu e ela realmente pareceu uma boa pessoa. Ele não precisava ter medo dela.

Na terceira ocasião, ele permitiu ser fotografado nos jardins de sua residência junto com a Primeira Ministra e um grupo de intocáveis de Orissa. O fotógrafo de Indira tirou as fotos e elas apareceram nas primeiras páginas de diversos jornais no dia seguinte. Ela estava no meio, com seu sari amarelo leão, seu cabelo ondulante brilhando entre um cinza claro e preto, enquanto os intocáveis se agachavam na grama, como se fossem seus discípulos.

Após todos esses encontros, o rumor se espalhou em Orissa que a Primeira Ministra, a "Mãe do País", como era conhecida, havia adotado PK. Ele não era mais o filho de Kalabati, a mulher tribal que havia morrido e sido enterrada a vários anos. Ele era nascido de Indira Gandhi agora, mesmo que ele não necessitasse de uma nova mãe. Talvez, nesses tempos atribulados, o governo de Indira Gandhi precisava mais dele.

Lotta não era do tipo de se obcecar com contratempos. Eles nada mais eram do que nuvens de chuva passageiras que ela deixava partir enquanto buscava o raio de sol. O que importava era o aqui e o agora. Com certeza, havia miséria real no mundo, mas mesmo assim, era melhor não se identificar demais com os aspectos sombrios da vida. Muitas pessoas ficavam presas revivendo o passado de novo e de novo, como se só ficassem confortáveis com a dor.

Ela começou a praticar ioga, e nela encontrou a filosofia perfeita para sua personalidade. Os movimentos e técnicas de respiração eram baseados em uma ideia que ela já havia abraçado: é necessário coragem para se mudar, mas você não pode ser escravo da sua mente para sempre.

Todos querem encontrar a felicidade, mas é difícil viver sob tais princípios. Nós precisamos lembrar deles todos os dias, para não estagnar, ela disse a si mesma.

Mas como era possível ser feliz sabendo a forma como as pessoas se tratam e a terrível injustiça do mundo? Sim, era importante ser politicamente engajado, e ainda assim ela não conseguia ser. Existem várias opiniões diferentes e igualmente válidas. Nenhuma ideologia deveria clamar ser absolutista. Ela não pertencia a nenhuma religião, não usava nenhum crachá para declarar aliança política. Ela não podia se considerar cristã, hindu ou budista mais do que conservadora, liberal ou socialista.

Pegue um pouco de cada.

Apesar de sua educação cristã e uma afinidade natural com a ioga e as filosofias orientais, Lotta criticava a religião organizada. Ela era humanista. Aquilo bastava. Todos tinham dentro de si a mesma energia, independente de descendência ou cor da pele. Era simplesmente impossível ser racista, Lotta pensava.

O dinheiro que PK ganhava com seus retratos ia para a compra de tintas e telas, que o permitiam fazer trabalhos artísticos cada vez mais grandiosos, com uma maior variedade de técnicas e assuntos. A maioria era vendida para turistas estrangeiros na fonte ou dentro do Indian Coffee House.

Haksar o havia prometido um apartamento, mas não estava com pressa. Enquanto isso, PK alugou um pequeno quarto em Lodi Colony, um dos subúrbios mais afluentes da cidade, logo ao sul de um grande e frondoso parque, que abrigava um grande mausoléu dos sultões medievais de Deli. Mas sua nova acomodação não tinha nada de grandiosa. O simples quarto continha apenas uma cama e um criado-mudo, três ganchos na parede de cimento para ele pendurar suas roupas e uns poucos metros quadrados de espaço para abrigar seus amigos sem-teto.

Ele estava começando seu terceiro e último ano na escola de Artes e era com frequência o assunto da cantina. Os outros alunos cada vez mais o consideravam uma espécie de guru. Até mesmo os professores e os artistas visitantes experientes, com o dobro de sua idade, o pediam conselhos. Eles queriam saber sobre técnica, quais materiais ele usava, se os pais dele eram artistas famosos, sobre seus pensamentos sobre a arte em geral e como Indira Gandhi era como pessoa.

Uma das alunas do primeiro ano estava especialmente interessada em estabelecer contato. Ela não disse muito de início, mas PK podia sentir que ela queria algo. Finalmente, ela juntou coragem e se apresentou.

"Meu nome é Puni", ela disse suave, como se envergonhada por ser tão direta.

Mas sua pergunta foi surpreendentemente direta:

"Você quer almoçar comigo?", ela perguntou.

"Sim", PK respondeu sem pensar. Ele raramente dizia não a um convite. Mas Puni pareceu duvidar de sua sinceridade.

"Não estou atrapalhando, estou?", ela perguntou ansiosa.

"Sim", ele respondeu. "Você está, um pouco! Estou no meio de um trabalho. Mas é uma boa distração ser convidado para almoçar com você."

Após uma refeição agradável na cantina da escola, ela o convidou para a sua casa.

"Minha mãe quer conhecer você", ela disse. "Você pode ir no domingo?"

"Sua mãe? Por que ela quer me conhecer?"

"Ela quer que você faça um retrato dela."

O trânsito, que consistia basicamente de carros Ambassador, caminhões criativamente coloridos e ônibus desgastados, rastejava como calda fria. Se misturava lugubremente com um fluxo de bicicletas riquexós saindo das ruas estreitas ao redor do mercado Jama Masjid. PK estava sentado no banco do passageiro na traseira de um riquexó à pedal, olhando o caos e as multidões. Era um sentimento maravilhoso. Ele nunca havia se permitido a extravagância de ser conduzido em um táxi de bicicleta, de sentar e assistir enquanto o homem o carregava apenas na pura força. Ele pensou nos donos de terra, mercadores e brâmanes acostumados a ter empregados os servindo, como se de alguma forma eles merecessem aquilo. Naquele momento, ele sentiu que também merecia ter um homem que fizesse o trabalho pesado para ele.

Eles serpentearam por entre a multidão cada vez mais densa em Chandni Chowk, passaram por joalherias, lojas de tecidos, cartazes anunciando água da torneira gelada e fotógrafos com suas câmeras em caixas de madeira tirando fotos do passeio. O condutor do riquexó passou por becos, desviando de ciclistas, cabras perdidas e outros táxis bicicleta, vacas vacilantes, cachorros latindo, mulheres com lenços cinzas e homens com chapéus de crochê. Eles passaram por buracos nas paredes e sacos de juta cheios de farinha e pimentas. Era uma vista extasiante.

Os mercados de Deli pareciam contos de fadas exóticos para o garoto da selva. A cidade cheirava a história e poder, mas também a superlotação e pobreza. O ar fedia a lama preta e grudenta que se juntava nos esgotos abertos, mas também se misturava com o cheiro doce e sedutor da fumaça de patchuli vinda dos pátios que exibiam mangueiras e figueiras suculentas.

Finalmente ele chegara. Ele desceu, pagou uma bela gorjeta para aplacar sua consciência, e bateu na porta de madeira.

"Bem-vindo!", veio uma voz por detrás da porta. Era Puni.

Ela parecia tensa. "Posso pegar algo para você beber?"

"Água está bom", PK respondeu.

Ela riu. Ela estava nervosa, PK percebeu.

"Café ou chá?"

"Talvez mais tarde."

Tudo estava quieto. Ele olhou ao redor. As paredes eram decoradas com fotos de atores e atrizes indianos famosos, e revistas de moda cobriam a mesa de centro. Puni voltou com um copo de água em uma bandeja. Um cheiro invadiu o cômodo. Ela deve ter passado no banheiro e colocado um pouco mais de perfume. O doce aroma de jasmim e rosas chegou as suas narinas. Ele olhou para ela. Parecia diferente. Ela vestia um salwar kameez, suas bochechas estavam cobertas de *blush* e sua boca pintada de vermelho. Ela queria parecer mais velha, a simples e sincera aluna de arte havia desaparecido.

Ele engoliu a água.

"Onde está sua mãe? Posso começar agora."

"Ah, minha mãe teve de sair pouco antes de você chegar. Algo aconteceu... algo urgente no trabalho."

Ele suspeitou que algo não estava certo.

"Espere, ela vai voltar", Puni disse gentilmente.

Mas ele estava desconfortável e decidiu que tinha de partir imediatamente.

"Domingo é o meu melhor dia na fonte. Os clientes devem estar esperando. Preciso ir ganhar a vida. Até logo!", ele disse e partiu.

"Bom dia!"

Ele reconheceu a voz às suas costas. Ele se virou no corredor. Era Puni novamente.

"Minha mãe comprou dois ingressos para o cinema hoje à noite, a última exibição no Plaza. Mas ela mudou de ideia e não quer ir comigo. Você quer ir comigo?"

"Qual filme?"

"Não sei, mas minha mãe é bem seletiva."

"Deixe-me pensar sobre isso. Vejo você no almoço."

Ele foi para seu estúdio para arrumar a bagunça do dia anterior. Colocou as tampas nos tubos de tinta que vazaram na mesa. Jogou fora um pincel que estava coberto de tinta seca. Limpou outros dois com terebintina. Encarou uma pintura pela metade e examinou alguns rascunhos jogados pelo chão. Então ele pegou um pincel e começou a pintar.

Ele tentou visualizar Puni, mas não conseguiu. Um véu parecia cobrir seus olhos. Ele escutou sons, abafados e então agudos. Era como se as cores das pinturas estivessem falando com ele, como se fossem pessoas. Elas não articulavam palavras, mas acordes e tons que representavam diferentes sentimentos. Ele trabalhava rápido, com zelo e energia.

O sinal da escola tocou no horário de almoço, mas ele continuou como se nada tivesse acontecido. De repente, alguém apareceu na porta. Ele viu uma sombra fraca se movendo no brilho da tinta molhada na tela. Ele continuou fingindo que não havia visto. Ele sabia quem era e não estava feliz, o que o surpreendeu. Ela estava o interrompendo e ele queria ficar sozinho.

"Esta é uma pintura fantástica", Puni disse, entrando na luz que passava pelas largas janelas do estúdio.

Ele se virou para olhar para ela.

"Então, você quer ir hoje à noite?", ela perguntou.

Ele riu, incerto.

"Espere um segundo!", ele disse, e correu pelo corredor, descendo as escadas e entrou no estúdio de Tarique, no andar debaixo.

Tarique estava sentado à mesa, trabalhando em uma ilustração.

"Puni, do primeiro ano, ela quer sair comigo hoje à noite..." PK começou.

Tarique olhou para cima.

"Jesus, Pradyumna, ela não vai te sequestrar! Vá se divertir!"

Eles acenaram para um riquexó motorizado e foram juntos para o cinema. Eles iam assistir *Ajanabee*, a história de um garoto de classe média que se apaixonava por uma garota de classe alta. Eles se sentaram ao fundo, em um sofá de vinil rachado de dois lugares. A música dramática de abertura estourou nos alto falantes. Acabou sendo uma história chocante. A garota engravidava, mas não queria ficar com o bebê – quão não-indiano, PK pensou – porque ela queria se tornar uma modelo. O casal se separou e a garota voltou para a casa de seu pai. A vergonha.

Ele gostou das cenas externas, as músicas e as coreografias. Era o filme mais romântico em cartaz na época, pelo menos aquilo ele entendia. Ele estava perdido no espetáculo até que Puni o puxou de volta a realidade ao segurar sua mão. Seus dedos interlaçados.

"Minha mãe me perguntou onde você guarda o dinheiro que ganha com sua arte", ela sussurrou em seu ouvido. "Se você quiser, ela pode tomar conta dele para você."

"Não precisa, eu abri uma conta no banco", ele sussurrou em resposta.

Eles ficaram em silêncio por alguns minutos. A tela estava iluminada com uma cena apaixonada de amor. O herói beijou sua garota, um daqueles típicos beijos de filmes indianos, onde tudo fica por conta da imaginação. Ainda assim, ele se contorceu envergonhado, até tremeu um pouco. Ela apertou sua mão ainda mais forte.

"Qual o problema?", ela perguntou.

"Nada", ele respondeu.

"Mas você está tremendo."

"É frio. Estou com frio."

Ela encostou a cabeça em seu ombro. "Não, não está."

"Sério?"

"Eu te amo", ela disse, suspirando profundamente.

Ele se sentiu confuso, desconfortável, fraco até.

"Eu nem mesmo... cheguei a pensar no amor", ele gaguejou.

"Agora você pode", ela disse.

"Bem", ele tentou de novo, "de acordo com os costumes da minha aldeia, você não pode se apaixonar, a não ser que seja casado."

O bigodudo personagem principal atirou em um batedor de carteiras que havia acabado de roubar sua bolsa carregada de joias. O ladrão caiu no chão, morto.

"Ah, não se preocupe", ela disse. "Escreva uma carta ao seu pai e eu perguntarei aos meus pais. Minha mãe gosta de você, ela convencerá meu pai. E então poderemos nos casar."

Ela continuou: "Você ganha a vida com a sua arte e eu, bem, também serei uma artista. Poderemos ser muito felizes juntos."

Ele não sabia o que dizer. Todos esses sonhos e planos. Talvez ela estivesse certa? Talvez ela fosse seu futuro? Talvez ele devesse escrever para seu pai e pedir permissão para se casar? Ele estava incerto sobre como se sentia, mas talvez esse fosse seu destino. Tudo acontece por uma razão.

Felizmente, o final do filme foi feliz, ou ele podia ter chorado; com o casal reunido, os créditos finais passaram.

Eles deixaram o cinema de mãos dadas, contrataram um riquexó e partiram pela rua Vivekananda, que brilhava na chuva, em direção a Velha Deli. Ela desceu próximo ao Great Mosque e o riquexó seguiu ao sul, em direção ao seu quarto alugado nos subúrbios.

Em casa, ele começou a escrever uma carta para seu pai. A proposta de Puni parecia boa, ele pensou, apesar de suas emoções estarem em conflito. Ela estava certa! Ela deve ser a mulher sobre a qual o astrólogo falou. Ela certamente não era de sua aldeia ou estado. Não era exatamente de outro país, mas quase.

Uma garota havia se apaixonado por ele, ele escreveu, e eles queriam se casar. Seu pai lhe daria permissão?

Ele coçou os olhos e olhou para o relógio. Passava da meia noite. Ele deitou em sua cama, seus pensamentos girando. Uma matilha de cães latiu passando lá fora. O som de uma bicicleta rangendo veio e se foi. A chuva havia parado e a janela formava um quadrado de luz leitosa no seu chão sujo de cimento.

Tudo havia sido decidido… e ele adormeceu.

O hall de entrada da casa de Puni estava tomado com o cheiro de temperos; paratha, frango ao curry, palak paneed, aloo ghobi. Ele estava maravilhado em pensar que toda essa comida havia sido preparada para ele, que eles haviam se esforçado tanto por ele. A sala de jantar estava invisível sob tantos pratos e vasilhas. Não havia espaço sobrando nem mesmo para os guardanapos, o que a empregada deles havia colocado em uma mesa ao lado, enfeitada com um tecido floral.

Ele estava faminto.

"Namastê", ele disse, juntando as mãos enquanto se abaixava e tocava os pés do pai dela, um cumprimento que ele achou que satisfaria qualquer futuro sogro.

"Bem-vindo, irmão. Levante-se", o pai de Puni respondeu. "Nós somos pessoas modernas, em vez disso, vamos dar as mãos."

Eles estavam reunidos ao redor da mesa juntos com os dois irmãos de Puni e suas esposas, enquanto Puni sentava no cômodo ao lado, por trás de uma porta coberta com uma cortina, onde ela ainda conseguia ouvir a conversa.

Era assim que era feito, ele sabia, mas ao mesmo tempo, parecia absurdo. Ele estava aqui para ser entrevistado pelos pais dela, não para vê-la.

Mas eu vou supostamente me casar com Puni, não com seu pai, ele lembra ter pensado.

E a primeira pergunta do pai dela? "Qual sua casta?"

PK sentiu seu rosto enrubescer. Esse não era um bom começo. Ele sabia que a família pertencia a uma casta superior. Se eles fossem tradicionais, de maneira alguma ele seria aceito como seu genro. No entanto, o pai dela acabou de dizer que eles eram modernos.

PK respondeu com uma pergunta. "Você acredita no sistema de castas?" O contra-ataque era sua melhor chance. Antes que o pai de Puni pudesse responder, ele continuou: "Por que as castas importam? Posso ter nascido em uma região tribal e meu pai pode ser um intocável, mas o sangue que corre em minhas veias é da mesma cor do de sua filha, não é? Nós compartilhamos dos mesmos interesses. Espero que possamos ser felizes juntos".

O pai de Puni o olhou nos olhos. Nenhuma porta havia sido fechada ainda. Um desfecho positivo ainda era possível.

"Você nasceu numa área tribal em uma família de intocáveis?"

PK não respondeu à pergunta.

"E minha filha já está apaixonada por você?"

Todos no cômodo ficaram em silêncio. Ninguém se mexeu ou emitiu um som, nem mesmo tossiram.

PK pensou ter ouvido a respiração lenta do pai dela e o som de seu próprio pulso. Ele olhou ao redor. Todos os sorrisos foram desfeitos, os rostos demonstravam incerteza.

Finalmente, a mãe de Puni quebrou o silêncio. Ou melhor, o som da mão dela batendo em sua própria testa: "Ai meu Deus!".

O pai dela se levantou e apontou para a porta. "Por favor, saia da minha casa!", ele instruiu. "Agora! E nunca, *nunca*, fale com minha filha novamente!"

PK se levantou e saiu com um adeus sussurrado.

Chorando, ele se jogou em sua cama. Após as primeiras convulsões violentas de emoção passarem, ele continuou lá por algum tempo, encarando o teto. Ele estava destruído, vazio, pequeno. Memórias de sua época de escola em Athmallik voltaram rapidamente, a exclusão e a rejeição. Aquele sentimento familiar de inferioridade que estava secretamente adormecido, embaixo da superfície, querendo ser libertado. Seu coração batia acelerado, sua pele queimava, suor encharcava seu corpo. Ele tremia como se tomado por uma febre.

Ele ficou deitado pelo restante da noite, seus pensamentos agitados: Por que, por que, por que eu fui nascer intocável?

Ele a viu novamente alguns dias depois, enquanto tomava chá no café da escola. Ela conversava com um outro aluno. Ele se aproximou, mas ela se virou e se afastou com o outro homem.

No almoço, eles se encontraram novamente. Dessa vez ela estabeleceu contato visual.

"Me esqueça!", ela disse rapidamente. Ela nem se importava ou acredita no sistema de castas, mas seu pai sim, ela explicou. "Eu não posso desafiar meu pai."

Ele estava paralisado.

"Você viu o cara com quem eu estava conversando?", Puni disse. "Ele estuda Engenharia. Meu pai já havia arranjado nosso casamento, mas estava preparado para mudar de ideia porque eu disse que estava apaixonada por você. Mas isso foi antes dele descobrir sobre seu passado."

PK a encarou espantado. Ela o havia perseguido tão incessantemente, e, no entanto, alguns dias depois, havia concordado em casar com outra pessoa.

"Está tudo acabado", ela disse.

"Você o ama?", ele perguntou.

"Sim", ela respondeu sem mexer um músculo sequer em seu rosto.

Que tipo de amor era esse? Ela estava mentindo, PK pensou. Ela tem medo de desafiar o pai dela.

"Puni, me escute! Eu lutarei por nós. Legalmente, ninguém pode nos impedir. Nem seu pai, nem sua família. Nós podemos nos casar sem nenhum dos seus parentes e até mesmo sem um padre, e então podemos nos mudar para um lugar onde ninguém nos encontrará, onde ninguém sabe sobre nós e nem se importam."

Mas ela não parecia estar ouvindo. Ela virou a cabeça e seus olhos pestanejaram quando ela olhou do corredor para a cantina.

"Nunca mais fale comigo", ela interrompeu. "Me esqueça!"

"Você não gosta mais de mim?"

"Eu gosto de você, mas não posso me casar com você."

"Por que não, Puni?"

"Não posso deixar meu pai infeliz."

PK havia lido nos jornais sobre os Panteras Dalit de Bombaim. Inspirados nos Panteras Negras da América, eles escreveram um manifesto no qual alegavam que o controle brâmane na Índia era pior que o colonialismo britânico, assim como seu avô e seu pai costumavam falar. Líderes hindus tomavam as rédeas tanto do aparto estatal por inteiro como do poder feudal herdado em forma de opressão espiritual, eles escreveram. "Não nos satisfaremos facilmente agora. Não queremos um espacinho no beco brâmane", o manifesto declarava.

Os intocáveis tinham seu próprio jornal, *Dalit Voice*, onde os Panteras Dalit relacionavam sua discriminação com o racismo contra os negros nos Estados Unidos. Afro-americanos nunca estariam livres, eles alegavam, enquanto seus irmão e irmãs de sangue na Ásia estivessem sofrendo. De fato, os Dalits estavam em uma situação ainda mais desesperadora, que não podia ser comparada com o apogeu da escravidão duzentos anos antes. PK estava em casa, em seu quarto em Lodi Colony, gritando para as paredes:

"Vocês brâmanes e o resto dos esnobes de castas superiores! Seu nojentos preconceituosos, arrogantes e de mente fechada. O que nós fizemos a vocês?"

Ele não conseguia dormir com todos os pensamentos odiosos passando por sua cabeça. Ele acordou as quatro e ficou deitado na cama, lutando com as vozes, até que o sol nasceu três horas mais tarde. A raiva foi substituída por rancor e autopiedade.

Um minúsculo livro verde de páginas amareladas, tinta nebulosa e com um texto um pouco descuidado repousava em seu criado mudo. Ele o pegou e começou a ler, para esquecer Puni.

> Um dia, em Kerala, no sul da Índia, Shiva
> decidiu ensinar uma lição aos brâmanes.

Ah, isso é perfeito, PK pensou, e continuou lendo.

Shiva, dizia o livro, queria dar um basta no orgulho dos brâmanes de Kerala e decidiu humilhar o maior e mais esperto de todos eles, o exaltado professor espiritual Adi Shankaracharya.

O guru estava próximo ao esclarecimento. A única coisa que impedia Adi de se libertar do ciclo do renascimento era sua própria arrogância e orgulho, sua recusa em aceitar que ele era da mesma carne e do mesmo sangue que todos os outros humanos na Terra, não importando a casta ou a classe social.

Shiva e sua esposa Parvati queriam pregar uma peça nele. Eles se transformaram em um pobre casal da casta intocável Pulayar. Seu filho, Nandikesan, se uniu a eles, se transformando em seu miserável filho. Eles estavam vestidos como trabalhadores diários, suas roupas sujas de terra dos campos. Além disso, Shiva invocou o cheiro de carne e álcool, tabu para os virtuosos brâmanes. Apenas para reforçar, ele carregava uma jarra de vinho de palmeira debaixo de um braço e metade da casca de um coco com o líquido no outro.

E assim, em um dos caminhos elevados por entre as plantações de arroz, Shiva, Parvati e seu filho encontraram Adi Shankaracharya. O costume ditava que um intocável deveria pular do aterro para a lama quando estivesse na presença de um brâmane. Mas Shiva e sua família continuaram caminhando em direção a Adi e pediram que *ele* desse caminho para que eles passassem.

O arrogante Adi ficou enfurecido.

"Como se atrevem, uma família como vocês, suja, fedida, bêbada, intocáveis comedores de carne, andar no mesmo caminho que um brâmane puro e imaculado? Vocês cheiram como se não tivessem se banhado sequer uma vez na vida. Nunca vi algo assim", Adi vociferou, e ameaçou decapitá-los, alegando que aquilo era um crime que até mesmo os deuses nunca perdoariam.

Shiva respondeu: "Eu admito, tomei um copo ou dois, e faz um tempo desde a última vez que me banhei. Mas antes que eu desça para esse campo lamacento, quero que você me explique o que faz de você, um brâmane de casta superior e limpo, diferente de nós, intocáveis sujos. Deixe-me lhe fazer algumas perguntas".

Se Adi as respondesse, Shiva prometeu deixá-lo passar como mandava o costume.

"Minha primeira pergunta", Shiva começou. "Se nós dois cortarmos nossas mãos, nosso sangue não é da mesma cor? Minha segunda pergunta: Não comemos arroz do mesmo campo? Minha terceira pergunta: Você não dá bananas, plantadas pelos intocáveis, como oferenda aos deuses? Minha quarta pergunta: Você não adorna os deuses com flores colhidas pelas nossas mulheres?

Minha quinta pergunta: Nós não cavamos os poços que fornece a água que você usa em seus rituais no templo?

Adi não pôde responder as perguntas de Shiva, então ele continuou:

"Só porque você come em pratos de metal e nós em folhas de bananeira não significa que pertencemos a espécies diferentes. Vocês brâmanes montam elefantes e nós búfalos, mas isso não faz de você elefantes e de nós búfalos."

Adi não estava somente estupefato pelas palavras do miserável homem, elas o confundiram. Como podia esse pobre, intocável analfabeto, que mal possuía qualquer instrução, formular perguntas tão sofisticadas e profundamente filosóficas? Então Adi começou a meditar ali mesmo no caminho e expandir seu sexto sentido. Logo ele entendeu: a suja família Pulayar se dissolveu e em seu lugar surgiram os deuses Shiva, Parvati e seu filho Nandikesan, em todo seu esplendor.

Horrorizado pelo o que havia feito, Adi caiu de joelhos e recitou um poema em honra a Shiva.

Shiva o perdoou.

Adi perguntou por que ele havia se transformado em um intocável quando apareceu para ele, seu seguidor mais devoto.

"Sim, você é um homem sábio a caminho da salvação e iluminação", Shiva respondeu. "Mas você nunca chegará lá se não entender que todas as pessoas merecem respeito e empatia. Tomei essa forma para lhe ensinar isso. Você deve lutar contra o preconceito e a arrogância e ajudar pessoas de todas as castas, não apenas seus iguais, os brâmanes. Assim somente você alcançará a verdadeira iluminação."

Milhares de anos atrás, Shiva ensinou uma lição aos brâmanes. E ainda assim, aqui estava PK, todos esses anos depois, o pobre intocável se confortando com a história de Shiva.

Havia esperança, ele percebeu. Em Kerala, onde Shiva é particularmente celebrado até hoje, muitas pessoas viam um herdeiro para essa história nas doutrinas de Karl Marx. PK entendeu naquele momento que Deus não era simplesmente uma ferramenta de opressão aos pobres, mas também um escudo contra a arrogância dos privilegiados, um catalizador em potencial para realizar uma mudança no mundo.

PK foi a um psicólogo, que o disse de forma direta que ele não deveria ficar se lastimando sozinho em casa em Lodi Colony, e sim sair e socializar.

"Tente aproveitar a vida", ele disse encorajando-o.

PK conversou com um amigo da escola, que o aconselhou a beber álcool. Havia sido um consolo para seu amigo em um término amoroso particularmente doloroso.

"Ajudou", ele disse.

PK nunca havia deixado uma gota passar por seus lábios antes, na verdade, a ideia nunca passara por sua mente. Álcool era para os fracos. Mas se sentindo desesperado, ele foi até uma das lojas nas ruas por trás de Connaught Place e comprou uma pequena garrafa de bebida estrangeira produzida na Índia. Encontrou um local a sombra, escondido por um monte de colchões. Ele derramou metade da garrafa garganta a baixo, chiou, tossiu e cuspiu o que havia sobrado em sua boca. Então sentou-se em uns degraus e esperou. E esperou. Mas não sentiu nada.

Após algum tempo, os arredores começaram a parecer mais suaves, como algodão. Era uma sensação boa, como se a dor e o sofrimento das últimas semanas estivessem flutuando embora. Seu amigo estava certo: álcool ajudava.

Ele foi para a fonte trabalhar, mas mal conseguia segurar o lápis. Ele se desculpou – disse que estava doente – empacotou suas coisas e cambaleou para casa. Ele dormiu o resto da tarde e a noite toda, apenas para acordar tarde na manhã seguinte e imediatamente procurar pelo o que havia sobrado da garrafa de uísque.

Ele bebeu mais e mais. Pelas semanas seguintes, álcool era a primeira coisa que ele provava pela manhã e a última a noite.

Fazia com que ele se sentisse como se alguém, ou melhor, algo, se importava com ele. As duras linhas do mundo eram envolvidas por uma névoa. Cantos se tornavam redondos e as preocupações desapareciam.

Cambaleando pela rua do Parlamento com seu caderno de desenhos debaixo do braço, ele encontrou um dos policiais que ele havia desenhado antes. O policial podia sentir o cheiro de bebida em seu hálito e foi direto em seu cumprimento: "Por que você começou a beber?".

PK começou a contar sua história. Ele contou ao guarda sobre Puni, a ida ao cinema, como ele havia sido arrebatado pelo amor, o convite para conhecer os pais dela, toda a comida que eles fizeram para a visita dele, o pai dela, seu banimento, a humilhação e seu medo que ninguém nunca fosse amar um intocável como ele. Ele fedia a uísque e seu monólogo era alto e energético. Ele tinha dificuldade em manter o equilíbrio, balançando para frente e para trás como um mastro ao vendo. E então ele chorou.

O guarda ficou e escutou pacientemente sem interromper, exceto para pedir que ele repetisse algumas partes que não conseguia entender pela fala arrastada de PK.

Quanto mais se aprofundava na história, melhor PK se sentia.

"Ah, não seja estúpido", o policial finalmente disse. "Posso ver sua mão?"

PK a estendeu. O policial estudou as linhas em sua palma.

"Veja aqui, tudo vai ficar bem! De acordo com essas linhas, você vai casar de repente e inesperadamente, e o casamento será maravilhoso e feliz."

"Mas", PK continuou com sua fala arrastada, "Eu sou intocável. Nunca serei capaz de casar uma mulher hindu, pelo menos não uma que possa ler e escrever e venha de uma família decente."

"Talvez ela não seja indiana", foi a simples resposta do policial.

Naquela noite, enquanto ele deitava navegando na fronteira entre o sono e a lucidez, memórias amargas o assolaram. Ele estava eternamente condenado e ainda assim também destinado a algo melhor.

Ela veio até ele em seus sonhos, um anjo de branco. Ela havia viajado por entre os campos de trigo de Punjab e sobre os telhados de Nova Deli, e aterrissou aqui, em seu quarto. Eles estavam tão próximos que podiam se tocar.

Ele bebeu de sua presença, sua respiração, sua fragrância e seu cabelo macio enquanto ele tocava seu ombro nu. Ele sentiu seu calor e sua afeição e de alguma forma sabia coisas que seu consciente não sabia. Ela era de alguma forma maior que ele, não fisicamente, mas espiritualmente. Ele acordou, mas ela pareceu mais com vapor, sem rosto e fria. E ainda assim, sua presença permaneceu com ele durante suas horas acordado.

Ela voltou na noite seguinte. Dessa vez ela veio com melodias que ele nunca ouvira antes. É lindo lá, ele pensou. Exatamente como o vidente havia dito.

Era a primavera de 1975, e manifestações violentas aconteceram contra os aumentos dos preços dos alimentos e as brigas internas entre os hindus nacionalistas. O descontentamento estava atingindo o ponto de ebulição.

Até mesmo Indira Gandhi estava insatisfeita. Ela estava com raiva de juízes antagonistas, jornalistas críticos e brigas entre políticos da oposição que ela acreditava não ter as habilidades necessárias para se responsabilizar pelo país. O que mais a enfurecia, no entanto, era que ela era acusada de fraude eleitoral. Uma corte decretou que ela havia subornado eleitores na última eleição e, ao contrário da lei, gastou dinheiro do governo em sua própria campanha eleitoral. Ela foi provada de seu lugar no Parlamento e proibida de se candidatar pelos próximos seis anos.

Mas Indira não iria ficar parada assistindo seus oponentes se organizarem contra ela. Ela decidiu resolver o problema com as próprias mãos e, em 25 de junho, pediu que o Presidente emitisse um estado de emergência, citando "perturbação interna" como justificativa. Com essa jogada, ela anulou a decisão da corte de limitar seus poderes e ao invés disso, tomou ela mesmo as rédeas do governo. Mais cedo naquela manhã, enquanto a primeira chuva de monção da estação caia em Nova Deli, ela juntou seus ministros para contar-lhes o que estava acontecendo e fez uso do sistema de rádio da cidade para informar as pessoas.

"Não há razão para entrar em pânico", sua voz soou em milhões de rádios crepitantes enquanto as nuvens tomavam o céu.

Daí em diante, ela foi a única pessoa no comando. Indira era a Índia e a Índia era Indira, como o porta-voz do Congresso Nacional Indiano disse a imprensa.

Mas antes que seu discurso fosse transmitido para as pessoas, políticos e oficiais do governo já havia sussurrado as notícias para os garotos sonolentos na rua do Parlamento, para os motoristas de táxis Sikh que estacionavam debaixo das árvores de Patel Chowk, e para os vendedores itinerantes de cana-de-açúcar em Tolstoy Marg. Como fogo pela floresta, a palavra tomou conta das arcadas coloniais da cidade, se espalhou entre os motoristas de ônibus que guiavam seus veículos lotados pela estrada Radial Número 1, e pelos garçons no Indian Coffee House, que a serviam aos clientes juntos com suas bebidas quentes. Em cinco minutos, todos na cidade já sabiam o que Indira iria dizer.

Na sequência, a imprensa foi censurada, políticos da oposição foram presos e sindicatos subjugados. Jornalistas e intelectuais criticavam a Primeira Ministra. Mas Indira estava convencida que os sem-terra e oprimidos a apoiavam, que PK e seus irmãos e irmãs, milhões e milhões de pobres da Índia, estavam ao seu lado.

Era o apoio deles que ela tinha de ganhar para continuar no poder. E PK acreditava que ela traria ordem ao país. Líderes que cuidavam dos pobres tinham a justiça ao seu lado.

Deli foi coberta em papel com frases com teor maoísta. Enquanto fazia seu caminho rotineiro até a fonte em Connaught Place, pôsteres gritavam para ele:

> CORAGEM E VISÃO CLARA – SEU NOME É INDIRA GANDHI
>
> UMA FAMÍLIA PEQUENA É UMA FAMÍLIA FELIZ
>
> TRABALHE MAIS, FALE MENOS
>
> EFICIÊNCIA É O NOSSO GRITO

E a que soava como uma propaganda do Indian Coffee House:

> SEJA INDIANO, COMPRE INDIANO

Fora isso, era tudo sobre negócios, como sempre.

O empresário mais proeminente do país, senhor JRD Tata, alegava que as greves, boicotes e manifestações haviam ido longe demais. O sistema parlamentar não havia se adaptado as necessidades do país.

A classe média, lojistas, empresários e oficiais do governo diziam estarem cansados do caos, e que eles preferiam que a polícia recebesse mais poder que os permitissem dispersar multidões ameaçadoras com o uso da força, se necessário, para trancafiar os ladrões e assegurar que as favelas que haviam se formado ao longo das avenidas de Deli fossem demolidas. No Indian Coffee House, PK ouviu comentários tais como:

"Políticos da oposição, intelectuais e jornalistas só reclamam do estado de emergência. Mas nós, pessoas comuns, gostamos."

E:

"Deli precisa de um pulso forte. As favelas estão em todo lugar ultimamente."

E até:

"Agora os crimes diminuíram, os trens passam na hora, as ruas estão limpas e as pessoas são esterilizadas para que não tenhamos crianças em cada barraco da favela. Mas os jornais só reclamam sobre a violação dos direitos humanos e besteiras do tipo. As coisas finalmente estão melhorando."

Mas professores, jornalistas e acadêmicos de Deli estavam chocados e enfurecidos.

"Como ela pôde? É seu filho Sanjay que está por trás de tudo isso, o desalmado. E o Presidente? Nada além de uma piada, um servo de Indira."

Ataques aconteceram pela capital e políticos proeminentes, advogados e editores de jornais, que Indira via como inimigos do estado, foram presos. As pessoas se resignaram em resposta. Os protestos começaram a diminuir. Mas uma minoria perseverava e continuava a manifestar pelas ruas contra "a loucura de Indira", como se lia em seus cartazes.

Uma vez por mês, a Frente pelos Direitos Civis dos Sikh organizava marchas de protesto pelas ruas de Deli. PK ouviu como eles bradavam seus slogans enquanto passavam pelo café. Ele saiu para assistir. A procissão de homens vestidos nas tradicionais vestes até o calcanhar e turbantes azuis e laranjas flutuavam pela avenida em direção ao Parlamento.

"Indira está louca, assim como a Índia!", o líder entoava.

A cidade estava fervendo, era óbvio, mas os jornais davam a impressão que tudo estava calmo e em paz. Nenhuma palavra era dita sobre os protestos.

A oposição a Indira se tornou cada vez mais criativa, criando métodos para enganar os censuradores. Uma publicação na seção de obituários no *The Times of India* relatava o pesar do escritor anônimo sobre a trágica morte de *Demo Cracia*, que seria sempre lembrado por sua esposa *Verdade*, seu filho, *Li Berdade* e suas filhas *Fé, Esperança* e *Justiça*.

Quão ingênuos eram os censuradores? PK riu sozinho.

PK gostava de Indira, mas o estado de emergência era demais, até para ele. Ele foi forçado a contar para Haksar que alguns policiais estavam se tornando mais agressivos em seus métodos. Eles perseguiam as pessoas de sua fila, rasgavam suas pinturas e gritavam para eles irem embora. Era como se metade da força não soubesse o que a outra estava fazendo. Um dia ele era tratado com preocupação e no outro com um tapa. O tratamento deles para com ele era inconstante, no mínimo.

Haksar escutou em silêncio e disse a PK que faria algumas ligações. Ele o assegurou que a polícia o deixaria em paz.

No dia seguindo, o governador de Deli chegou à fonte em seu carro oficial, seus conselheiros e empregados junto. O assédio da polícia cessaria imediatamente, ele disse. Dali em diante, nenhum oficial da lei teria permissão para prendê-lo por usar um lugar público como sua galeria privada.

Alguns dias após a visita do governador, homens da companhia elétrica chegaram para instalar iluminação para que ele pudesse trabalhar até mais tarde da noite. Ele também ganhou um assistente pessoal, um homem que iria resolver suas pendências, comprar comida, bebidas, caneta e papel, bem como arrumar tudo e guardar suas pinturas em um local especialmente reservado para quando ele terminasse o trabalho à noite.

"Mais alguma coisa que eu possa fazer para ajudá-lo, senhor?", seu assistente disse em continência quando fechou a loja.

Haksar explicou que aquela área ao redor da fonte viraria o Montmartre de Nova Deli. Assim como a Place du Tertre em

Paris, artistas poderiam trabalhar livremente. PK viraria uma atração turística.

O jornal *The Statesman* publicou um artigo alguns dias antes do natal de 1975 sobre PK e os outros artistas ao redor da fonte. *Seu rosto é a fortuna dele,* declarava. Assim como em Paris, retratos eram o foco de seus negócios, ao invés de trabalhos mais elaborados, o jornal escreveu.

> Leva 10 minutos e o mesmo número de rúpias para conseguir uma cópia sua em lápis de Pradyumna Kumar Mahanandia... Um entre sete artistas exibindo seu trabalho no porão da fonte de Connaught Place em Deli, PK tem sido o mais bem-sucedido. Ele ganha por volta de 40 a 150 rúpias todas as noites desenhando quem por lá passa e os visitantes da exibição.
>
> "Poucas pessoas querem investir dinheiro em uma paisagem ou uma pintura moderna, mas ninguém se importa em gastar apenas 10 rúpias por um retrato deles – principalmente se for feito em dez minutos", observou Jagdish Chandra Sharma, um dos artistas da exibição.
>
> Após um mês nada lucrativo exibindo pinturas que nunca foram vendidas, Jagdish seguiu os passos de PK e começou a fazer retratos. Logo seus bolsos também estavam chacoalhando.
>
> PK ficou deitado em sua cama, lendo sobre Robert Clive, um estranho inglês que, após sua morte, ficou conhecido como Clive da Índia. PK estava fascinado com a história, e reconheceu a si mesmo a resistência em se entregar as expectativas de seu pai, em seu desejo por aventura e até mesmo suas tentativas malsucedidas de suicídio. Ele poderia estar lendo sobre ele mesmo.

Robert Clive era um desapontamento para seu pai. Ele nasceu em 1725, o mais rebelde de treze filhos, hiperativo, teimoso e insubordinado. Ele foi considerado tão indisciplinado aos três anos de idade que foi mandado embora para ser criado por parentes que não tinham filho na cidade. Mas eles não conseguiram lidar, e ele foi mandado de volta para a aldeia após alguns anos.

Aos dez, ele costumava escalar a torre do relógio com uma máscara de demônio e assustava quem passava lá embaixo. Na sua adolescência, era um pequeno criminoso. Exausto, seu pai eventualmente lhe arranjou um trabalho – do outro lado do mundo. Ele trabalharia como escriturário nos escritórios da Companhia Britânica das Índias Orientais, em Madras. A família estava aliviada por se livrar dele. Era de conhecimento geral que as chances de voltar da Índia eram de cinquenta por cento: era tão provável que ele morresse de alguma doença tropical quanto de voltar às margens da Grã-Bretanha. Mas o Robert Clive de dezoito anos estava feliz por finalmente embarcar em sua própria aventura.

O trabalho em Madras acabou sendo extremamente tedioso, no entanto, e sofrendo de insônia, ansiedade e depressão, ele colocou uma arma na cabeça e puxou o gatilho. *Click!* Ele tentou novamente. *Click! Click!*

PK não conseguia largar o livro.

Tudo acontecia por uma razão, Clive concluiu. Deus deveria ter um plano maior para ele.

Assim como eu, PK pensou. Tudo era decidido ao nascer.

Robert Clive estabeleceu a Companhia Britânica das Índias Orientais como uma entidade militar e política poderosa, ajudando a estabelecer as bases para o Raja Britânico, que permitiu que o Império Britânico florescesse.

Após voltar para a Inglaterra, Clive foi honrado com o título de Barão. No entanto, passou seus últimos anos lutando para limpar seu nome após ser acusado de má conduta. Apesar do eventual sucesso, ele se matou em 1773. Seus compatriotas eram relembrados sobre sua história sempre que visitavam o museu da Torre de Londres, onde seu elefante havia sido empalhado e colocado à mostra com sua armadura. Quem sabe, talvez, não tenha sido um dos ancestrais de PK que capturou aquele mesmo animal e o domado para o rei local, que o vendeu para o britânico?

PK fechou o livro. Robert Clive havia ajudado a assegurar a Índia aos britânicos, e foi até enviado a Orissa. Não fosse por ele, a Índia teria se tornado francesa. Ou permanecido sobre o governo dos reis muçulmanos ou os autocratas hindus. A família de PK disse que a vitória britânica foi o melhor desfecho de todos, pelo menos para intocáveis como eles.

Ele leu no *The Times of India* sobre outro livro, desta vez sobre dois ingleses que visitaram a selva onde ele cresceu.

De acordo com o artigo, o livro tinha quase cem anos. Ele viu na foto a fonte dourada na capa de couro marrom, com duas longas estacas de grama, um brasão e duas lanças cruzadas: *Vida na selva indiana*. O autor, um irlandês que atendia pelo nome de Valentine Ball, se intitulava um geólogo e ornitologista e havia passado mais de vinte anos viajando pela Índia, documentando tudo, desde rochas encontradas no fundo dos rios a pedras espalhadas na sujeira e pássaros em seus ninhos nos topos das árvores. Mas o que chamou a atenção de PK foi que ele viveu por vários anos em Orissa, vagando pela mesma selva onde PK brincava quando criança e pelo mesmo rio onde ele se lavava com sua mãe.

Ele guardou o jornal. Um forte cheiro de folhas queimando entrou pela janela aberta, provavelmente da fogueira noturna que o varredor de rua da vizinhança fazia para se manter quente no vento frio de inverno. Lambretas buzinando e cães latindo forneciam a cantiga de dormir.

Mas era muito cedo para dormir. Sua cabeça estava cheia de todos os europeus que haviam visitado sua terra natal. Totalmente acordado, ele pegou sua cópia de *O livro da selva*, de Rudyard Kipling. Era estranho que um cavalheiro branco e inglês tivesse escrito uma história sobre um menino indiano criado por lobos. A mesma história que Vovó, que nunca havia lido o livro de Kipling, costumava contar para ele enquanto ele se deitava no tapete de palha para dormir. Ele sabia de cor a história do garoto que vivia com lobos. Sua avó havia até começado a variar a história, a expandindo com novos detalhes e reviravoltas numa tentativa de não entediar seu neto, ou ela. Era um mito amplamente conhecido da selva na Índia, antes mesmo de Kipling sequer ter nascido.

PK só soube que o inglês havia escrito um livro baseado na história quando entrou na escola. Ele leu o nome do protagonista de novo e de novo para si:

"Mogli, Mogli, Mogli..."

Por que Kipling lhe deu esse nome? Monguli, como era a pronuncia em oryia, era um nome masculino comum de onde ele vinha, mas quase não era visto em qualquer outro lugar da Índia. Kipling alegou que o livro foi inspirado no Parque Nacional Pench, no estado vizinho Madhya Pradesh, mas a sua escolha de nome para o protagonista sugeria que Kipling também havia visitado a floresta de PK.

Seu avô e Bapa costumavam conversar sobre um autor inglês que viveu por um tempo na hospedaria da Agência Florestal do Estado, em Kansab Kurab, a uma caminhada de algumas horas ao norte das margens do rio Mahanadi. O que significa que Kipling também deve ter lido *Vida na selva indiana*, de Valentine Ball, e foi para Athmallik ele mesmo, ouviu o nome e o usou em seu personagem principal, mesmo que com uma escrita diferente.

Kipling escreveu que Mogli significava sapo na linguagem da floresta. Pai e mãe lobos escolheram esse nome porque Mogli tinha uma pele lisa sem pelos e nunca ficava quieto. Mas não existia língua da floresta na vida real. E por que pais dariam ao seu filho um nome que significava sapo? Em oriya, Monguli descrevia o amanhecer e significava luz, esperança e otimismo.

Mas a história estava se evaporando, junto com sua infância e a floresta, e seus pensamento voltaram para 1975. As prisões, a censura e a moral decadente, tudo seria temporário, isso era o que PK pensou naquele momento. A escuridão também não seria permanente, nem para a Índia e nem para ele. Indira Gandhi soltaria seu punho de ferro. Um dia, os intocáveis estariam livres e ele conheceria a mulher da sua profecia.

"Eu vou para a Índia. Decidi. É minha missão na vida", Lotta disse a seus pais.

Eles não se opuseram. Lotta havia esperado oposição, mas eles permaneceram calmos e falaram que ela sabia o que era melhor, como se ela tivesse anunciado que pegaria o ônibus para Gotemburgo. Nenhum dos dois dizia muito em geral de qualquer forma. Eles já estavam acostumados, ela pensou. Ela tinha apenas vinte anos e já havia passado um ano morando fora sozinha no Reino Unido. Além disso, ela sabia que eles também haviam sonhado em viajar pelo mundo, mas as circunstâncias não permitiram.

Eles teriam feito o mesmo em meu lugar, ela pensou.

Não havia heroísmo nos planos dela. Lotta não estava fazendo isso por um espetáculo, para quebrar recordes. Ela não estava escrevendo uma história de aventura. Não havia navios entre a Europa e a Índia e voar custava uma fortuna, então isso estava fora de questão. O trem ia apenas até Mashhad, no leste do Irã, mas depois disso as planícies eram substituídas por montanhas por onde nenhum trem podia viajar, através de todo o Afeganistão até a fronteira com o Paquistão. Não, o trem era muito complicado. Havia serviços regulares de ônibus por todo o trajeto de Londres até Nova Deli e Katmandu. Uma empresa, que se intitulava Magic Bus, já havia se tornado um ícone na era *hippie*, com seus ônibus coloridos e preços superbaratos.

Lotta pesou suas opções, mas, na verdade, ela já havia decidido. Dirigir era a única opção sensata. Ela tinha a habilitação e companheiros: Leif, um ex-namorado de sua irmã, e sua melhor amiga, com seu marido indiano e o bebê deles. Eles dirigiam até Gotemburgo, pegariam a balsa para Kiel, seguiriam pela autoestrada até os Alpes, continuariam pelos Bálcãs e chegariam em Istambul, o portão para o oriente.

Quanto aos detalhes, eles decidiram no caminho. Eles tinham mapas, mas nada de guias, pela simples razão de ainda não existir guias para esta rota. E por que planejar uma viagem que ficaria mudando? A jornada era para ser como a própria vida, imprevisível e excitante.

Eles compraram uma van verde, 1971 VW, com a ajuda do pai de Lotta. O veículo já havia feito uma viagem de ida e volta para o Irã e depois disso o motor havia morrido de exaustão, mas havia sido trocado. Recém consertada, a van estava em perfeitas condições, quase nova.

Sua mãe a ofereceu apenas um conselho: "Se comporte de forma a sempre se orgulhar de si. E nunca cause qualquer dano a outra pessoa".

Era outubro de 1975. Lotta sentava-se atrás do volante do sonho *hippie* deles e dirigiu para o mundo. Não teve acenos, nem despedidas grandiosas, nenhuma festa soando pelas ruas de Borås. Mas a aventura havia começado.

Era uma fria noite de dezembro. As luzes coloridas haviam sido ligadas e refletiam em padrões na superfície da água. Pela primeira vez, não havia fila de clientes esperando e nem uma plateia de curiosos assistindo enquanto ele desenhava. PK havia encerrado a noite, de qualquer maneira, então começou a tirar suas pinturas das folhas de papelão onde eles as exibia.

Da escuridão, uma jovem europeia apareceu e perguntou se ele estaria na fonte no dia seguinte. Ela usava uma camiseta amarela e jeans apertado e manchado. Ele percebeu que ela não usava maquiagem. Ela parecia diferente das outras mulheres europeias com quem ele costumava conversar no Indian Coffee House, mais séria e pensativa. Mas ela estava com pressa. Ele a respondeu, e ela apenas disse um rápido "obrigada" antes de desaparecer pela noite.

Ela estava com medo dele? Ela voltaria?

Na tarde seguinte, ele se posicionou em seu lugar à fonte mais cedo do que o normal. Ele estava na esperança de encontrar a mulher branca e séria novamente e por isso vestiu seu novo par de jeans, com sua costura amarela contornando os bolsos traseiros, e sua blusa xadrez verde de mangas curtas, que sua vizinha Didi havia tão gentilmente engomado para ele. Ele havia aparado seu bigode naquela manhã para mostrar seu lábio superior e penteado seu cabelo com óleo de coco para domar os cachos rebeldes. Os turistas já esperavam por ele. Enquanto ele e seu ajudante desempacotavam as telas e começavam a erguer o cavalete, uma fila se formou. Ele procurou ao redor pela mulher sem enfeites e com a expressão séria. Mas ela não estava em nenhum lugar à vista.

Às nove ele desistiu de esperar, empacotou seu equipamento e andou até Lodi Colony. A frustração pesando nele.

Ela havia especificamente perguntado se ele estaria lá, por que então ela não apareceu? Ele já havia tecido uma completa fantasia a partir de seu rápido encontro de um minuto. Em casa, sentado em sua cama, ele começou a rezar, listando todos os nomes de deuses que ele podia lembrar, não apenas do panteão hindu, mas Alá, Buda, Mahavira, o Dalai Lama, o Deus Cristão e Maharishi Mahesh Yogi. Ali, em seu quarto sujo, rezou para todos eles, todos os deuses, gurus e profetas que sua mente conseguia lembrar da existência.

No dia seguinte, uma névoa grossa cobriu a cidade, como era de costume nessa época do ano. Ele decidiu ir até o templo de Shiva para rezar para que a mulher de voz suave retornasse. Ele recorreu ao Auspicioso por uma hora inteira. Ele nunca havia feito aquilo antes. Normalmente, ele não recorria a súplicas religiosas. Mas desta vez ele estava desesperado.

Em casa, em Athmallik, ele era proibido até de entrar no templo. Mas aqui em Nova Deli, pessoas de diferentes castas, classes e etnias se reuniam como se fosse a coisa mais normal do mundo. Ninguém montava guarda ou se importava com castas. A anonimidade e a diversidade da cidade grande lhe davam pelo menos uma sensação parcial de sua tão esperada liberdade.

Depois do templo, ele fez seu caminho até Connaught Place. As colunas e as pilastras dos prédios romanescos se punham como figuras misteriosas em um sonho. Pouco antes do anoitecer, os fracos raios de sol romperam a névoa. Havia ainda mais pessoas hoje. Algumas sentavam na grama enquanto homens com gomos de algodão sujos limpavam suas orelhas. Outras deitava de bruços enquanto homens massageavam suas costas com os pés. Mas a maioria se sentava ou se recostavam em grupos, satisfeitos em conversar, descascar amendoins, fumar e mascar paan, cuspindo o sumo vermelho sangue onde estavam. Hoje, talvez, ela viesse.

Sua mãe sempre quis desenhos à lápis de suas filhas, Lotta lembrou enquanto estava perto da fonte em Connaught Place. *Dez rúpias, dez minutos,* dizia a placa.

A fila geralmente era longa, mas naquela noite, ela viu o artista de rua sozinho em um raro momento de solidão, encarando a água que caía. Ela saiu das sombras e o fez uma pergunta. O que foi, ela já não lembrava, mas a conversa foi rápida. Ela então disse até logo e saiu rapidamente. Havia algo nele que a atraia e assustava ao mesmo tempo, e ela decidiu que poderia voltar no dia seguinte para ter seu retrato feito por ele.

Duas noites depois ela estava de volta na fila em frente à fonte. Quando chegou a vez dela, ela disse que queria um retrato à lápis. Ele a encarou, como se fosse um pedido fabuloso. Ela observou seu bigode e o frizz no topo de sua cabeça, que ele claramente tentava domar com alguma substância oleosa. Ele passou para uma folha em branco e se preparou. Seu cabelo brilhava sob as lâmpadas da rua. Uma versão mais escura de Jimi Hendrix, ela pensou. Ele claramente estava copiando o estilo *hippie*. E ainda assim, ele também parecia com o garoto da floresta, de cabelos cacheados, do livro ilustrado de Elsa Beskow, *Bubble Muck,* que vivia por entre os lírios e presenteava uma fada com um reluzente anel.

Acabara de passar das sete da noite do dia 17 de dezembro de 1975, e o céu cheio de névoa de Deli reluzia uma cor de pêssego no brilho das luzes da rua. Essa era a primeira vez que eles realmente se viam.

Uma multidão de pessoas se juntou ao redor da fonte, como sempre, mas ele a viu, ali no meio. Seu longo cabelo loiro. Finalmente! Ela estava esperando na fila. Quando a vez dela chegou, ele disse para ela se sentar no banco. Sua mão tremia enquanto ele passava o lápis sobre o pincel. Uma plateia se juntava ao redor dele, como sempre, mas ele estava acostumado com eles; não era eles que o deixavam nervoso.

Seus traços estavam tão vacilantes que ele teve de desistir.

"Perdão, não consigo desenhar", ele disse. "Você estaria disposta a ir até a escola de Arte amanhã?"

"Claro, nós iremos", ela disse.

Ele olhou para cima. Um homem branco estava atrás dela.

Seu marido? Por favor, não.

"Sim, vocês dois", ele disse entusiasmado.

"Meu nome é Lotta, este é Leif. Ele é fotógrafo."

Ela não disse namorado, ou marido, ele pensou esperançoso.

Ele tomou banho, vestiu roupas limpas, se olhou no espelho e repetiu o nome dela para si mais uma vez. Primeiro ele pensou que ela havia dito Lata, que era o nome de uma cantora cujas músicas ele ouvia o tempo todo nos filmes.

Não, ela disse Lotta.

Sua vizinha Didi apareceu em sua varanda.

"Você está indo para uma entrevista de emprego?", ela perguntou.

"De certa forma", ele respondeu.

Quando ele chegou na escola, ele pegou três cadeiras de madeira, as posicionou no sol, na grama do lado de fora do café, e sentou para esperar. Eles chegaram as dez em ponto, como combinado. Sim, por favor, um café.

Era uma ótima sensação, sentar-se num dia claro de dezembro com uma xícara de café quente nas mãos, em frente a esses dois novos amigos. Ele ainda não havia perguntado de onde eles eram.

"Suécia", ela disse de repente, como se tivesse lido seus pensamentos. "Nós somos da Suécia."

"Distante", ele disse.

Eles concordaram com a cabeça.

"Na Europa", ele acrescentou. Um chute.

Ela sorriu.

"Venham, deixem-me lhes mostrar a escola", ele disse quando acabaram o café.

Leif parou para conversar com alguns alunos no corredor do térreo, enquanto PK e Lotta vagaram sozinhos. Ele a apresentou a seus professores e a mostrou os auditórios e estúdios que ocupavam o prédio de sete andares. Era como se ela fosse uma velha amiga, ele pensou, mesmo que eles só se conhecessem a meia hora.

Depois de terem examinado cada canto e esquina do prédio, ele perguntou do que ela mais gostava na vida.

"Música", ela respondeu. "Eu toco flauta."

Ele a perguntou seu signo.

"Touro", ela disse.

Ela nascerá sob o signo de touro e será musical…

Ele reuniu coragem e perguntou educadamente: "Leif é seu marido?".

"O quê?"

Ele sussurrou, falou rápido demais, com medo de soar ridículo. Ela não o ouviu? Estava ofendida? Talvez ele não devesse perguntar essas coisas a uma mulher? Ele repetiu a pergunta.

"Não", ela riu. "Leif? Nós não somos casados. E ele também não é meu namorado."

Eles continuaram com o *tour*. Os outros alunos cochichavam entre si e apontavam enquanto ele andava ao lado da mulher estrangeira. Até Puni, que não havia mais olhado em sua direção nos últimos meses, veio dizer oi. Ele gostou da sensação de deixar ela vê-lo com Lotta.

Ele perguntou se Lotta e Leif gostaria de ir até seu quarto em Lodi Colony. "Não que tenha muito o que ser visto", ele acrescentou, mas ele queria mostrar a ela seus quadros e pinturas a óleo. Ela aceitou o convite sem muito entusiasmo.

Talvez ela fosse apenas tímida?

Seu quarto estava tão desolado e sujo como sempre foi. Lotta e Leif estavam atrás dele na varanda enquanto ele olhava para dentro. Era uma triste visão. Uma xícara quebrada estava jogada em um canto. O quarto era praticamente desprovido de móveis. Ele não havia limpado a mesa. O chão estava coberto de cascalho. Bolas de poeira haviam se formado atrás da porta e as paredes estavam cobertas de desenhos a carvão que ele havia feito enquanto bêbado. Um dizia: *Eu nasci intocável. Não tenho direito a nada, nem mesmo amor.* Mas o mais vergonhoso de todos: *Casarei com uma garota europeia, como os astrólogos previram*. Ele bloqueou a entrada deles, mas de nada serviu. Eles estavam ali para ver como ele vivia, e ele tinha de deixá-los entrar.

Ele selecionou algumas pinturas e as deu para Lotta. Ela não disse nada.

Será que ela leu o que estava escrito nas paredes?

Então ela sorriu para ele e agradeceu pelo presente.

Ela concordou em vê-lo novamente, e no dia seguinte eles se encontraram em Connaught Place para fazer um *tour* da cidade em um riquexó motorizado. Eles visitaram a grande mesquita Jama Masjid e ouviram o chamado para a oração.

"Foi construída por um homem poderoso chamado Shah Jahan, Líder do Mundo", ele disse a ela e devagar repetiu o chamado: "*La Allah illah Allah, Mohammad Resul-allah*", ele disse, enfatizando cada sílaba, antes de traduzir, "Não existe outro deus além de Deus, e Mohammed é seu profeta".

Eles escalaram até o topo de uma das torres da mesquita e olharam para as pessoas lá embaixo e para o Forte Vermelho. De lá, ele disse a ela, os Mongóis, Persas e Bretões governaram. Eles olharam para o outro lado, para o Portão da Índia, a principal avenida da República e o Palácio Presidencial.

"É incrível", ele disse calmamente.

"O que é incrível", Lotta perguntou.

"Você vê ali, a ponte vermelha? Ela é chamada de Ponte Minto. Eu costumava dormir debaixo dela. Passei noites de frio e fome ali. E ali..." – ele levantou a mão e apontou para o Palácio Presidencial, a alguns quilômetros de distância – "o Presidente da Índia me convidou para tomar chá."

Ela procurou no horizonte de Deli até eventualmente encontrar a grande cúpula.

"É como um conto de fadas", ela disse, mas parecia, de alguma forma, cética. Talvez ela pensou que ele estava inventando tudo?

Eles entraram em um riquexó e foram rumo ao sul, para o túmulo de Humaium, uma das principais atrações turísticas da cidade. Eles conversaram durante todo o percurso. Era tão fácil conversar com ela. Ele pensou novamente na profecia: ela seria musical e nascida sob o signo de touro.

E possuiria uma floresta, o astrólogo havia acrescentado.

Mas não havia a possibilidade de ela possuir uma floresta, existia?

Lotta continuou com suas viagens. No dia seguinte, ela e seus amigos pegaram um ônibus e seguiram em uma viagem fora da cidade. Eles foram em direção aos templos de Khajuraho, próximo a Ganges, onde se extasiaram com a vista dos peregrinos se banhando nas águas sagradas em Varanasi. PK sentia sua falta, mas ele tinha suas dúvidas. Ela era uma turista, logo deixaria a Índia. A vida tinha tanto a lhe oferecer, de forma alguma ela iria querer ficar com ele. Por que deveria? Um momento. Uma eternidade. Sua apreensão se misturava com a lembrança de sua voz gentil.

No dia do natal, seu aniversário, ele recebeu um envelope com seu nome e endereço escritos em legíveis letras de forma. Ele o abriu com o coração batendo forte. Retirou de dentro um cartão colorido com o desenho de um peixe feliz saltando desajeitadamente sobre as ondas desenhadas. Vulgar, seus professores diriam. Comercial. Infantil. Mas ele nunca havia recebido um cartão de aniversário antes. Ele segurou o cartão ao sol para que o peixe brilhasse.

> Imagine, tivemos que viajar para tão longe para encontrar um amigo tão legal como você. Feliz aniversário,

Lotta.

Os dias antes de seu retorno se transformaram em um doce tormento.

Ele viu Leif e sua grande mochila na luz do anoitecer na véspera de ano novo. PK correu pelas multidões ao redor da fonte. Leif estava sozinho e começou a contar a PK sobre a viagem para Khajuraho e os templos de milhares de anos com suas esculturas eróticas. Será que PK conhecia um hotel bom e barato?

"Não fique em um hotel, fique comigo."

Ele lhe entregou a chave de seu quarto em Lodi Colony.

"E quanto a Lotta?", PK se arriscou.

"Ela alugou um quarto em um palácio. Conhecemos a família no trem."

"Ela também seria bem-vinda na minha casa", ele disse sem hesitar.

Ele não tinha esperanças que ela fosse trocar uma cama confortável em um quarto privado numa vila luxuosa de uma família rica por seu quarto apertado e sujo.

No dia seguinte, enquanto ele sentava observando a rua, um ponto amarelo e vermelho apareceu na sombra das árvores. Começou a crescer, lentamente se transformando nos contornos de uma mulher. Ela usava jeans, uma camiseta amarela e uma mochila vermelha.

Pareceu um triunfo pessoal. Ele queria gritar de alegria: ela escolheu minha pobreza no lugar do luxo deles!

Mas sua saudação foi mais neutra e contida: "Bem-vinda, Lotta!".

Leif dormiu na *charpoy* quebrada de PK, uma cama de madeira com uma base de corda trançada. Para Lotta, ele desenrolou um fino colchonete de bambu. Ele dormiu diretamente no chão de cimento.

"Não se preocupem, estou acostumado a dormir no chão duro", ele os assegurou.

O que mais o incomodava era não ter roupa de cama para oferecer. Mas ela parecia feliz o bastante enquanto desenrolava seu saco de dormir em cima do colchonete de bambu debaixo da janela.

Ele preparou omelete de masala, torrada e chá no fogão a gás na varanda. Então eles pegaram um riquexó até Connaught Place, onde eles trocaram para um pat-pattie, uma moto de três rodas cheia de passageiros, e seguiram para Velha Deli.

A cidade, da qual ele sentia medo três anos atrás, agora era parte dele. Ela tem que conhecer os mercados, ele pensou. Eles são a razão de eu ser o homem que sou hoje.

Eles vagaram pela cidade velha e por uma estreita abertura, entre dois restaurantes pequenos, até um beco que aumentava até se tornar um pequeno pátio aceso com luzes fluorescentes.

Cheirava a carvão e carne frita; nuvens de vapor subiam da cozinha a céu aberto, e os clientes se sentavam em mesas nos quatro cômodos ao redor do pátio. Eles espiaram dentro de um deles: havia azulejo do chão ao teto e as pessoas comiam kebabs e pães finos e farinhentos.

Eles andaram pelos bosques e lagos artificiais do Zoológico de Deli, localizado em um forte delapidado, conversando e rindo. Ele se sentia extasiado. E ainda assim, a ansiedade começou a crescer dentro dele assim que se sentaram na grama. Ele estava esperando a tragédia acontecer; sua sorte sempre acabava em algum ponto. Era a sua experiência de vida até então, e era como seria agora. Felicidade era apenas a premonição da desgraça iminente. Ele não foi criado para a verdadeira felicidade. Lotta voltaria para a Europa e ele permaneceria na Índia. Ela havia chegado como um *flash* de luz e iria desaparecer de forma igualmente repentina.

Ele ainda tinha mais um semestre na escola de Arte e nenhum dinheiro para viajar.

É impossível, ele pensou, nosso romance não tem futuro, nosso encontro está fadado a ser uma memória agradável, porém curta, e nada além disso.

Mas ele não compartilhou seus sentimentos com Lotta.

Eles continuaram para Paharganj, o principal mercado de Deli. Eles se espremeram um contra o outro enquanto passavam por barracas de frutas e casas de chá. Ele se sentiu consumido por ela e pelo prazer daquele momento. Eles conversaram com jovens padeiros que amassavam massas em fornos tandoori vermelhos de tão quente com as próprias mãos. Viram os olhos vermelhos de um casal de velhos que estavam deitados em suas chapoys, enrolados em lençóis cinza. Quase tropeçaram sobre um homem que havia desmontado uma caixa de marcha e espalhado as peças para limpar, organizadas em um pedaço de papelão no meio da rua. Eles passaram por um rebanho de cabras. Acariciaram o brilhoso pelo das vacas, sentiram o cheiro de tecido molhado quente vindo de uma mulher que engomava roupas com um ferro a vapor. Riram de um homem que batia leite com uma furadeira elétrica adaptada. E ficaram assistindo durante diversos minutos um senhor construir uma pirâmide com centenas de ovos de galinha debaixo de uma lâmpada. "Se um cair, todos cairão", o homem dos ovos disse. Eles riram.

Eles viram cachorros desfilando pela multidão, mulheres costurando, colares de prata sendo consertados, uma garota que varria a rua em frente à sua porta. Eles inalaram a fumaça com o cheiro de folhas queimadas e ouviram uma mulher roncar. As pessoas cantavam, conversavam, preparavam massas, jogavam cartas e descansavam a sombra.

Ele sentiu como se eles fossem parte de tudo aquilo, das pessoas, das ruas, dos cheiros e do céu.

***

Eles chegaram à fonte por volta das seis horas e PK começou a pendurar suas pinturas. Lotta o ajudou. Ele observou enquanto ela as prendia nos pedaços de papelão. Deus, deixe que essa mulher seja minha futura esposa, ele pensou, enquanto sentava em seu banco. Ela sentou próximo a ele. Ele terminou quatro desenhos antes deles resolverem guardar tudo e irem ao cinema.

Centenas de pessoas estavam do lado de fora do Plaza. A fila da bilheteria se estendia pela rua. *Sholay* havia estreado seis meses antes, mas ainda lotava as salas de cinema. Eles pararam e olharam para os pôsteres pintados à mão de Amitabh Bachchan enchendo os vilões de bala com sua metralhadora. Uma vez lá dentro, eles olharam para as cadeiras lá embaixo, de seus lugares na galeria, e viram que a maioria da plateia era de homens solteiros, olhando para eles com inveja.

O filme começou e ele traduziu para ela. Mas ele deu uma pausa quando Lata Mangeshkar começou a cantar "Jab Tak Hai Jaan", se recostou e apenas ouviu. Lotta se aproximou dele durante as cenas mais dançantes do filme, repousou sua cabeça no ombro dele e segurou sua mão. O medo, que ele havia conseguido aplacar desde que saíram do zoológico, retornou com força total. O que significava tudo aquilo? Havia um poder superior tentando lhe dizer algo? Ele não sabia de nada e percebeu o quanto era inexperiente. Ele se sentiu com doze anos novamente.

O que será, será. Ele tinha que superar seus receios. Nós já começamos uma nova união, ele disse a si mesmo. Nossas auras estão na mesma sintonia.

Ele se inclinou e a beijou na testa.

"Maheswari Ma, Ma Maheswari", ele sussurrou. Uma prece a mesma deusa da selva que sua mãe costumava invocar em tempos de necessidade.

Era inverno em Deli. O céu noturno estava cheio de estrelas, mas a névoa permanecia até pouco antes amanhecer. O ar estava gelado enquanto eles passavam pela cidade deserta para além da fonte, que parecia vazia e desolada na escuridão. Eles andaram pela avenida principal em direção ao sul, passando por Raj Path e o triunfal Portão da Índia, em direção a Lodi Colony. Primeiro ele segurou sua mão, mas como estavam sozinhos, ele tomou coragem para passar o braço sobre os ombros dela. Ele sentiu o calor de seu corpo, mas também foi tomado pelo sentimento de estar fazendo algo proibido, que as luzes da rua estavam os observando. Por um momento ele pensou ter deixado seu próprio corpo e estava olhando para baixo, vendo a si mesmo andando com Lotta, lado a lado.

Era um longo caminho até sua casa. Mas e daí? Eles chegaram as duas da manhã. Leif estava dormindo na cama de cordas, roncando alto. Eles pegaram um cobertor e foram para a varanda. Eles sentaram nas escadas de cimento e se protegeram do frio. Cachorros selvagens latiram enquanto corriam por perto. Ele a abraçou, olhou para as estrelas e então para ela e novamente para as estrelas. Era tão romântico. E mesmo assim, ele era tímido demais para olhá-la nos olhos. O céu acima era saída.

Eles haviam sido unidos por um poder divino, um poder que estava sendo trabalhado nele desde que ele nasceu. Ele sabia que ocidentais não pensavam assim. Mas era assim que ele havia sido criado, era assim que a vida funcionava. Esta era a noite deles, sua magia, seu amor, e tinha sido escrita nas estrelas. Ele a beijou novamente na testa e então nas bochechas. Primeiro os olhos, e então a mente e o coração, o amor percorreu seu caminho através dele. Eles sempre pertenceram juntos, e juntos permaneceriam, por toda a infinidade do tempo.

Ele sussurrou seu nome. Ela não respondeu. Então eles permaneceram em silêncio.

"Eu te amo", ele arriscou. Mas instantaneamente se arrependeu.

Por que? Por que aquelas palavras, dentre todas as que ele podia ter escolhido, tinham que sair de sua boca? E se ela se levantasse e saísse? E se ela risse? E se ela dissesse: "Eu gosto de você, mas não dessa forma"?

Com o tempo, a resposta dela veio. "Eu também." Ela se inclinou e o beijou delicadamente na testa.

E então, depois de outra pausa:

"Eu seria o homem mais feliz do mundo se você se casasse comigo."

O corpo dela enrijeceu.

"Eu nunca pensei sobre casamento. Ainda não! Tem tantas coisas que eu quero fazer antes disso."

"Não quero dizer agora", ele disse. "Eu posso esperar. Não importa quanto tempo."

A conversa se esgotou. Ele não queria mais a pressionar.

Ficaram em silêncio ouvindo Leif roncar. E então eles entraram. Ele se deitou no chão e ela em seu colchão de bambu perto da janela. Ele tentou dormir, mas acabou encarando a escuridão. Ele se revirou e seu corpo enrijeceu. Ele escutou. Ela também estava se mexendo, inquieta. Ele se perguntou se deveria dizer alguma coisa. Logo depois, ele sentiu um sopro de ar e ouviu um pequeno ruído. Uma mão suave em seu ombro. Quase silenciosamente, ela entrou debaixo de seu coberto e deitou ao seu lado, no chão frio de cimento.

"Você também não consegue dormir?", ela sussurrou.

"Não."

"Estou assustada ali, perto da janela. Posso deitar aqui com você?"

"Claro", ele gaguejou.

Ela se aproximou. O desejo dele se reascendeu e ele ficou mais corajoso. Mas ela ficou tensa.

"Voltarei para a minha cama se você não conseguir se controlar", ela sussurrou gentilmente. "Não vim aqui para isso. Só quero que você me abrace, isso é tudo", ela acrescentou.

Então ele a segurou. Quem ele pensava que era? Ele estava envergonhado de si mesmo. Isso era mais que o bastante.

PK e Lotta estavam deitados no colchonete de bambu no chão de cimento. Ele olhou para ela. Ela parecia tão tranquila quando dormia. Ele lembrou da reação dela durante a noite. Ela havia se fechado quando mencionou casamento, mas ele não sabia de qual outra forma expressar seus sentimentos. Não havia a possibilidade de eles morarem juntos sem serem casados, e então o romance minguaria. O amor não pode sobreviver sem um voto solene e uma benção oficial. Pelo menos era assim que ele se sentia. Mas Lotta queria esperar, assim ela tinha lhe dito na varanda. Era difícil para ele entender. Se ela gostava dele, e o pai dela concordasse, por que esperar? Nesta questão, ficava óbvio que eles eram de culturas diferentes.

Mas ele continuaria tentando.

"Venha comigo para Orissa", ele disse enquanto tomavam café da manhã. Ela lhe olhou curiosa.

"E conheça meu pai. E minha irmã e meus irmãos."

"Claro, por que não?", ela respondeu.

Sem contra-argumentos, sem perguntas. Mas ela realmente queria ir? Será que ela não o havia entendido?

Eles se moveram rapidamente, como se tivessem de agir de uma vez, antes que ela fosse tomada pela dúvida. Colocaram as coisas dele na mochila dela e se vestiram rapidamente. Ele vestiu a mesma calça e camisa suja que havia usado no dia anterior. Não parecia certo quando havia uma mulher no quarto, mas o que ele poderia fazer? Ele não tinha roupas limpas.

O quanto eu devo estar fedendo? Ele se perguntou.

Ele se virou e olhou para Lotta. Ela estava vestida com um sari vermelho recém comprado, em um estilo comum na região de Varanasi. Aquele cabelo loiro e o Sari vermelho! Ela era linda.

Eles pegaram um riquexó para Connaught Place para comprar um presente para o pai dele e algumas lembrancinhas para seus irmãos. Comeram em um restaurante chinês, entraram e saíram das lojas, olharam um para o outro, riram. A vida era exatamente como os romances que ele havia assistido na tela grande, e agora eles estavam seguindo rumo ao clímax. Mas quanto tempo até tudo desmoronar? Como sempre, ele guardou suas dúvidas para si.

Eles embarcaram no Janata Express, e antes do anoitecer o trem se afastou da estação rumo ao leste. Uma brisa fria entrava pelas janelas abertas enquanto o sol coloria as planícies de um amarelo-manga. Ele observou o cabelo de Lotta flutuar no ar e as vezes ricochetear em seu rosto. Ele estava fascinado com seu brilho dourado na última luz do dia.

Cenas da infância de PK passaram por sua mente. Andando no elefante de seu pai na selva aos cinco anos. Seu professor jogando pedras nele, gritando que esse era seu destino. Seu amigo de casta superior que foi proibido de brincar com ele quando seus pais descobriram que ele era um intocável. Seus pensamentos se voltaram para o aqui e o agora, enquanto ele estava sentado no compartimento do trem com essa mulher linda e estrangeira. Personagens nos filmes tinham montagens de *flashbacks* no momento de suas mortes. Era uma comparação apta; ele estava reencarnando em uma vida melhor.

Eles pediram o jantar, que foi servido em seus assentos em caixas de papelão. Legumes, arroz e chapati. Eles sentaram de pernas cruzadas no beliche de vinil verde e comeram em silêncio. Estava escuro lá fora, o brilho fraco da luz da cabine os recobrindo com um azul sombrio. O trem balançou nos trilhos, a buzina soou e eles balançaram para frente e para trás, como se em um navio navegando em águas turbulentas.

Eles subiram em uma das camas e deitaram próximos um do outro. Lotta tentou ler seu livro sobre os festivais religiosos de Orissa, mas logo adormeceu. Ele ficou deitado, olhando para ela, respirando na calma de seu sono, seus olhos fechados, sua face luminosa.

Ele pensou sobre as conversas que eles haviam tido nos últimos dias.

"Você me fez acreditar em Deus", ela disse a ele.

"Mas eu sou pobre, não posso tomar conta de você e lhe oferecer uma vida segura", ele respondeu.

"Você não é pobre para mim", ela argumentou.

"Eu sou um artista, isso significa que eu nunca terei dinheiro."

"Mas eu quero dividir minha vida com você." Parecia que Lotta havia decidido seguir seu coração, no fim das contas.

Algumas horas antes do amanhecer, eles desceram do trem em Bokaro, a cidade do aço. Era aqui que o irmão mais velho de PK trabalhava. Eles ficaram próximos um do outro na plataforma escura, enrolados em um cobertor de lã sujo, e esperaram pelo nascer do sol em silêncio. Pilhas de materiais espalhados ao redor deles parecia abrigar pessoas adormecidas. Talvez eles estivessem esperando pelo trem, ou, assim como PK e Lotta, por parentes que viriam buscá-los após o amanhecer. Eles ouviram cães latindo andando pelas ruas em matilhas do outro lado da estação, e aqui e ali a buzina solitária de um ônibus.

Quando o sol nasceu no horizonte, Lotta foi até a estação, vestiu um sari novo e limpo e cobriu sua cabeça com um lenço. À distância, era impossível dizer que ela era estrangeira. PK tinha certeza que seu irmão gostaria do estilo tradicional dela.

De repente, Pramod apareceu. PK não o via há anos. Ele agora pesava mais alguns quilos, estava vestido em um terno ocidental, camisa branca e gravata. Parecia importante. Ele se aproximou com um sorriso cauteloso. PK e Lotta se ajoelharam e o cumprimentaram com as cabeças baixas e as pontas dos dedos tocando seus pés.

Pramod era um gerente de repartição na Ferrovia Indiana e era muito orgulhoso de sua posição. Ele não era único, mas ainda era incomum para um garoto intocável de uma aldeia se dar tão bem. A maioria dos gerentes ainda eram brâmanes ou de outras castas superiores, apesar da insistência de Indira Gandhi para que as empresas do estado começassem a obedecer às leis antidiscriminação.

Ele os mostrou seu escritório, com uma cozinha conjunta e empregados, localizado em um vagão. Nas paredes havia pendurados retratos de Indira Gandhi e Sai Baba, seu benfeitor, anjo da guarda e profeta.

Ninguém acreditava que o irmão de PK era filho de uma mulher tribal de pele escura e um homem intocável. Ele tinha pele clara e tinha, de forma misteriosa, ficado mais pálido com o passar dos anos. O jovem Pramod havia frequentemente falado de seu desejo de ser branco, como um europeu rico e poderoso. E agora parecia que seu desejo havia se realizado. PK sabia que cabelos pretos ficavam cinzas e então brancos com a idade, mas ele nunca havia ouvido falar sobre a pele clarear também. Mas assim estava. Pramod parecia mais e mais com os ocidentais que tanto admirava, e muitos na cidade de ferro, patrocinada pelos soviéticos, o tratavam de modo cortês, o confundindo com um empregado russo convidado.

PK estava preocupado sobre o que seu irmão pensaria de Lotta. Ele não queria quebrar a tradição local, que decretava que o irmão mais velho tinha de aprovar o casamento, e então o pai. Ele não estava certo se era completamente necessário seguir o costume, mas ele também não queria provocar sua família desnecessariamente. Ele não podia arriscar ser rejeitado por eles também.

"Meu sábio e velho irmão", PK começou naquela primeira noite, "posso me casar com Charlotta?"

Pramod não respondeu.

"Charlotta é o mesmo que Charulata", PK esclareceu em oryia, e então se virou para Lotta e sussurrou em inglês: "Ele provavelmente será mais complacente quando ouvir que você tem um nome tão bonito. Charulata significa videira em oryia".

Seu irmão estava em silêncio, e então anunciou que precisava pensar. Ele meditaria por uma hora, durante a qual ele consultaria Sai Baba e Deus.

O irmão de PK se sentou em posição de lótus no chão de cimento da sala, cercado por fotografias de montanhas com topos brancos de neve e bebês de pele clara. Ele fechou os olhos e sua expressão ficou séria. PK estudou seu irmão nervosamente, mas não havia nada que ele pudesse fazer a não ser esperar.

Após uma hora, um sorriso irrompeu no rosto de seu irmão. PK sabia que tudo ficaria bem.

Eles pegaram o Madras Express até Tata, trocando para o Utkal Express destinado a Cuttack e então uma carruagem de longa distância seguindo o rio para dentro da floresta. A vegetação ficou mais densa, o céu ficou limpo e o ar se tornou mais fácil de respirar. Ele estava de volta na vila de sua infância. Tanta coisa havia acontecido desde sua última visita.

Logo ficou claro que seu pai não fazia objeção alguma a união.

"Você deve casar com quem quer que lhe faça feliz", ele disse. "E ela se encaixa com seu horóscopo", ele acrescentou.

Seu pai começou a cantar hinos em sânscrito como se fosse um brâmane. Os padres da aldeia com certeza ficariam mais do que perturbados com a performance, mas Shridhar não se importava.

"Por que os brâmanes deveriam reter todo o direito de realizar cerimônias sagradas?", ele costumava argumentar quando seus colegas pensavam que ele estava a ponto de provocar as castas superiores.

PK e Lotta assistiram. Atrás dele, na parede, pendia um retrato da mãe de PK. PK sentiu o olhar de sua Ma, como se ela tivesse retornado dos mortos, curiosa para saber o que ele havia feito de sua vida.

Então seu pai juntou suas mãos, acenou com a cabeça e disse.

"*Pradyumna Kumar*", ele disse, olhando para seu filho, "certifique-se de nunca dar a ela uma razão para chorar."

"Prometo, pelo tempo que ela estiver comigo", ele respondeu.

"Se lágrimas deslizarem por seu rosto, nunca deixe que elas cheguem ao chão", seu pai continuou. "Você deve sempre estar a postos para confortar sua esposa."

Então ele presentou Lotta com um novo sari. Estava feito. Eles eram marido e mulher. Eles teriam de oficializar o casamento no cartório local, mas poderiam fazer isso depois. Por enquanto, não importava.

Com mochilas em suas cabeças, eles passaram pela multidão de aldeões que haviam vindo ver PK e sua esposa branca vestida com roupas indianas. Eles nunca haviam visto algo assim. Eles encaravam descaradamente, mas ninguém se atreveu a se aproximar e cumprimentá-la. O sucesso de PK em Deli demandava respeito e admiração. Ele não era mais uma pária.

A notícia de que o garoto da aldeia que havia desenhado uma cosmonauta, a Primeira Ministra e o Presidente havia voltado se espalhou rapidamente. Em Bhubaneswar, o secretário geral da escola de Artes os convidou para almoçar. Ele elogiou PK e puxou as cadeiras para eles se sentarem. Era uma demonstração completamente estranha para PK. Após o almoço, o secretário geral instruiu seu motorista a levá-los onde quer que eles quisessem ir na cidade e mandou um mensageiro comprar as passagens de trem deles. Lotta foi presenteada com uma fivela de cabelo prateada como se fosse uma rainha. Rei Pradyumna Kumar e Rainha Lotta. Era como se todo mundo tivesse se tornado seus empregados.

Eles pegaram o ônibus para Puri e caminharam pela praia, passando por outros casais, até o Templo do Sol, em Konark, com suas esculturas de cenas eróticas do Kama Sutra.

Antes de alcançarem o "Black Pagoda", como os antigos marinheiros chamavam o templo, PK disse a Lotta para parar. Ele cobriu os olhos dela com as mãos.

"Agora, para algo maravilhoso."

Ele retirou as mãos.

"Olhe, ali em cima!"

O templo com a roda de pedra. A mesma roda da foto que ela costumada ter colada em sua parede em Londres. Ela havia olhado fixamente para aquela foto e ansiado pela Índia. E agora, aqui estava ela, de frente para a roda verdadeira. Ela começou a chorar.

Eles haviam se conhecido apenas algumas semanas antes, mas aqui, em frente ao templo construído como uma carruagem para o deus do sol Surya, seus lábios se tocaram pela primeira vez.

O êxtase de PK foi mais uma vez tomado pela dúvida. Era tudo tão surreal, tão desligado da realidade. Como é possível que um garoto intocável da selva como eu ande ao lado da mulher que eu amo?

A dúvida aumentou, ocupando tudo. Ele gaguejava nas frases mais simples. Ele se atrapalhava realizando os movimentos mais básicos, tais como acariciar o rosto de Lotta ou desviar de pilhas de lixo na rua.

No ônibus, de volta a Bhubaneswar, ele imaginou jogar sua vida antiga fora, sua carreira em Nova Deli, por um possível futuro com Lota na Europa. Ele brincou com a ideia e ela o assustava, precisamente por parecer tão perfeitamente plausível. Por que ele havia deixado a beleza de seu lar em Orissa e ido à capital? Aqui era onde sua família estava, e tudo parecia familiar. A selva era tão abundante, tão rica, densa, misteriosa, excitante. Mangueiras e coqueiros envoltos na neblina da manhã pertenciam a uma paisagem que o fazia questionar a noção arraigada de que valia a pena sacrificar tudo pelo novo e o excêntrico.

Assim que retornaram ao seu quarto alugado em Nova Deli uma semana mais tarde, sua vizinha Didi veio lhe dizer que uma mulher bem vestida e sua filha haviam visitado várias vezes em sua ausência. Puni e sua mãe, era o que parecia. Onde estava PK? elas perguntaram. No final, Didi voltou a pergunta para elas; por que estavam procurando por ele?

A mãe de Puni contou a história para Didi:

Não havia nada de errado com o noivo de Puni, o estudante de Engenharia. Ele era um bom garoto. Mas o pai dele estava pedindo cinco mil rúpias de dote. Era uma quantia inimaginável, um dote digno de uma estrela de cinema. O pai de Puni estava desesperado para que a filha casasse com o garoto da família de casta superior, mas eventualmente ele teve de aceitar que não poderiam pagar. Então a mãe de Puni fora até lá para ver se PK aceitaria sua filha, no final das contas.

Que família estúpida! Porque ele iria querer qualquer relação com eles, depois que o pai dela o humilhou tanto?

Eu não sou uma pessoa rancorosa, mas existem limites, ele pensou.

Para Didi e seus amigos, ele disse que já havia se casado com a mulher da Suécia. Isso não era de fato verdade, claro. Seu pai havia realizado a cerimônia para que eles fossem unidos aos olhos dos deuses, mas eles não estavam tecnicamente casados de acordo com a lei. Mas de qualquer forma, quem iria checar isso?

Eles passaram as noites deitados ao lado um do outro no chão de cimento no quarto alugado de PK, olhando para o teto rachado, enquanto Lotta contava fatos sobre a história sueca e seus ancestrais.

"O Rei da Suécia na época se chamava Adolf Frederick e a Rainha Louisa Ulrika, e assim como na Índia, na Suécia existiam quatro castas. O poder do Rei havia sido limitado e o país era governado por quatro parlamentos, um para cada casta", Lotta explicou. "Nós as chamamos de os nobres, o clérigo, os burgueses e os camponeses. Dois partidos lutavam pelo poder, e eles tinham os nomes mais estranhos, os Chapéus e os Gorros!"

"Que estranho. Imagine isso acontecendo na Índia!", PK sussurrou. "As pessoas morreriam de rir."

"Deixe eu terminar", Lotta disse.

"O Rei e a Rainha estavam furiosos porque os nobres que controlavam o partido dos Chapéus estavam tentando tomar o poder e limitar o da família real. Eles até insistiram e criar o herdeiro ao trono, Príncipe Gustav. Desta forma, o príncipe se tornaria um rei justo.

"A Rainha se recusou. Como os humanos se atreviam a desafiar a vontade de Deus? Era loucura. Ela chamou seus conselheiros e os contou sobre seu plano para impedir os Chapéus. Eles instaurariam um golpe militar e restituíram o Rei, como Deus mandava.

"Em uma tarde de verão", Lotta continuou, "em 1756..."

Logo quando Robert Clive estava com dificuldade para dominar a Índia – que coincidência, pensou PK.

"Eu já lhe contei sobre Robert Clive?", ele interrompeu. "Eu preciso lhe contar a história dele."

"Mais tarde!

"Em uma tarde de verão, em 1756, o caos se instaurou em Estocolmo. Mas os detalhes do plano da Rainha ainda não haviam de todo funcionado. Os agentes do golpe não tinham o dinheiro necessário e o momento não era propício. Mas um dos homens mais próximos da Rainha decidiu que dariam início ao golpe de qualquer forma. Ele reuniu seus colegas e os disse para darem início aos planos. Então ele correu pelas escadarias do palácio para informar a Rainha.

"Rumores quanto ao plano chegaram nos ouvidos do guarda-costas do Rei e da Rainha e um oficial júnior de apenas 22 anos que atendia pelo nome de Daniel Schedvin.

"Se ele tivesse obedecido a ordem, a história da minha família teria sido completamente diferente. E então não seríamos donos de uma floresta", disse Lotta.

"Você tem uma floresta?"

"Não eu, pessoalmente, mas minha família sim."

Ela continuou. "Os homens do Rei e da Rainha juntaram suas tropas e marcharam para a sede do partido dos Chapéus para prendê-los. Daniel, no entanto, foi até seu lorde e disse a ele o que estava acontecendo, e então avisou ao líder dos nobres.

"A casta dos guerreiros na Suécia."

"Nós os chamamos de Kshatriya na Índia."

"A nobreza mobilizou sua oposição e rapidamente impediu o atentado a Golpe da Rainha. O Rei e a Rainha foram criticados em um sermão dado por um dos sumos sacerdotes. Vários dos outros envolvidos foram executados. E o meu ancestral, Daniel, foi recompensado com uma grande quantia em dinheiro, que ele usou para comprar a floresta e terras. A nobreza também forçou o Rei a torná-lo cavalheiro. Ao se tornar cavalheiro, você muda de casta e avança acima", Lotta explicou para um PK cada vez mais intrigado.

"Daniel se tornou o dono de uma grande parte da floresta sueca e sua família exibia um brasão decorado em azul e dourado, com duas espadas cruzadas, uma coroa de folhas com laços e uma frase em prata: *Ob cives servatus.*"

"O que isso significa?"

"É latim, mas eu esqueci o que significa, infelizmente", ela respondeu. O brasão da família estava pendurado na sede de sua nova casta em Estocolmo e em uma igreja na área onde ele havia comprado a terra.

"É por isso que minha família ainda possui uma floresta", disse Lota.

"Então você é de uma casta superior e nobre?"

"Sim, por isso meu nome é von Schedvin. Mas não tenho orgulho disso. Não me torna melhor do que qualquer outra pessoa."

"Lotta, você pertence a uma casta superior enquanto eu recebo menos respeito do que a sujeira das solas dos seus pés."

Ele lembrou como o pai de Puni havia gritado para ele sair da casa e pensou em todos os romances indianos fracassados que acabavam em mortes por honra por causa de misturas similares.

Como o romance deles terminaria? Ele pensou enquanto a beijava na testa.

"Sim, mas isso são preconceitos ultrapassados", Lotta disse. "Essas coisas não significam nada para mim."

"Você tem uma floresta. É meu destino. Se todas essas coisas não tivessem acontecido tantos anos atrás, a profecia não teria se realizado."

"Sim, você está certo."

"Sabe, Lotta, tudo acontece por um motivo."

Lotta pegou o trem para Amritsar, onde seus amigos a esperavam com a van. Eles voltariam pelo caminho por onde tinham vindo, pelas montanhas Hindu Kush, os desertos do Irã e os montes altos acima do Mar Negro. Ela relembrou a viagem que haviam feito há alguns meses. Ela lembrou como, nos Alpes, um anjo da guarda havia impedido a van de se tornar um monte de metal queimado no fundo de um barranco. Na Turquia, eles serpentearam por entre incontáveis montanhas, e o mundo nunca foi tão lindo. Quase transformaram a van em sucata mais uma vez no trânsito caótico de Teerã. Passaram horas nas estradas do Afeganistão sem verem uma pessoa sequer, apenas lanchonetes vazias, com cartazes empoeirados da Coca-Cola e nenhuma bebida a venda.

Três semanas após sua partida da Suécia, eles passaram pela fronteira entre o Paquistão e a Índia. Após um desvio pelo Taj Mahal, chegaram em Deli tarde da noite, onde colidiram com um muro e destruíram o para-choque. Estava tudo escuro e as ruas estavam mais desertas que o normal por causa do estado de emergência, mas eles não sabiam disso. Eles não haviam telefonado para casa uma única vez, mas agora eles contataram a Embaixada Sueca e pediram para a recepcionista ligar para seus pais e avisá-los que eles haviam chegado, havendo batido apenas uma vez, a cem metros de seu destino final. A Embaixada em Nova Deli ligou para Borås, mas esqueceu de mencionar que eles não haviam se machucado no acidente.

A viagem de volta a Europa não a preocupava, ela agora tinha experiência e estava purificada. Ela conseguiria achar seu caminho de volta sem um mapa. A viagem passou depressa e sem grandes problemas, exceto por um acidente onde a van deslizou em uma camada de gelo em uma montanha do outro lado de Trebizonda. Eles giraram 360 graus e pararam à beira de um precipício. Mas seu anjo da guarda não os abandonou, e eles desceram do veículo, ilesos, porém em choque.

Tudo acontece por uma razão. E o destino de Lotta era chegar são e salva na Suécia.

Era a primavera de 1976, e em casa, em Borås, ela contou a seus pais que estava apaixonada. PK era o homem com quem ela queria casar, e ela voltaria para a Índia naquele outono.

Mas dessa vez sua mãe a impediu.

"PK ainda não terminou a escola de Artes e você ainda não tem uma educação decente", foi a resposta sóbria dela. "Fique aqui e estude. Mantenha contato, escreva cartas, se conheçam melhor à distância."

Não era o que Lotta queria ouvir, mas com as memórias da Índia começando a se dissiparem, os cheiros deixando suas roupas, ela começou a achar que sua mãe poderia estar certa. Um conflito nasceu dentro dela. Se ela retornasse agora, com certeza ficaria na Índia, e nunca mais voltaria. Mas onde quer que ela estivesse, ela precisava de uma base para construir sua vida e carreira.

PK prometeu que ele iria à Suécia assim que pudesse. Mas semanas e então meses se passaram. Sua data combinada para um encontro, agosto, chegou e se foi, e PK nunca apareceu. Uma carta chegou em setembro, de Nova Deli. Ele viria, mas não sabia quando exatamente, já que ele não sabia como chegaria lá.

Lotta estava reconsiderando se voltaria à Índia no fim das contas. Ela começou a trabalhar em uma creche. O pagamento é pouco e ela não podia juntar para uma passagem. Ela com certeza não queria pedir emprestado a seus pais.

Mais tarde, Lotta percebeu o quão assustada sua mãe estava por ela não ter uma carreira. Mulheres não deviam mais serem apenas mães e donas de casa, a mãe dela disse. Ela havia deixado passar a oportunidade de estudar, mas ela não assistiria a suas filhas cometerem o mesmo erro.

Novos sonhos começaram a tomar forma. Lotta havia aprendido a tocar piano quando era criança. Ela se candidatou a um emprego de professora substituta na escola de música municipal, bem como uma vaga na Universidade de Educação Musical, em Estocolmo.

Ela conseguiu os dois.

A Índia teria que esperar.

PK retornou à sua antiga rotina, frequentando as aulas na escola de Arte, pintando no estúdio da escola e desenhando retratos à fonte. Mas a sociedade indiana havia mudado. Nova Deli estava paralisada pelas leis novas e rígidas leis de emergência: censura da imprensa, sanitização das favelas, campanhas de esterilização, bem como proibição de manifestações e reuniões políticas.

Escavadeiras destruíam favelas ao redor das avenidas da cidade e a polícia dispersava as multidões. A capital antes obediente e politicamente tolerante agora fervia com a rebelião aberta e a repressão política.

E ainda assim, PK nunca sentiu que Indira Gandhi estava indo longe demais. Se nós queremos nos livrar da corrupção e da injustiça, então Indira precisa ser dura, ele concluiu. Você não pode pedir gentilmente aos brâmanes para que eles deixem de discriminar os intocáveis e para empregadores lhes darem empregos. Você não pode esperar que as pessoas abram mão de seus privilégios voluntariamente, herdado ou não, numa falsa esperança de que eles agirão sem um cassetete para os incentivar. A política era o antídoto do interesse pessoal, ele aprendera com experiências cruéis.

Já fazia mais de um ano desde que o senhor Haksar, principal secretário de Indira, o havia prometido organizar um lugar para PK morar. Então, na primavera de 1976, Haksar entrou em contato novamente.

"Está tudo pronto", ele disse. "Você pode se mudar."

"Para onde?"

"Avenida Sul"

Avenida Sul! Onde os membros do parlamento moravam na Índia. A reserva exclusiva da elite do país.

"Vou morar lá?"

"Sim", disse Haksar. "Um dos apartamentos no número 78 é seu."

PK empacotou seus pertences, mal preenchendo uma bolsa. Ele deixou seu cavalete e telas na fonte e andou até seu novo lar, na Avenida Sul.

O apartamento consistia em uma sala de estar generosamente decorada, um quarto, uma varanda com vista para o jardim, uma cozinha, uma sala de jantar e dois banheiros. Quando a fome batesse, tudo que ele tinha de fazer era pegar o telefone e comida seria entregue à sua porta. Quando suas roupas estivessem sujas, ele as deixava para o Dhobi wallah que vinha todo dia coletá-las.

Um ano atrás ele estava dormindo debaixo de pontes e se esquentando em fogueiras de lixos. Agora ele vivia em um bangalô na mesma rua da Primeira Ministra e nunca lhe faltava dinheiro. Ele deve ter esgotado sua reserva de carma ruim; toda a luta e dificuldade encheram seu poço de boa sorte para ele aproveitar.

Para PK, a vida durante a emergência foi uma de sucesso e crescente autoestima. Indira Gandhi era uma figura materna para os intocáveis, para todos os oprimidos da Índia. E, às vezes, uma mãe podia ser severa e repreensiva.

Ela era a benfeitora deles. O que seria dos intocáveis da Índia sem ela? Onde ele estaria sem sua benevolência? Certamente, na sarjeta.

Mas PK ainda estava sofrendo com saudades de Lotta, e ele contava a quem quisesse ouvir a sua perda. A intensidade de seus sentimentos movia tanto as pessoas que Lotta recebia constantemente cartas de PK, bem como mensagens de mochileiros que ele conhecia no Indian Coffee House.

Era como se todos que estavam viajando pela Ásia soubessem sua história.

Kate, de Edimburgo, escreveu:

> Acabei de voltar da Índia. Conheci seu amigo PK enquanto estava lá. Ele é um rapaz bom e honesto e sente muito a sua falta. Estava sempre falando de você, dizendo que ele espera que você não o tenha esquecido. Não que

> eu queira me envolver, claro, mas talvez você devesse escrever para ele e deixar ele saber como você está.

E então uma carta de Maria, de Björkö:

> Acabei de chegar do Paquistão no domingo, dia 6... também estive em Deli em janeiro. Eu e uma amiga de Lahore viajamos para a Índia. Outra amiga nos disse para procurar por PK e assim fizemos. Nos encontramos diversas vezes e nos divertimos bastante. PK nos entregou um livro para entregar para você... Ele está bem, mas sente muito a sua falta.

Beatrice, de Pontoise, que pensou que ele se chamava Pieket, escreveu:

> Cheguei em casa há três dias de Deli. Meu marido e eu conhecemos Pieket lá e ele nos ajudou bastante. Pieket me contou sobre você e nos mostrou a linda foto de vocês dois juntos. Pieket pediu que eu lhe escrevesse uma carta assim que eu chegasse em Paris, e isso me deixa feliz mesmo que o meu inglês seja fraco. Espero que de qualquer forma você entenda o que eu escrevo. Pieket não tem notícias suas há dois meses e está preocupado. Ele espera que nada tenha acontecido com você, e nós também.

PK tinha tudo o que sempre sonhou vivendo em um local tão requintado como o bangalô, no número 78 da Avenida Sul, e ainda assim estava infeliz. A razão, claro, era óbvia. Ele deitou em sua cama, olhando para o jardim, e pensou em como eles haviam andado pelo jardim Mughal, atrás do Palácio Presidencial, e lembrou do momento em que, entre rosas, tulipas e flores do templo, ele havia colocado uma aliança em seu dedo.

Apesar de seu visível desconforto, PK começou a se tornar mais politicamente ativo. Ele queria mudar as vidas dos intocáveis com sua arte. Seus quadros forçariam a classe média complacente a realmente ver e entender seu sofrimento. Do lado de fora do escritório principal do Congresso Nacional Indiano, Haksar o apresentou a um homem alto que apertou a mão de PK tão vigorosamente que ele quase gritou.

O homem compartilhava da visão de PK e perguntou se ele gostaria de começar uma revista para "os oprimidos".

"Sim", PK disse.

"Meu nome é Bhim Singh. Você é o famoso pintor da fonte?", ele disse.

"Sim", PK respondeu novamente, ele respondeu mais bruscamente desta vez. Ele não gostava de ser tratado como celebridade. "E quanto a você, senhor Singh?"

"Eu viajei por 120 países de motocicleta. Estive na Europa, América e Rússia e também atravessei o deserto do Saara."

"Impressionante, senhor Singh! Mas por quê?"

"Pela paz mundial. Vou escrever um livro sobre as minhas experiências."

"E agora?"

"Agora vou começar um jornal."

Singh parecia ser um homem de força de vontade, dedicado, que não se contentava em ficar em sua zona de conforto. E nem era motivado pela busca de riqueza. PK gostou dele instantaneamente, e ele gostou de PK.

"Você estaria interessado em desenvolver a logomarca do jornal?", Bhim perguntou.

"Claro."

"E em ilustrar alguns artigos?"

"Com alegria."

Bhim explicou que já havia pensado em um nome: *Voz de Milhões*. PK foi nomeado editor substituto naquele momento, e Bhim seria o editor-chefe. Os dois formavam todo o corpo editorial. Bhim escreveria e PK ilustraria.

Eles ganharam um canto na varanda do Congresso Nacional Indiano. Seu escritório consistia em uma máquina de escrever, uma mesa quebrada e duas cadeiras velhas.

O time editorial de dois homens do *Voz de Milhões* começara a trabalhar naquela mesma semana. Todos os dias eles sentavam na varanda e compunham artigos descrevendo o lado negro da sociedade indiana, a fome e a opressão.

"Nós somos a voz das massas", Bhim costumava dizer quando a fatiga batia e seu ritmo diminuía.

PK desenhou a logomarca, onde as letras de *Voz de Milhões* eram preenchidas por vários e pequenos rostos gritando por comida. O jornal dos famintos. Um grito contra a pobreza e o sistema de castas. Mas Bhim não parou por aí; ele lutava também por outra causa: a independência de Caxemira. Nesse tópico, PK se sentia menos informado, então ele deixou aquela dificuldade em particular para seu amigo.

Sua primeira edição estava pronta. PK pegou um monte e foi para as ruas ao redor de Connaught Place. Orgulho tomou o seu peito enquanto carregava o jornal deles, um jornal que ele havia ajudado a criar.

Ele andou algumas vezes pela praça, nas ruas laterais, pelo parque e entre as mesas do Indian Coffee House. Ele andou até a estação, no mercado Paharganj e então de volta para a praça.

"Peguem seu *Voz de Milhões*, o jornal dos oprimidos!", ele deve ter gritado centenas de vezes.

"A publicação que mudará a Índia!", ele começou a acrescentar quando ninguém deu atenção.

Após dois dias, ele havia conseguido vender apenas um punhado de cópias. Ele largou o restante na calçada, dizendo: "Peguem uma cópia, é de graça! Peguem! *Voz de Milhões*!".

Ele voltou para Bhim, que estava sentado na varanda, e entregou sua demissão.

"A Índia não está pronta para uma mudança", PK disse sem rodeios.

Bhim não estava feliz com a decisão de PK, mas decidiu continuar, pelo menos até Caxemira ter sua liberdade.

"Boa sorte com Caxemira, e a erradicação da fome", PK disse e voltou para seu cavalete à fonte.

Ali, pelo menos as pessoas o notavam e o apreciavam.

Quando qualquer sueco vinha até à fonte, PK parava o que estava fazendo para conversar com eles. Se ele escutasse uma voz sueca no Indian Coffee House, ele se apresentava, oferecendo chá apenas para ter uma desculpa para se sentar e conversar sobre a Suécia. Ele mudou seu cartaz na fonte. Agora dizia, *Dez Minutos, Dez Rúpias. Grátis para Suecos.*

Ele queria o máximo de contato com os compatriotas de Lotta. Suas vozes e histórias o lembrava dela. Era sua forma de manter as memórias e os sentimentos vivos, de se recusar a deixar ela partir.

Foi assim que ele conheceu Lars.

Lars mostrou a PK seu passaporte sueco e PK desenhou seu retrato de graça. Ele era jornalista e, assim como todos os outros, tinha viajado por terra da Europa até a Índia. Ele não havia dirigido, mas pegado carona. Ele pensou que PK podia fazer o mesmo.

Lars estendeu o mapa da Ásia e juntos eles sentaram por horas no café, o examinando. Ele traçou sua caneta pelas estradas, que estavam coloridas de vermelho, e leu os nomes das cidades. Cabul, Candaar, Herat, Mexed, Teerã, Tabriz, Ancara, Istambul.

"Você consegue fazer a viagem em duas semanas com facilidade. E então só lhe resta a Europa, que você pode pedir carona e chegar em uma semana, no máximo."

Sim, talvez eu pudesse pegar carona para a Suécia, pensou PK.

Se Lars conseguiu, então ele conseguia. Três semanas pareciam razoáveis. A Suécia havia parecido outro planeta, inalcançável para um pobre indiano como ele. Uma passagem de avião custava uma fortuna, e ele não se atreveria escrever para Lotta pedindo dinheiro. Ele não tinha um carro. Mas três semanas! Nunca havia passado por sua mente.

Lars, por sua vez, estava fascinado pela história de PK sobre a profecia e Lotta. Ele queria mais.

"Isso é tudo que eu lembro", disse PK.

"Mas deve haver mais. Tente!", Lars disse.

"Não tem."

"É como um conto de fadas", Lars expirou.

Um dia, Lars disse a ele que um diretor sueco estava na cidade, exibindo um filme no festival local.

"Ele poderia fazer um filme sobre a sua história", Lars disse. "Sjöman. O nome dele é Vilgot Sjöman."

"E ele é famoso?"

"Sim, na Suécia. E na América."

"Tão famoso quanto Raj Kapoor?"

"Não, mais como Satyajit Ray. Um diretor sério. Sem dança e cantoria."

"Quais filmes ele fez?"

"Filmes com uma mensagem política. E pessoas nuas. Foi bem controverso."

Lars escreveu o nome do hotel onde o diretor estava hospedado e disse a PK para ir se apresentar. Mas PK estava cético. Filmes com pessoas nuas! Se a reputação do diretor era considerada questionável na Suécia, imagine o que os indianos pensariam! Até um beijo era considerado picante na Índia. Ele pensou principalmente em sua família em Orissa. Eles enfrentariam as consequências se o rumor se espalhasse de que ele havia trabalhado com um diretor que fazia filmes com pessoas nuas. Não, a proposta de Lars não era nem um pouco tentadora.

No entanto, Lars conseguiu colocá-lo no festival de filmes, que estava acontecendo no Centro de Convenções. Lá, em meio à multidão, Lars avistou Sjöman. Ele se apressou e deu uma tapinha no ombro do diretor. E então apresentou PK.

O sueco tinha boas maneiras, PK pensou. Ele perguntou o que PK pensava sobre o estado de emergência e Indira Gandhi e escutou cuidadosamente suas respostas. Mas PK não lhe contou nada pessoal. Ele estava decidido; nenhum diretor de filmes de sexo faria um filme sobre sua vida. Ele não era tão liberal.

Ele disse adeus da maneira mais educada que podia e escapou por entre a multidão com um Lars desapontado ao seu lado.

PK estava convencido de que Lotta voltaria. Eles haviam concordado quanto a isso. Eles estariam reunidos depois de seis meses, em agosto, ela disse. Ou ela iria até a Índia ou ele iria até a Suécia.

Ele se formou na Faculdade de Artes, Deli, em junho de 1976 e começou a planejar o retorno de Lotta. Ela pode ficar comigo na Avenida Sul, ele pensou. Nenhuma esposa estaria insatisfeita com um endereço daquele. Nenhuma lágrima cairia em seu piso polido.

Mas ele tinha de achar um emprego. Ele não podia sentar à fonte e desenhar pessoas pelo resto da vida.

O India Post estava procurando por ilustradores e a escola de Artes lhe ajudou a conseguir uma entrevista. Eles gostaram de suas amostras e lhe ofereceram um contrato de treinamento por seis meses em casa em Pune, uma cidade descrita como cosmopolita e "o sonho de todo indiano com carreiras ambiciosas".

Ele tinha um lugar para morar e um trabalho fixo. Ou quase. Lotta estaria orgulhosa dele. O India Post também tinha um acordo com o escritório do British Post, e o homem que o entrevistou sugeriu que haveria a possibilidade, se ele fosse esforçado e realmente talentoso, eventualmente, talvez, possivelmente, ele poderia ter a chance de se mudar para Londres. Apenas a ideia o deixava extasiado. Imagine, viver na capital colonial, com Lotta!

Mas agosto veio e se foi, e Lotta não chegou. Ele não tinha nem o tempo ou o dinheiro para viajar para a Europa. Sua poupança era magra e ele ainda estava esperando seu treinamento começar.

Ele esperou o outono inteiro por notícias do India Post, mas nada chegou. A decepção foi esmagadora. Mas apenas o motivou mais a se reunir com Lotta. O amor deles teria a chance de florescer pessoalmente, e não apenas em cartas bem escritas. Caso contrário, ele estaria arriscando perdê-la para sempre.

Ele providenciou um novo passaporte e um cartão do International Youth Hostel. Todo dia, ao fazer seu caminho até a fonte, ele encarava o *outdoor* da British Airways que havia sido colocado em Connaught Place. Prometia outra vida, do outro lado do planeta.

Semanas se passaram e ele estava cada vez mais instável devido a intensidade de suas emoções e sua ânsia por Lotta. Ele tinha dificuldade em se concentrar, seus desenhos sofreram com isso e ele se retraiu socialmente.

Um dia, ele decidiu entrar em uma das agências de viagem de Deli pela qual ele passava regularmente. A garota por trás do balcão não parecia alegre de vê-lo em sua frente, vestido com uma camisa desbotada e calça jeans. Quanto custa uma passagem para a Suécia? Ele perguntou. Por que ele queria saber? Ela já havia decidido que ele nunca seria capaz de pagar.

"Apenas me diga quanto custa!"

"Quase quarenta mil rúpias. Você tem esse tipo de dinheiro?"

"Não, ele não tinha. Ele havia economizado durante todo o verão e, ainda assim, seu extrato bancário mostrava a soma total de quatro mil rúpias. Que bem faria todo seu trabalho árduo? Ele levaria anos para juntar tudo.

Talvez a profecia estivesse errada desde o começo.

PK sabia que ele podia sentar e se afundar na aflição, ou ele poderia tomar uma decisão. Voar estava fora de questão: ele não conseguia pagar. Quatro rodas? Ele não tinha um carro. E então ele lembrou de Bhim Singh e sua jornada por 120 países de moto. Duas rodas e um motor? Aquela podia ser sua resposta, mas era muito cara. No entanto, havia outra forma, sobre duas rodas, movido a garra, tenacidade e... amor.

A
LONGA JORNADA

Nova Deli - Panipat - Kurukshetra - Ludiana - Amritsar

PK chega em Kurukshetra no fim da tarde no primeiro dia de sua jornada. Ele estava pedalando desde o amanhecer e decidiu que já havia mastigado muito cascalho por um dia. Ele desmonta sua Raleigh feminina, comprada por sessenta rúpias. Metade do preço do modelo masculino. Sessenta rúpias era um preço razoável para alguém como ele, que normalmente tinha dificuldades para pagar as passagens de trem.

Ele está a caminho de realizar seu destino astrológico. Tudo que tem consigo é um saco de dormir, uma jaqueta corta-vento azul, um par extra de calças, que um carteiro belga que ele conheceu em Nova Deli lhe deu, e uma camisa azul que Lotta havia costurado e mandado para ele. Ela havia bordado as iniciais do nome dele em um desenho de um cavalete.

Ele passa os dedos por entre os cabelos sujos, ásperos como cerdas de uma vassoura, e se agacha nas sombras das acácias nos arredores de uma pequena aldeia. Ele olha para os campos. O sol se põe no Oeste, então ele sabe seguir caminho nessa direção. Ou melhor, nordeste. Mas quantos quilômetros ele tem pela frente, não faz ideia. Ele não tem noção da distância, nenhum conhecimento de geografia. Ele teria dificuldade em apontar em um mapa todos os países e cidade que ele ouviu serem mencionados no Indian Coffee House nos últimos anos.

Histórias sobre a criação do mundo, o céu e os deuses, disso ele sabia melhor. Contos da origem da vida e seu futuro destino, até acontecimentos do início da história humana. Ele lembra dos contos do *Mahabharata*, o livro que todas as crianças indianas são obrigadas a ler na escola, e a grande batalha entre duas famílias que aconteceu aqui milhares de anos atrás, exatamente onde sua bicicleta estava repousando agora em uma árvore, nos arredores de Kurukshetra. Foi uma batalha cruel e violenta para decidir quem controlaria o reino. Seu professor na escola primaria costumava ler em voz alta para eles. Ele gostava dessas histórias, eram parte dele. Nesse sentido, ele é tão indiano quanto possível.

Ele olha para além dos campos, onde lanças foram jogadas, espadas empunhadas, sangue derramado e os deuses convocados para aconselhar quando a dúvida tomava conta. O *Mahabharata* é um livro sobre guerra justa. Ele lembra de uma cena onde o Príncipe Arjuna, um dos guerreiros, para e pede ao deus Krishna por conselho. A resposta de Krishna é tão longa e profunda que é considerada um poema à parte. Volte para o campo, Arjuna, pois você é um guerreiro, e guerreiros lutam.

É um conselho que tem sido a causa de muita miséria. Se ao menos eles tivessem perguntado a Buda, ou o profeta Jain Mahavira, o mundo poderia ser um lugar diferente.

Em hindi, a estrada pela qual ele está caminhando é chamada Uttarapatha, que significa a rota nordeste. Em urdu, é conhecida como Shah Rah-e-Azam. A Estrada da Grande Tromba. A espinha dorsal de sucessivos impérios, uma via para reis, bem como camponeses e pedintes, gregos, persas, turcos e centro-asiáticos. Por milhares de anos, pessoas têm feito essa rota entre o Afeganistão, no Oeste, e os rios Ganges e Brahmaputra no Leste.

Sim, sua reputação é impressionante e agourenta, mas a estrada em si não é muito grandiosa. Tão estreita e pedregosa como qualquer outra via na Índia. Para dois caminhões se encontrarem, era necessária a mesma atitude corajosa e audaciosa, a mesma borda do asfalto. E com isso, os mesmos monstros de metal, rugindo, escorregavam para além da estrada asfaltada, criando tempestades de areia e cascalho que se assentava como um filme áspero por cima dos veículos, pedestres, trituradores de grãos e carroças. E bicicletas.

Kurukshetra é uma das muitas aldeias melancólicas pelo caminho, que abrigavam lanchonetes de beira de estrada escondidas por fileiras de caminhões estacionados tão lotados de carga que pareciam que iriam tombar com o simples toque de um dedo. Camas frágeis de madeira se alinhavam ao lado dos caminhões, os colchões nada além de cordas entrançadas. Aqui os motoristas sentavam e comiam seu jantar em lancheiras de metal.

Ele busca por algo que poderia ter sido testemunha destas histórias antigas, mas não há nada velho ou memorável nestes campos. É a mesma monotonia de fileiras de plantações de trigo que vem ladeando a estrada desde Nova Deli.

A Índia tem sido independente por trinta anos, e a Primeira Ministra está tentando refazer o país de acordo com sua versão do socialismo indiano. As pessoas não seriam mais enganadas por superstição ou mito. Mas até onde PK podia ver, as lendas não haviam deixado suas marcas, pelo menos não visíveis a olho nu.

Ele tem oitenta dólares americanos costurados no cós de sua calça e algumas centenas de rúpias em seu bolso. Ele deve economizar. Esse dinheiro tem que durar até ele chegar em Cabul, de preferência até mais. Quem sabe, com um pouco de sorte, ele consiga chegar até a Europa com apenas essa quantia miserável.

De certo haveria pessoas que o ajudariam pelo meio do caminho, sim?

Seu caderno de endereços está cheio de nomes de viajantes, boêmios e *hippies*. Amigos. Eles haviam descrito a comunidade especial de pessoas unidas e que se estendiam pela trilha *hippie*. Nós ajudamos uns aos outros, eles disseram. Nós compartilhamos o que temos. O pensamento nessa grande família acalmava seus nervos, mesmo que sempre houvesse um embrulho em seu estômago. A estrada à frente vai ser difícil. Mas ele quer que seja difícil, uma luta antes do triunfo. Ele quer que a tensão ressoe dentro dele. Tudo vai dar certo.

Ele entende que tem de ser paciente. Guarde sua energia, ele diz a si mesmo. Claro, ele gostaria de estar na Suécia amanhã. Mas de uma forma geral, ele logo estaria em seu destino. Supondo que ele chegasse até lá.

Olhando para os campos, ele pensa em seu pai. Se tornar um engenheiro, ele disse. Ajudar a construir a Índia na visão de Nehru... Uma memória ressurge: Nehru e sua filha Indira chegando de helicóptero e pousando em uma praia nos arredores de Athmallik, estavam lá para inaugurar a construção de uma nova barragem hidrelétrica no rio Mahanadi. Um ponto no céu que crescia e crescia até pousar próximo aos búfalos e vacas com suas costas ossudas e arqueadas. Ele lembra da desconfiança de como algo, momentos antes tão pequeno, pudesse ter se tornado tão grande. 1964, deve ter sido.

Milhares de pessoas se reuniram nas margens do rio para ter um vislumbre do Primeiro Ministro. PK lembra que Nehru colocou a mão sobre o coração e pareceu estar com dor. Algumas semanas depois, o Primeiro Ministro morreu. Talvez não fosse uma grande surpresa, os aldeões disseram; a deusa local, Binkej Devi, deve tê-lo amaldiçoado. Obstruir o rio era uma violação séria da vontade sagrada da natureza, e Nehru havia recebido sua punição.

Mas PK não acreditou em tal loucura. Ele tinha quatorze anos na época e já não acreditava em tudo que os anciões lhe diziam. As pessoas morriam porque ficavam doentes. Eles haviam aprendido isso na escola.

Mas apenas porque o mundo não é governado por deuses e demônios não significava que não existia um plano cósmico. O poder das estrelas em comandar nossas vidas não devia ser subestimado.

Nehru também tinha um plano, mas um nacional, não cósmico. A Índia deveria almejar riqueza material e progresso tecnológico. A pobreza poderia ser erradica e as superstições e deuses substituídos por pensamento racional e a ciência. A nação colocaria sua fé no socialismo ao invés da religião, em Marx e Einstein ao invés de Vishnu e Shiva. A modernidade deveria prevalecer sobre a tradição. Se tivesse de escolher, Nehru disse, era melhor você jogar fora o velho em favor do novo.

E o pai de PK concordava. Esta era a melhor forma de se livrar das injustiças da Índia. Seu pai não acreditava nas antigas superstições; ele também se atinha a razão.

Mas PK não havia se tornado o homem que seu pai esperava. Antigas injustiças deveriam ser substituídas por algo novo e igualitário, PK concordava. Se alguém odiava tradições impostas por padres, esse alguém era ele, e ainda assim, ele nunca entendeu matemática ou ciências. Ele preferia desenhar pessoas do que calcular equações. Ele havia aprendido na escola e agora, finalmente, estava escapando de tudo aquilo.

Naquela primeira noite, PK estava deitado em um saco de dormir perto de um arrozal. É janeiro, e os invernos no nordeste da Índia são frios e úmidos. Ele escuta enquanto um cachorro late e caminhões passam pela estrada estreita e pedregosa de nome grandioso. Ele reconhece o cheiro de água suja parada e observa a respiração dos motoristas refletidas nas luzes da rua. Ele estremece, fecha o saco de dormir até o queixo e fecha os olhos.

Ele bloqueia o som dos grilos na grama da vala e pensa em Lotta. Ela sabe que ele está indo. Ele escreveu para ela sobre seu plano. Ela respondeu que se tinha alguém que conhecia a rota entre a Índia e a Europa, era ela.

Foi uma aventura dirigir uma van até a Índia e retornar, e será uma jornada difícil para você, ela escreveu.

Retrocessos são frequentemente acompanhados de lágrimas. Assim como as histórias de humilhação e opressão de pessoas por aqueles no poder, ou com dinheiro e *status*. PK é conhecido por ser governado por suas fortes emoções. Momentos de alegria e risos são frequentemente seguidos de lágrimas. Seus amigos são mais equilibrados e controlados. Ele os inveja. Ele é incapaz de regular suas emoções tão bem.

A raiva o consome também, às vezes. Ele luta com elas em seus sonhos, todas as pessoas que já o humilharam. Mas o desejo por vingança se abrandou. Frequentemente, é o pesar que o perturba ultimamente.

Ele chegou em Amritsar. Mas em seu diário ele escreve:

> Uma semana se passou desde que parei em Kurukshetra. Agora minha Raleigh e a Estrada da Grande Tromba me levaram a cidade sagrada dos Sikhs, com o templo dourado. Mas infelizmente parece que minha aventura acabou. Verei as cúpulas douradas e o lago de néctar agora, e então jantar na sala de jantas do templo, oferecido de graça aos pobres antes de começar meu retorno para Nova Deli. Grande sonho.

Mais uma vez, a alegria cedeu passagem para o desespero. As lágrimas rolavam por suas bochechas enquanto um sentimento de desesperança tomou conta dele. Como ele poderia continuar sua jornada? Ele já teria que parar. Ontem, ele havia alcançado a fronteira com o Paquistão. Primeiramente, os guardas se recusaram a deixar ele entrar. Nenhum indiano é permitido, eles disseram. Sob nenhuma circunstância. Jogaram o passaporte dele de volta e o disseram para dar meia volta. Mas ele pegou alguns de seus desenhos e mostrou à polícia. Ele poderia desenhar retratos deles, sugeriu. Relutantemente, eles concordaram, e ele pegou papel e um pedaço de carvão. Ele falou enquanto desenhava, contando a eles sobre a mulher que ele amava e o país onde ele faria sua casa. Suas expressões ficaram mais curiosas e eles começaram a relaxar.

Era uma ótima história, e assim que eles viram seus rostos severos no papel, começaram a sorrir. Toda severidade desapareceu. Bem como ele havia esperado. Geralmente funcionava. Ser desenhado era ser visto em seu melhor, ser elogiado, e suavizava até a pele mais grossa, na maioria das vezes.

"Ok, deixaremos você seguir pelo país", um dos policiais paquistaneses disse.

"Tem certeza de que podemos fazer isso?", outro perguntou em urdu, uma língua que PK tinha um pouco de conhecimento.

"Sim, sim, do que importa? Ele aparenta ser uma alma bondosa."

Eles se viraram para PK e o homem que parecia ser um segundo no comando disse educadamente: "Pode seguir, senhor!".

Eles abriram a cancela e ele pedalou para o Paquistão.

Após meia hora, ele parou sua bicicleta próximo a um galpão de madeira vazada, com charpoys e mesas brilhantes. Ele desceu e, se sentindo bem consigo mesmo, abordou um homem careca de semblante fechado que se sentava à sombra do toldo de juta, próximo a um armário de doces bulbosos coberto por um enxame de moscas.

Ele pediu um grande prato de frango biryani e engoliu sua primeira refeição além da fronteira, sentado na beirada de um charpoy.

Ele arrotou, lavou suas mãos e encheu seu cantil. Então, assim que montou em sua bicicleta para continuar, um jipe da polícia entrou no jardim em sua frente.

"Passaporte, passaporte!", um dos policiais gritou enquanto pulava do veículo em movimento.

PK pegou seu passaporte verde, com o leão Rei Ashoka na capa, *Bharat Ganarajya* escrito em devanagari com letras douradas e *República da Índia* em Inglês. Eles folhearam da frente ao verso e vice-versa, antes de o fecharem e virarem de ponta a cabeça. Balançaram suas cabeças.

A polícia então apontou para a bicicleta e para o jipe. PK entendeu o que estava sendo dito. Eles jogaram a bicicleta no teto, disseram para ele se sentar na traseira e procederam até a fronteira.

Tudo que ele teve de fazer foi pedalar cinquenta quilômetros de volta a Amritsar, na Índia.

Se o caminho para o futuro já havia sido determinado, estava se mostrando coberta por retrocessos, pensou PK, como se algum poder maior houvesse decidido que o paraíso somente poderia ser alcançado após conquistar sete julgamentos terrenos.

Ele está sentado na cama do albergue e observa o sol se pôr por trás dos telhados, escutando o choro dos minaretes abafando os corvos nas árvores banyas. A esperança se instaurou nele novamente, sua sorte havia retornado.

Naquela manhã, ele viu um rosto familiar em meio à multidão no Guru Bazaar. Era o senhor Jain! Ele trabalhava no Ministério da Informação, em Deli. Eles haviam se conhecido alguns anos antes, e ele também era um amigo do irmão mais velho de PK. e aqui estavam eles, se esbarrando em Amritsar.

Enquanto o som melancólico dos minaretes traz a escuridão para dentro de seu quarto, ele se sente sortudo em conhecer um homem tão bem posicionado e educado.

Mas ele deveria tê-lo encontrado antes de ontem.

Assim ele teria desconstruído algumas das ideias de PK. Como por exemplo, que PK conseguiria entrar no Paquistão, quando cidadãos indianos estavam extremamente proibidos de tal coisa, mesmo quando *hippies* ingleses e americanos de cabelo longo e fumando maconha eram recebidos de braços abertos na República Islâmica.

Ele sabia que precisaria de um visto para o Irã. Mas para o Paquistão? Índia e Paquistão, dois países que foram um só uma vez, que praticamente compartilhavam da mesma cultura, comida e língua, os mesmos costumes. Por que havia uma fronteira?

Mas ele deveria saber. Estava envergonhado por sua ignorância. O conflito entre Índia e Paquistão preenchia os jornais diariamente: como ele deixou isso passar?

Mas em Guru Bazaar, naquela manhã, o senhor Jain sentiu pena de PK e anunciou que queria lhe comprar uma passagem de avião para que ele voasse até Cabul sem ter que pedalar pelo Paquistão. Voar acima da fronteira policial e de todos os problemas terrenos lá embaixo.

"Por minha conta", ele disse. Era o mínimo que ele podia fazer. "Você não é qualquer um, afinal de contas. Li sobre você no jornal."

PK se curvou profundamente, apertou sua mão, se ajoelhou e tocou seus pés. Sua naja da sorte, a cobra que o protegia desde que nasceu, veio em seu auxílio novamente.

Ele conhece um *hippie* alemão no albergue e lhe mostra a passagem de avião. O alemão está retornando para a Europa com sua esposa. Estão dirigindo um micro-ônibus mobiliado com camas e uma pequena cozinha.

"Ok, Picasso, levaremos sua bicicleta até Cabul no topo de nossa van."

Eles lhe dão uma bolsa de pano para pendurar ao redor do pescoço. "Para proteger seu passaporte", ele explica.

Agora PK parece com todos os alemães e outros europeus que tem conhecido nesses últimos anos. Um mochileiro, parte da gangue na trilha *hippie*.

As turbinas rugem. Ele está pressionado contra seu assento, sente cócegas em seu estômago. Mais tarde, ele refletiria sobre o momento em seu diário:

> Eu olho para baixo, para a Terra, da nave e sou preenchido com o que vejo, as montanhas com os topos cobertos de neve, os estepes áridos, os campos verdes; eles são maiores e muitos mais verdadeiros que minha própria vida. Problemas mundanos parecem pequenos dessa altura, as possibilidades são infinitas e a vida é mais ampla que o céu. Preocupações não são nada além de pontos num mapa.

Pela janela do avião ele olha as cidades vazias, calçadas sem ninguém, estradas sem carros.

"No céu, é difícil distinguir os detalhes na Terra", ele escreve. "Essa é a primeira vez que eu viajo em uma máquina voadora. Eu viajo para longe para nunca mais voltar. Ainda não consigo acreditar, mas parece que a profecia se concretizou."

Amritsar – Cabul (quase) – Amritsar (de novo) – Cabul (finalmente)

Alguma coisa está errada. Assim que eles começaram a pousar em Cabul, o avião começou a subir e agora eles estavam circulando o aeroporto. Nervoso, PK olha para o carpete marrom marcado como uma grelha por estradas lá embaixo. Eles sobem ainda mais e começam a voar reto. O chacoalhar cessa e é substituído por um murmúrio. Ninguém diz nada nos alto-falantes. Após uma hora, eles estão prontos para pousar e começam a descer novamente.

Quando ele olha para fora, vê que estão de volta em Amritsar. Não houve explicação e ele está assustado demais para perguntar. Talvez o tempo estivesse ruim em Cabul? Talvez houvesse um buraco na pista?

Ele está de volta na Índia. De novo.

Mas desta vez ele não está sem esperanças.

Eles são levados para um hotel luxuoso as custas da companhia aérea e recebem tíquetes para comer em um bufê *gourmet* várias vezes ao dia. A equipe da Air India aparece e lhes promete que os voos para Cabul retornaram no dia seguinte. E ele não fica desapontado. Na manhã seguinte sua jornada recomeça e, finalmente, ele pousa em Cabul.

O ônibus de translado segue por avenidas vazias em direção ao centro da cidade. As estradas são ladeadas por árvores que perderam suas folhas. O tráfego é tão pequeno em relação à Índia. Sem o amontoado urbano. Montanhas cinzas repousam no horizonte, frente ao céu azul limpo.

Sua mente retorna a Lotta mais uma vez enquanto ele observa Cabul passar pela janela. Nesta época, ano passado, eles estavam juntos na estação de Deli, prestes a se despedirem. Ela pegaria o trem para Amritsar para se encontrar com seus amigos, onde eles estavam esperando com a van. Seu destino era a Europa, ele estava preso na Índia. Uma voz grossa veio do sistema tannoy: *Golden Temple Mail Dois Nove Zero Quatro com destino à Amritsar se encontra na plataforma um.* O chefe da estação tocou o sino e apitou, o semáforo no fim da plataforma mudou de vermelho para verde e o vapor do maquinário se espalhou acima deles.

"Parece uma bomba explodindo", Lotta disse, e o beijou uma última vez antes de subir no trem.

"Sim", PK riu, ainda sem ser tomado pela aflição.

Ela ficou na porta enquanto o trem começou a andar. Ele entrelaçou sua mão esquerda com a direita dela, pressionou seu rosto contra o dela e andou rapidamente enquanto os vagões aceleravam. Ele estava tão distraído pela maciez de sua mão e de seu rosto que não viu a cerca que se aproximava rapidamente no fim da plataforma. A grande despedida terminou quando os postes de metal colidiram com seu peito e ele caiu. Ele gritou de dor, caiu de quatro e observou o trem desaparecer enquanto suas lágrimas molhavam o cimento abaixo de suas mãos e joelhos.

O trem havia partido. Lotta havia partido. Seu futuro foi arrancado dele e estava desaparecendo à distância.

Ele chorou durante todo o percurso da estação até o bazar de rua, frequentemente lotado, em Chandini Chowk, deserto a esta hora, pouco antes da meia-noite. Ele andou por baixo da ponte Tilak e passou pelo antigo forte delapidado de Deli e o zoológico, por onde eles caminharam a apenas alguns dias atrás, de mãos dadas. Lotta sentou perto dele enquanto ele fazia aquarelas das ruinas e dos animais enjaulados.

Uma matilha de cães, mais audaciosos com o pôr do sol, começaram a lhe circundar. Eles mostraram os dentes, latiram e se aproximaram. Mas PK não estava assustado. Do contrário, ele parou, fincou os pés, respirou fundo e gritou para eles.

"Me comam, então, seus cães sarnentos! Comam! Não me importo!"

Os cães se aproximaram, devagar. Mas algo no rosnar deles fez PK imaginar que eles estavam ponderando o que ele acabara de dizer. Eles se silenciaram e abanaram os rabos. Ele abriu o resto de seu almoço, embalado em um jornal amassado, e deu um pouco a eles. Ele se sentou entre os cachorros enquanto eles comiam. Toda a energia havia deixado seu corpo e ele estava dormente, exausto de todo o choro e a caminhada. Ele se deitou no chão e os cachorros repousaram as cabeças em seu corpo.

Naquela noite, PK e cinco dos cachorros mais ferozes de Deli se aninharam juntos na calçada do lado de fora do zoológico. Em seus sonhos, fortes ventos de tempestades arrancavam casas de suas bases e ondas violentas quebravam em cima dele.

Antes do amanhecer ele foi acordado pelo som estridente dos amortecedores e do chacoalhar de chassis quando os primeiros ônibus da manhã começaram a passar. Ele se sentou e olhou ao redor, atordoado. Um vento frio havia afugentado o calor do dia anterior. Ele sentiu frio. Os cachorros, sua manta durante a noite, haviam desaparecido.

Ele cambaleou durante os últimos até em casa, seu quarto alugado em Lodi Colony, onde ele ainda morava na época. Ele ficou à porta e olhou para a cena miserável no interior: uma cama velha, uma cômoda e um calendário com a imagem de Lakshmi, a deusa da felicidade e do bem-estar, grudado na parede com manchas de mofo.

Enquanto Lotta viajava para o ocidente, PK esperava por qualquer sinal de vida da parte dela. Mas suas cartas não foram respondidas.

Desesperado, ele mandou telegramas para seu endereço: "Estou preocupado com seu longo silêncio, por favor, escreva quando chegar em casa. PK".

Mas Lotta ainda estava na estrada. Finalmente, uma carta chegou de Maku, no Oeste do Irã. "Meu querido amigo e companheiro", começou. Ele leu rapidamente, faminto pelas palavras dela. A carta descrevia a mágica jornada, a beleza das montanhas com os topos cobertos de neve na fronteira entre o Irã e a Turquia, o sol pálido, a serenidade de Maku, a névoa fria e transparente e "o zumbido de insetos, a canção de ninar da natureza".

Ela desejava que ele estivesse com ela, a carta concluía.

Mas então por que ela partiu?

As belas e poéticas cartas de Lotta eram desconcertantes; o humor delas o deixava ainda mais triste de alguma forma. Suas longas e engajadas descrições de lugares completamente alheios carregavam um tom quase sinistro.

Ele desce do ônibus do aeroporto e começa a andar por entre multidões de homens com blusas até o tornozelo e mulheres com lenços enrolados em suas cabeças, pelos bazares, e pela rua com um nome engraçado – Rua da Galinha, ou Khosheh Murgha, como os locais de Cabul a chamavam. Lá ele encontra um albergue barato.

Todos os andarilhos se reúnem aqui, com seus cabelos longos e mochilas. Eles são sujos e desgrenhados, como se tivessem sido arrastados pelas ruas imundas do mundo. Seu albergue é seguido por outro e mais outro, inúmeros cartazes em inglês prometendo acomodação barata e ótimo serviço. Então se segue uma fila de cafés e restaurantes, cardápios também em inglês. Ele olha ao longo da rua; para cada afegão em roupas tradicionais, ele pode ver uma pessoa branca usando jeans e camiseta.

PK tem documentado a viagem até então em seu diário, na intenção de enviar excertos para os jornais em Orissa. Ele está confiante de que eles se interessarão.

"Dezenas de milhares de *hippies* orientais estão seguindo para o Leste ou Oeste a todo momento, quer que estejam voltando da Índia para a Europa ou vice-versa", PK escreve. Os cafés na Rua da Galinha estão fervilhando com histórias sobre a estrada de Kandahar, onde ficar em Herat, os melhores cafés de Mashhad, os melhores mercados de barganhas em Istambul e como lidar com o trânsito caótico em Teerã. Um francês explica o itinerário a PK enquanto tomam chá.

"A trilha *hippie*", ele esclarece, "não é uma única estrada, mas na verdade, muitas que se entrelaçam."

PK divide um quarto com europeus. Parece que eles pertencem juntos. Todos se ajudam. Ele conheceu muitos dos outros hóspedes em Nova Deli.

"Ei, PK!", ele escuta as pessoas chamarem nas ruas, dos cafés, nos bazares.

Ele os abraça, toma chá atrás de chá, conta a eles o que tem feito e onde está indo e escuta suas histórias em retorno. Ele pergunta sobre seus estômagos doentes enquanto eles dizem como ele é corajoso e como o desejam sorte em sua longa jornada.

Algumas das europeias usam *shorts*. Os afegãos encaram e não conseguem ver onde estão indo, colidindo uns com os outros nas ruas. Uma garota sueca com quem ele encontrou várias vezes na Índia estava andando em sua direção com uma calça fina balonê, com sinos nos pés. Ela é uma visão excitante para os homens locais, já que ela tintila por eles como um tamborim. Os homens riem e olham para os céus.

Ele está relutante em abrir o cós de sua calça e usar os oitenta dólares que guardou lá. Ele está guardando eles. Então ele doa sangue, já que é bem pago. E senta nas casas de chá desenhando as pessoas. Sempre funciona. As pessoas são curiosas, o abordam, começam a fazer perguntas, e ficam encantadas quando veem o resultado. Parece com ele! Eles riem, apontam e apertam sua mão. Eles também querem ser desenhados, quando ele acabar. E eles pagam maravilhosamente bem.

O editor do *The Kabul Times* fica impressionado. Ele quer ver os outros desenhos encostados na parede embaixo da mesa do café. PK mostra a ele mulheres tribais afegãs, com suas joias prateadas pesadas e argolas no nariz, assim como beduínos barbados andando em camelos. O editor diz que quer entrevistá-lo.

"Claro", PK responde. Ele está acostumado com jornalistas e sabe a importância da publicidade para um artista com dificuldades.

A entrevista aparece alguns dias depois. A imagem mostra PK segurando uma de suas pinturas, uma mulher negra emaciada, amamentando sua criança igualmente faminta, próxima a uma estátua branca da Virgem Maria e um rechonchudo bebê Jesus. *Rostos me fascinam, diz retratista indiano.* O texto tem um tom tanto cortês quanto admirador:

> Pradyumna Kumar Mahanandia foi o visitante inesperado nos escritórios do *The Kabul Times semana passada*. Em seu caminho num *tour* pelo mundo, o jovem retratista da Índia veio a Cabul recentemente para uma visita de duas semanas.

> "Rostos me fascinam mais do que qualquer coisa. Eles me atraem, me irritam, me provocam", diz Mahanandia, modesto e de fala mansa. Seu desejo mais ardente é pintar a tragédia humana, destacando a desigualdade de um ser ao outro. "Não importa se rico ou pobre, todos estão famintos por alguma coisa", ele diz.
>
> Ele ganha a vida fazendo desenhos. "Quero me especializar em retratos e miniaturas. Desenhar é apenas uma forma de me manter", ele acrescenta.
>
> "Ganhar a vida é tão importante para o artista quanto buscar sua arte", diz Mahanandia, e é muito enfático quanto a isso...

PK ri. Ele realmente disse aquilo? Sim, provavelmente. Ele continua lendo:

> É a primeira vez que o jovem artista indiano visita Cabul, e ele está maravilhado com a beleza natural do lugar. Ele conheceu vários artistas em Cabul e se mostrou impressionado com o talento e trabalho deles.
>
> Mahanandia começou a estudar Ciências, mas logo se mostrou uma fraude e, ao invés disso, começou a estudar Artes, que ele praticava desde os três anos...
>
> Mahanandia observa: "Poucas pessoas estão dispostas a investir dinheiro em uma paisagem ou pintura moderna, mas ninguém se importa em gastar alguns trocados em um autorretrato. Todos possuem um traço egoísta que faz com que queiram se ver no papel. É uma combinação perfeita para um homem necessitado".

O artigo atrai atenção. Pessoas na rua se viram e apontam; alguns se aproximam e o cumprimentam. O jornalista retorna ao albergue de PK e diz a ele que o conselho editorial decidiu exibir alguns de seus desenhos na cantina do jornal.

PK termina de pendurar suas pinturas e se afasta, satisfeito com os resultados. Os jornalistas se aproximam e examinam seu trabalho. Eles parecem interessados, ele acha. O editor compra vários de seus desenhos. O dinheiro é bom. Muito bom.

Agora ele tem o bastante para durar até a Europa.

Ele já recebeu sua bicicleta do casal alemão que dirigiu em sua van de Amritsar. Está estacionada do lado de fora do albergue, mas a corrente está caída e rangendo, então ele decide gastar um pouco do seu dinheiro recém-recebido em uma nova bicicleta em uma das oficinas na Rua da Galinha. Ele troca sua Raleigh e paga a diferença.

A bicicleta nova é vermelha.

PK passa duas semanas em Cabul, encontrando velhos amigos e fazendo alguns novos. Ele pode parecer uma figura não usual entre a comunidade de mochileiros, com sua pele marrom escura, mas, de alguma forma, ele se sente parte da turma. Por que eles o aceitaram? Porque após as diferenças iniciais, ele usa a mesma roupa que eles, deixou o cabelo crescer e fala inglês bem. Mas acima de tudo, ele é um artista: o caderno de desenhos e os lápis são seu tíquete de entrada para o mundo branco dos *hippies*. Ele é uma mascote, uma pincelada de cor boêmia no mundo de ocidentais de classe média rebelados.

Ele se senta em um pequeno banco, um caderno de desenho na mesa e canetas no bolso de sua camisa, e compra chá, frango, arroz e iogurte. Tarde após tarde se passa assim, em seu restaurante favorito, conversando com outros viajantes e ocasionalmente os desenhando, os afegãos que passam na rua do lado de fora.

Eles são tão livres os mochileiros. Tudo é possível quando se está na companhia deles, tudo está aberto para discussão e todos tem direito a uma opinião. É tão diferente da Índia, onde as pessoas estão constantemente tentando adivinhar de onde você é e quem são seus pais. Esses andarilhos da Rua da Galinha estão se tornando sua nova família. São seus irmãos e irmãs, amigos para qualquer momento, sem amarras com a tradição ou o preconceito. Ele aprende que eles deixaram suas casas em busca de algo mais profundo do que o materialismo de onde eles vieram.

"As fábricas funcionam a todo vapor, todos têm empregos, todos temos o bastante para comer e estamos cercados de coisas que não precisamos de fato", um mochileiro americano diz a PK enquanto se sentam um de frente para o outro, tomando chá.

Seu nome é Chris e ele é da Califórnia. A inquietude que ele carrega nasceu das casas separadas dos subúrbios e cresceu com uma fúria por causa da guerra injusta no Vietnã. Pessoas jovens, como os novos amigos de PK em Cabul, se reuniam em parques para protestar as injustiças da ordem mundial atual.

"O amor venceu lá fora", explica Chris. "E então conquistou a cidade, tomou conta do país, acabou com a guerra e começou a se espalhar pelo resto do mundo. Por isso estamos aqui agora", Chris continua enquanto eles são rodeados por outros ocidentais em calças indianas de algodão e blusas multicoloridas. "Olhe ao seu redor. O que você consegue ver é a personificação do amor. Pessoas como você e eu podemos acabar com todo o ódio do mundo. Somos um exército de desertores. Colocamos flores nos canos de nossas armas. Ontem a América, hoje Cabul, amanhã a Índia e o resto do mundo", ele anuncia confiante.

PK relembra como o ódio e a desconfiança ainda permanecem na Índia apesar dos discursos de Mahatma Gandhi pregando a não violência. Seu país natal talvez precise de mais peregrinos do amor. Indianos que falam de amor, como os brâmanes, são falsos profetas. Eles não sabem o que é o amor. Se os brâmanes realmente entendessem o significado da palavra, PK pensa consigo, então eles nunca tratariam os intocáveis como eu da forma que tratam. Mas os *hippies*? Eles parecem praticar o que falam.

Ele se senta na cama em seu albergue e escreve cartas para Lotta. Os minaretes chamam para a oração da tarde.

"Da minha janela eu consigo ver montanhas cobertas de neve", ele escreve. "Mas o clima frio não me afeta. Meu coração está aquecido pelo amor que sinto por você, para sempre. Seu amor me alegra, sempre."

Apesar de sua ânsia para ver Lotta, ele está relutante em continuar sua viagem de bicicleta. Ele quer descansar primeiro, conhecer outros viajantes e pegar mais dicas sobre a melhor rota a seguir. E ele precisa de um visto para o Irã e isso leva tempo, eles disseram. Mas ele nem mesmo fez o caminho pela cidade até a embaixada iraniana para preencher sua solicitação. Ele foi rejeitado uma vez em Nova Deli e teme ser outra vez em Cabul. O que ele faria então? Pedalar pela União Soviética? Era sequer possível?

Uma jovem australiana que se chamava Sara também estava no mesmo albergue. Eles passaram várias tardes juntos, sentados nas cadeiras de madeira da entrada, conversando sobre suas viagens, a Índia e a vida em geral. O som das minaretes de Cabul ressoava pelos becos estreitos entre as casas. O crepúsculo descia e as lojas na Rua da Galinha puxavam seus portões no fim do dia. E eles conversam por horas, esquecendo de comer enquanto os restaurantes ainda estão abertos. Quando finalmente percebem que estão com fome, já é tarde demais. As pessoas em Cabul vão cedo para a cama, e agora tudo está fechado. Mas do que importa, quando tem tanto sobre o que se conversar?

"O ocidente está condenado; o futuro pertence a Ásia", Sara diz.

"Para mim é o oposto. Meu futuro reside no Oeste", PK responde.

E mesmo assim eles têm tanto em comum.

Sara o leva a uma boate. É sua primeira vez. Ela usa um vestido amarelo com uma estampa batique espiral, ele usa a calça larga azul que o belga lhe deu em Nova Deli e a camisa que Lotta bordou com suas inicias. Todos olham para eles. Um cara escuro com cabelo assanhado e uma garota de pele clara. Para os afegãos, eles são um casal exótico. Talvez até pecadores. Eles nunca viram algo assim. Ele reconhece seus olhares invejosos e cobiçosos. Eles dançam ao som de *Yes Sir, I can Boogie, Rivers of Babylon* e *Dark Lady*. Logo quando os tons graves de Marvin Gaye saem das caixas de som, um homem de terno e gravata bem enlaçada se aproxima. Ele olha PK nos olhos.

"Posso dançar com a sua garota?", ele pergunta.

Minha garota?

"Ela não é minha namorada. Somos apenas amigos", PK responde. O homem é educado. Sara olha para PK e confirma com a cabeça. Então ele vai sentar sozinha em uma mesa próxima a pista de dança enquanto Sara segue o homem nas profundezas da multidão pulsante.

Eles dançam e PK observa. Quando a noite chega ao fim e a boate está prestes a fechar, Sara vem até sua mesa. Seu parceiro é iraniano e quer que ela vá para casa com ele. Ele trabalha na Embaixada Iraniana e tem um ótimo apartamento em Cabul.

Quem é PK para contestar? Ela pode fazer o que quiser. Eles não são casados, nem mesmo estão juntos. Mas ele está preocupado com ela, diz a ela para ser cuidadosa, ficar alerta.

PK anda sozinho sob as estrelas, de volta a Rua da Galinha.

Sara vai estar de volta ao albergue pela manhã e eles continuaram sua conversa.

Sara chega correndo no *lobby*, onde PK está lendo o *The Kabul Times*.

"Venha, rápido!", ela exclama. "O iraniano trabalha na seção de vistos na embaixada. Eles vão lhe arranjar um visto, mas você tem de vir agora."

Sara e PK estão sentados na traseira de um carro com placas diplomáticas e janelas escuras, se sentido importantes. Eles geralmente são nômades, vivendo e viajando de forma simples e modesta. Mas agora eles se sentem convidados importantes numa visita de estado.

No carro, Sara conta a PK que ela passou a noite pressionando o iraniano para lhe conseguir um visto. Sara é muito bondosa, PK pensa.

Eles vão para os escritórios da embaixada, nos arredores de Cabul. O motorista para o carro, pede para eles esperarem e entra com o passaporte de PK. Ele volta rapidamente, sorrindo, e devolve o passaporte para PK, que o abre para encontrar o tão esperado visto.

Mas o carimbo em seu passaporte lhe concede apenas quinze dias de trânsito.

Terei que pedalar rápido, ele pensa.

Cabul – Sheykhabad – Gázni – Daman – Candaar

Ele está viajando para ainda mais longe, mas, ao mesmo tempo, estão indo para casa. O destino falou. A profecia estava correta.

Na juventude de sua mãe, enquanto PK estava guardado em seu ventre, ela havia sonhado com um bebê sentado em uma nuvem, partindo. Ele não está sentado numa nuvem de fato, e sim na nova bicicleta vermelha que comprou em Cabul, a caminho de Kandahar, indo para o sul. Montanhas cinzas pintadas com neve se destacavam no horizonte vermelho. Ele estava cercado por uma vista lunar, o deserto se alongando até o pôr do sol. O céu está azul, o ar limpo e fresco, a estrada cinza construída pelos russos reta e macia. Criava um ritmo sempre que ele passava pelas junções. Tump, tump, tump. Monótono, irritante, o deixava tonto.

Ele observa sua sombra. Quanto mais o sol sobe no céu, menos ela fica, mas nunca o deixa. É sua companhia constante, dia após dia.

Não estou só, a sombra é minha amiga. Nunca me desaponta.

Ele se apressa quando sua sombra se alonga. Ele não está parado, mesmo que a paisagem pareça ininterrupta e estática. O comprimento de sua sombra lhe diz que ele está progredindo.

Ele para para descansar. Tudo está estranhamento quieto: ele não ouve pássaros, insetos, caminhões, chacoalhar das árvores. Não há árvores aqui. O Afeganistão está desolado, apenas cascalho e pedra. Um mundo no mudo, onde apenas o vento fala ocasionalmente para quebrar o silêncio. O calor oscila sobre as placas tectônicas de cimento. Esse lugar é tão diferente, faz ele se questionar: será que pousei em outro planeta? Ele se sente só, mas isso não o incomoda. Pelo contrário, o deixa em paz. É assim que é deixar minha terra natal?

De repente, ele vê um pequeno grupo de afegãos do lado da estrada. Eles estão falando alto, parecendo indignados, revoltados até. Ali, a meio caminho da vala, dois carros estão em pedaços, com para-brisas quebrados e capôs amassados. Ele se aproxima e o cheiro de gasolina preenche suas narinas. E então ele a vê. Uma garota, deitada em uma manta no cascalho. Ela ainda está consciente, mas em más condições. Sangue escorre de sua boca e sua testa está coberta de ferimentos. Ele se agacha e olha para ela. Ele pergunta seu nome e de onde ela é, mas ela não fala. Seus dentes caíram e seus lábios estão cortados. Ele olha para suas roupas e percebe que ela também é uma mochileira. Ela é branca. Uma europeia indo para casa após uma aventura indiana, talvez. Um forte sentimento toma conta dele; ele deve ajudá-la. Ele deve retribuir a bondade. Ela é parte de sua nova família, a comunidade de andarilhos, e você não pode deixar uma irmã para trás.

Eles conseguem uma carona de volta a Cabul. A bicicleta, sua bolsa e a mochila e a bolsa de algodão com estampa devanágari da garota branca haviam sido jogadas na traseira aberta. O motorista murmura uma música afegã que PK não entende.

Ele está viajando de volta para onde veio, os últimos dois dias pedalando terão sido em vão, e ainda assim ele se sente bem. O sol do crepúsculo havia tornado o deserto, geralmente rígido e cinza, em um tom de pêssego caloroso e macio. O motor do caminhão também está cantando, "Para frente, para frente", mesmo que ele esteja, na verdade, viajando para trás, para trás, e a música do motorista parece, de alguma forma misteriosa, estar sussurrando promessas para ele. Ele fecha os olhos e imagina sua própria tradução para a letra Pashtun: "Seja o que você quiser, quem você quiser. Seja seu próprio destino, faça seu próprio futuro".

Ninado pela monotonia da paisagem, de repente ele vê sua mãe sentada a seu lado no caminhão. Ela está quente e macia. Ele sente sua presença e sua respiração firme. Sua mão translúcida toca seu lado esquerdo e ele sente lágrimas de felicidade e tristeza em seus olhos. Se ela ainda estivesse viva ele nunca teria embarcado nessa jornada. Agora não havia nada lhe prendendo na Índia, apenas forças o puxando de lá.

Ele vira a cabeça em direção aquela sensação. Claro, não tem mãe escura, redonda e segura, mas ao invés disso, uma garota muito mais magra. No entanto, seus machucados o lembram das linhas, e pontos tatuados no rosto, antebraços e mãos de sua mãe.

O hospital em Cabul confirma que, não apenas a garota perdeu quase todos seus dentes, como também está sofrendo de uma séria concussão. Ela ainda tem dificuldade em falar e os machucados dificultam ela mexer a boca. Ela escreve uma mensagem para ele, então. *Meu nome é Linnea*, diz. *Por favor, fique comigo!*, ela acrescenta.

"Ficarei, prometo", PK responde. "Onde você estava indo?"

Casa ela escreve.

"Onde fica?"

Viena.

"Você provavelmente terá de esperar, não pode ir para casa toda machucada assim."

Mas Linnea quer partir o mais rápido possível. Ela está de pé dois dias depois e com a alta do hospital. Ele vai com ela até a Embaixada Austríaca e eles providenciam uma passagem de avião de volta a Vienna. Ela estava dirigindo seu próprio carro quando o acidente ocorreu, mas ele foi guinchado e ela não estava em condições de dirigir.

Ele vai com Linnea até o aeroporto e absorve os detalhes de seu rosto antes que seja hora de partir. Ela sorri um sorriso banguela e escreve sua última mensagem: *Vejo você em breve!* E então ela o aperta em um longo e caloroso abraço.

Ele não se sente particularmente nobre ou bom enquanto está no ônibus de volta a Rua da Galinha e o mesmo albergue barato que ele havia deixado dois dias antes. Ele não espera um coro cantando seus feitos. A escolha em ajudar Linnea era óbvia. Como ele esperava receber ajudava se a negasse aos outros? Emoções podem ser racionais às vezes. Causa e efeito. Tudo está conectado. Era simples assim.

E ele iria precisar de ajuda, ele sabe disso. Ele não sabe nem se deve virar à esquerda ou à direita ou continuar reto uma vez que chegar em Kandahar.

Três dias depois, PK estava seguindo rumo ao sul na estrada larga de cimento entre Cabul e Kandahar pela segunda vez. Agora ele espera ter deixado a Rua da Galinha e os café mochileiros de Cabul de vez, que ele esteja por conta própria novamente. Ele e sua bicicleta Hero vermelha. Ela anda bem, mas após um dia pedalando ele tem uma dor de cabeça de tanto passar pelas junções nas placas de cimento da estrada. Como ele vai conseguir lidar até Kandahar? Seus pensamentos viajam em sonhos lúcidos enquanto seu corpo exausto trabalha em piloto automático. Apenas as cartas de Lotta, as palavras que ela sempre usa, ressoam em seu peito. Meu querido, meu querido, meu querido.

Kandahar

PK conhece outro belga em um dos hotéis de luxo de Kandahar. PK diz a ele que veio de Cabul e está a caminho de Borås. De bicicleta.

"Você pedalou todo o caminho desde Cabul?", o belga pergunta.

"Você acha que é longe?", PK responde com uma pergunta.

"Sim, são quinhentos quilômetros. É um longo caminho de bicicleta. E você vai pedalar muitos mais milhares de quilômetros até...? Como se chama? Borås? Onde fica? Na... Suíça?"

"Sim."

"Tem certeza?"

"Sim, Borås é na Suíça", PK diz.

O belga olha para ele intrigado.

"Você tem certeza?"

"Cem por cento."

Mas o belga não está tão certo. PK mostra a ele uma carta de Lotta.

Ele lê e pega um mapa. "Aqui!", ele diz após um tempo e aponta para um ponto no mapa. "Aqui está Borås."

"Sim, na Suíça, não?

"Não, Suécia", o belga diz e ri.

"Você pronuncia diferente, mas não são o mesmo lugar?"

"São dois lugares diferentes", o belga diz com certeza.

Agora é a vez de PK parecer cético. "Tem certeza?"

O belga o mostra no mapa. Ele está certo. Como podia ser tão estúpido? Ela disse que era sueca, mas ele pensava que suecos viviam em um país chamado Suíça. E então ele lembra das palavras dela:

"Não, nós não produzimos relógios no meu país. Minha cidade é famosa por tecer tecidos."

Ele está extremamente envergonhado, e coloca a culpa em nunca ter analisado um mapa detalhado antes. O do belga tinha todas as estradas marcadas e classificadas com um número e era sobreposto com uma grade com as exatas altitudes e latitudes. PK havia apenas lido aqueles atlas ordinários à venda nos mercados da Índia. Eles eram completamente inúteis para um ciclista querendo encontrar seu caminho entre Nova Deli e Borås. Ele havia chegado até aqui perguntando.

Pelo menos ele está indo na direção certa.

"Não estou?"

"Sim", o belga confirma.

Mas PK não pode apenas culpar mapas ruins.

Ele definitivamente tinha achado que os habitantes da Suíça se chamavam suecos e que tudo vindo da Suíça era sueco. Mas não, suecos vinham da Suécia. Mas por que inventar dois nomes tão parecidos? Era um desastre esperando para acontecer.

Talvez todo esse plano fosse um erro idiota. Como ele não sabia nem aonde estava indo? Era mais desolador do que ele imaginava.

"Quão distante a Suécia é da Suíça?", ele pergunta ao belga.

"Mais ou menos mil quilômetros e meio a mais", ele responde.

PK vai até os correios e pede para ver a caixa de postal restante. Um aerograma azul claro espera por ele. Se alegrando, ele abre.

"Meu querido PK"

Ele bebe as palavras dela como um camelo sedento bebe água.

> São quase nove e meia da noite. Andei a cavalo continuamente por seis horas. PK, para ser honesta, estou um pouco preocupada com seus planos de vir desde a Índia sozinho pela estrada. Nós éramos quatro adultos viajando juntos, quando algo acontecia conosco ou com o carro, nós defendíamos os outros, mas se você estiver sozinho, quem vai lhe defender quando sua autodefesa não for o bastante?

Ele pensa sobre o aviso dela. Ele deveria estar viajando com alguém. A rota da Índia até a Europa não é brincadeira, principalmente para um viajante sozinho. Ela está certa. Mas ele não tem ninguém com quem fazer a jornada, esse é o problema. Ele tem apenas seu saco de dormir e sua bicicleta como companhia. Mas ele está certo de que vai funcionar, ele tem seu cavalete, um sorriso e a habilidade de fazer amigos até entre os mais críticos.

E além disso, ele quer que a viagem seja difícil. Não deveria ser fácil. A estrada até Lotta deveria ser cheia de adversidades. Apenas então pareceria autêntico. Dores da sela, exaustão sempre que descansa sua bicicleta a tarde, alívio em encher sua barriga com comida e deitar seu corpo em uma rede, em estirar suas pernas, se livrar de pensamentos negativos e lutar para manter a dúvida e as saudades de casa à distância.

É muito caro voar, mas mais do que isso, seria muito fácil. É assim que os ricos viajam, mas ele não. Ele é um vagabundo, um andarilho. Até então, ele havia superado todos os obstáculos em seu caminho. Espada em punho, Alexandre o Grande havia feito seu caminho pela mesma rota, embora na direção oposta. Mas PK viajava com seu lápis. Seu aríete.

"Eu entendo que você tenha encontrado muitas pessoas prestativas pelo caminho. Você é capaz de alcançar as pessoas com seu papel e lápis. Quando penso nisso, não me preocupo tanto", Lotta escreve.

PK decide se manter focado no objetivo final. Logo, estaremos reunidos.

Kandahar - Delaram

O Afeganistão parece moderno e antigo ao mesmo tempo. As estradas são boas e retas, algo que ele nunca viu na Índia antes. Até mesmo a Estrada da Grande Tromba é apenas pedregulho comparada a isso, ele pensa. Mas o Afeganistão é um lugar estranho. Ele vê apenas quase homens nas ruas, e as mulheres que se aventuram nas ruas estão escondidas embaixo de um material grosso.

Como é seu costume, ele rapidamente faz novos amigos. É natural para ele; ele não precisa pensar sobre isso. Ele brinca com as pessoas que conhece. Sempre quebra o gelo; uma risada faz ponte entre as diferenças culturais e linguísticas. E então ele os desenha. Ele trabalha rápido, primeiro apenas um rascunho, que ele mostra a eles. Nunca falha. Até policiais e soldados sorriem quando veem seus desenhos.

Ele é convidado para a casa de um dos médicos chefe do hospital em Kandahar. Ele viu os retratos de PK nas ruas da cidade e quer que ele desenhe uma de suas quatro esposas.

"Claro!", PK responde, e pedala no dia seguinte com um pedaço de carvão, um monte de lápis e um bloco de papel em uma bolsa pendurada no guidão.

A casa do médico era um palacete. Ele deve ser incrivelmente rico, PK pensa enquanto o mordomo abre a porta. Ele entra e recebe um *tour* pelo próprio médico, que faz questão de dizer que a mobília foi importada de Paris e que nada é luxuoso demais para ele e suas esposas.

PK entra em uma sala circular decorada com um imenso sofá em meia lua. É aqui que a primeira, segunda e terceira esposa estão sentadas. Seus rostos estão descobertos, uma rara visão no Afeganistão. Talvez elas só precisem usar as burcas ao saírem, PK reflete. Ele as cumprimenta, juntando as mãos e inclinando-se: "Namastê".

As três esposas respondem o cumprimento com olhares curiosos e "olás" abafados.

Então, uma figura entra. Uma tenda andante, mas em algum canto dentro daquela burca tem, assim PK acredita, uma pessoa. O médico aponta para o tecido e ele entende: esta é a quarta esposa, e PK irá desenhar ela.

PK é deixado a sós em um cômodo lateral, a encarando. Ele está apavorado, incapaz de desenhar um pedaço de pano. Mas então ela começa a falar. Ele fica embasbacado. A voz fala um inglês perfeito com um claro sotaque americano. Se ele fechasse os olhos, ele poderia achar que ela era uma turista americana.

Ela remove a burca. Ele fica ainda mais surpreso. Ela está usando uma camiseta apertada, jeans e sapatos de salto-alto. Uma grossa camada de maquiagem foi pintada em sua face e a doce fragrância de perfume flutua ao redor dela como uma nuvem. Mas ela não pode ter mais de quinze anos. Ela é linda, muito linda até, em completo contraste com o tecido pesado e sem graça que a cobria. Mas a idade dela o entristece. Ele pensa em seu marido, o médico chefe. Sessenta e quatro, enrugado, careca e com um barrigão. A pobre garota! Que futuro miserável!

Seu pesar então se transforma em raiva. Essas tradições ultrapassadas, poligamia, casamentos arranjados, deviam ser exterminados. O amor não pode ser planejado e controlado. O amor deve ser livre. No futuro, as pessoas do Afeganistão e da Índia deveriam ser capazes de escolher por si mesmas com quem querem casar.

Ele diz a si mesmo que é o indiano mais feliz no mundo. Diferente da garota sentada em sua frente, ele arriscou e quebrou com a tradição. Mas então a incerteza de tudo retorno. Sua separação de Lotta, a insustentável ânsia, a jornada. Ele é realmente feliz? Pelo menos as esposas jovens do médico sabem o que as esperam. Em que direção ele está indo? Ele algum dia chegaria até a remota cidade de Borås e se reuniria com Lotta? E alguma vez ele veria seu pai e seus irmãos novamente?

Ele é livre, sem bagagens. Mas ele também pedala todos os dias até cair em exaustão. Na verdade, ele é um dos indianos mais solitários no mundo. A ansiedade é física, uma sensação constante embaixo de sua costela esquerda. Quanto mais ele pensa sobre o quão vulnerável ele realmente é, mas aquilo corrói sua sensação de liberdade e suas esperanças por uma felicidade futura. Talvez Lotta estivesse certa. Essa jornada era muito perigosa para ser feita sozinho.

O marido da garota fica bisbilhotando, perguntando quando ele vai terminar. Ele realmente deveria começar agora. Mas ele não consegue, sua mente está girando e ele se sente paralisado. Ao invés disso, ele pergunta a linda quarta esposa:

"Você é feliz?"

"Sim, sou feliz", ela responde rapidamente.

"Mas seu marido, você realmente o ama?"

"Sim."

"Em seu coração?"

"Realmente o amo."

"Mas você acha que ele lhe ama?"

"Sim."

"Mas ele tem três outras esposas."

"Ele me ama mais."

"Como você sabe disso?"

"Eu tenho tudo o que eu quero. Tenho apenas que apontar. Se eu quiser um novo perfume de Paris, ele faz uma ligação e uma semana depois chega pelos correios."

"Mas não seria melhor casar com um menino da sua idade?"

"Eu não confio em homens da minha idade, eles dizem todos os tipos de coisas bonitas, dizem que lhe amam, mas nunca mantêm suas promessas."

Ela parece ter sofrido uma lavagem cerebral, ele pensa, mas não diz isso.

"Ele dorme apenas comigo, não com as outras três", ela diz.

PK se volta para o trabalho em questão. E ainda assim fica pensando sobre as escolhas de vida dela. Talvez ela veja algo que ele não consegue ver. Ele pensa em uma história que sua mãe costumava contar a ele quando era menino, sobre seis homens cegos e seu encontro com um elefante. O primeiro homem se aproxima e agarra uma das pernas do animal. "Ah, o elefante é uma árvore, esse é o tronco", ele diz.

O próximo cego vai por trás e agarra o rabo. "Seu tolo, o elefante é um tipo de corda."

O terceiro cego estende sua mão e sente a tromba. "Vocês dois estão errados. O elefante é um tipo de cobra."

O quarto homem toca as presas. "Que absurdo. O elefante é um tipo de lança."

O quinto homem pega na orelha do elefante. "Não, não, o elefante é um tipo de abanador para quando o clima esquenta."

Finalmente, o último cego se aproxima da barriga. "Vocês estão todos errados. O elefante é uma parede."

Os seis homens cegos perguntam ao domador do elefante.

"Qual de nós está certo?", perguntam.

"Todos estão certos e todos estão errados", ele diz.

Somos os dois cegos, a esposa do médico e eu, reflete PK. Só vemos e entendemos o que está bem em nossa frente.

Na manhã seguinte, ele parte para o oeste novamente. Ele tem o endereço do amigo rico do homem, também médico, que mora em Delaram, na metade do caminho para Herat.

Esse amigo o recebe calorosamente na fronteira da cidade, o convida para sua casa e lhe oferece chá. Enquanto eles estão sentados e bebendo, o médico procura embaixo de sua cama.

"Quer olhar?", ele pergunta, ainda solteiro, e passa para PK um monte de revistas *Playboy* americanas. PK as folheia e devolve a ele. Não é nenhuma surpresa os afegãos terem que fazer uso desse tipo de revista quando todas as mulheres no país estão escondidas. Os peitos desnudos são como partes do corpo de um elefante, ele pensa. Com certeza o jovem médico estaria mais satisfeito com uma mulher de verdade?

Ele pode sentir o cansaço chegando, a dor de cabeça insistente, a dor nos músculos de suas pernas. Ele toma seu chá e olha para fora. Mas ao invés do Afeganistão, ele vê sua aldeia próximo ao rio, na beira da floresta. As imagens ainda vivem em sua memória.

No dia seguinte, ele pedala sob o céu, um vento frio acariciando seu rosto, sua mente desprovida de pensamentos.

Delaram – Herat – Islam Qala

Após Delaram, a Leste-Oeste A1 continua ao norte a caminho de Herat. Essa é a rota que todos fazer e, portanto, a rota que PK faz. Não existe outra alternativa, na verdade. É a estrada principal para *hippies* e locais.

PK pedala do amanhecer ao anoitecer com apenas uma hora de intervalo para o almoço. Com as mesmas placas irritantes de concreto cinza embaixo dele. A bicicleta pula a cada junção. Claramente não foi algo que os russos pensaram quando construíram a estrada. O que tinha de errado com o asfalto?

Ele não se preocupa muito com onde vai dormir. Algo sempre aparece. Mas das centenas de endereços em seu caderno, nenhum deles pode ser encontrado nessa estrada. A maioria é na Europa. No entanto, as pessoas da área rural do Afeganistão são extremamente hospitaleiras, ele descobre. Eles o convidam para o chá e para comer, e frequentemente lhe oferecem uma cama para dormir. Claro que eles podiam oferecer abrigo durante a noite. Ele é recebido sem reservas. Ele nem mesmo tem que desenhar em troca de comida.

Ele continua pedalando, seu olhar fixo no horizonte. Ele é ultrapassado por caminhões cheios de feno, colchões e cabras seguindo para o Oeste, e uma ou duas vezes no dia ele encontra um ônibus criativamente pintado cheio de europeus indo para o Leste. Ele sabe que a maioria deles estará sentada em cafés ou na Rua da Galinha em uma semana e do lado de fora do Indian Coffee House algumas semanas depois, compartilhando dicas e experiências da estrada.

O albergue que cabe em seu orçamento em Herat é um dos mais sujos que ele já ficou na vida. Ele deita em uma cama com base de corda trançada, mas sem colchão. Seu sono é conturbado e interrompido por pesadelos. Pesadelos terríveis. Pedintes se aproximam dele em grupos, dez, vinte, trinta deles. Mãos estendidas. Ele olha para suas mãos calejadas, levanta a vista e vê que eles não têm cabeças. Um exército de pedintes sem cabeça, o enclausurando. Suas exigências são um sussurro rouco, mas ele consegue ouvir suas ameaças mesmo assim.

Na manhã seguinte, ele acorda com o sol brilhando por entre uma pequena abertura acima de sua cabeça. Ele está suado e sujo; ele não se banhava havia dias. Seu corpo estava grudento. Sua boca, seca. O chão era de cascalho e estava descamando. *Rudolf foi assassinado nessa cama*, havia sido escrito na parede ao lado dele. Quem era Rudolf, como ele foi assassinado e por quem? Seus sonhos são ecos da fome e do sofrimento que ele costumava pintar quando vivia debaixo da ponte em Nova Deli.

O dia está começando e ele se dirige para as ruas de Herat para ganhar algum dinheiro. Ele quer acrescentar ao grosso bolo de notas enfiadas na bolsa de pano que está pendura em seu pescoço e nos bolsos escondidos costurados em sua calça. Então ele vai comer e continuar para o Oeste. Apenas quando seus bolsos e estômago estiverem cheios ele pensará em Lotta.

Mas a menos de cem metros do hotel, um carro para em sua frente e um homem salta do banco do passageiro. Ele se apresenta e explica que ele é um conselheiro do governador do distrito.

"Entre no carro, por favor", ele diz.

"Ok", diz PK.

"O governador tem um PhD em Ciências Políticas, ele é um homem muito inteligente e importante", explica o conselheiro no banco de trás do carro enquanto ele segue pelas ruas estreitas de Herat.

"Percebemos que você tem oferecido seus serviços como artista. O governador quer um retrato."

O governador mora numa casa grandiosa protegida por cercas e guardas na entrada. PK cumprimenta o governador, que está esperando por ele. Ele examina PK, lhe olha de soslaio. PK sabe o que isso significa. Eles sentam no jardim e PK trabalha rapidamente. Logo os traços concentrados do lápis se livram daquele olhar. O governador está encantado.

"O melhor retrato que eu já vi", ele exclama, e então pergunta se há algo que ele possa fazer pelo artista indiano.

PK diz a ele que seu visto afegão expirou duas semanas atrás e que ele terá problemas quando alcançar a fronteira com o Irã.

"Não, não terá", o governador responde confiante.

"Não?"

"Cuidarei disso."

De fato, quando PK mostra seu passaporte com o visto expirado dentro aos policias na fronteira em Islam Qala, eles simplesmente sorriem e o deixam passar.

Islam Qala - Taybad - Farhadgerd - Mashhad - Bojnurd - Azadshahr - Sari - Amol - Teerã

No Irã, ele passa por alguns contratempos. Ele dorme por duas noites à beira da estrada, com nada além de fruta em seu estômago. Ele tem dinheiro na bolsa de pano ao redor de seu pescoço – esse não é o problema – mas ele está muito longe da civilização para comprar alguma coisa. Da fronteira, ele pega carona com um caminhão, mas é deixado na estrada uma hora depois. Continua a pedalar, mas ele já pedalou mais dias seguidos do que tem energia para aguentar, e suas pernas e traseiro estão tão doloridos que ele mal consegue se sentar na cela. Ele sente suas costelas e sabe que perdeu peso. Quando olha seu reflexo, vê um *hippie* lhe encarando de volta.

Ele decide descansar em um pavilhão de uma praia branca, na pequena cidade resort de Sari, no mar Cáspio. Eles vendem sorvete aqui durante o dia, ele pensa. Agora é noite, a praia está deserta. Ele desenrola seu saco de dormir, se acomoda gentilmente no chão, com cuidado para não machucar suas costas. Seu estômago dói de fome. Ele cai em um estado de exaustão, entre o sono e o despertar. A praia é tão clara, o mar tão calmo, o céu tão azul. É um lugar maravilhoso para fugir do mundo.

Toda vez que ele afundou assim, esteve tão próximo do fundo do poço, algo aconteceu para lhe puxar de volta. Quando o sol nasce sobre o pavilhão na manhã seguinte, ele desperta gentilmente de seu torpor. Ele felizmente nunca abriria os olhos novamente. Esse é seu primeiro pensamento. Ele quer permanecer naquela fronteira um pouco mais e então mergulhar em um sono sem sonhos, na eterna escuridão.

Naquele momento ele escuta risadas. Ele está devidamente acordado e abre os olhos. Ele está cercado por dez garotas levantando seus véus e sorrindo para ele. Expressões tão agradáveis em seus rostos persas, ele pensa. Elas parecem querer comê-lo. Ele senta e instintivamente alcança seu caderno para lhes mostrar seus desenhos. É a melhor forma de se comunicar. Geralmente funciona.

Mas uma delas fala inglês.

"Eu sou um artista", PK diz.

Elas não são alucinações de sua mente faminta. As garotas dizem que são estudantes em Teerã que vieram passar o dia na praia. Elas trouxeram um piquenique. Ele folheia seu caderno de desenho e conta a elas sobre sua jornada da Índia. Elas riem e o enchem de comida. Pão, iogurte, tâmaras e azeitonas. Tão doce a sensação quando elas forram seu estômago.

Ele pedalou todo o caminho desde a Índia, pelas montanhas brancas do Afeganistão e pela terra prometida de Shah, a caminho da Europa e da mulher que ele ama. Um murmúrio se espalha por sua audiência.

"Que maravilhoso!", exclama a garota que fala inglês.

Elas lhe dão comida para guardar em sua mochila.

Se tem uma coisa que ele aprendeu na vida, é que às vezes vale a pena chegar no fundo do poço.

Após Sari, ele se sente mais leve em sua bicicleta. As aldeias chegam mais rápido, ele conhece mais pessoas e é frequentemente convidado para a casa das pessoas para comer e dormir. Alguns iranianos comentam com desprezo sobre a bicicleta de má qualidade que ele comprou no Afeganistão, então ele compra outra em um mercado que passa pelo caminho.

Revigorado, excitado, carregando uma garrafa de água cheia e uma nova e lubrificada corrente, ele continua pela Rodovia 79 em direção ao Teerã, onde ele espera que uma carta de Lotta o aguarde.

O sol da primavera aquece suas pernas durante a tarde enquanto a noite esfria seu rosto após o anoitecer. Ele para em casas de chá, bebe e desenha os outros clientes e assim é convidado para casa. Ele não passou uma só noite em um hotel desde Herat, no Afeganistão.

Antes de ir dormir ele pensa em Lotta. Ele ainda está confiante que ela o receberá de braços abertos. Ainda não passou por sua mente que ela tenha mudado de ideia ou conhecido outro homem. Ele está tão convencido da solidez do amor deles que a dúvida não tem chance alguma.

Não havia nada lhe prendendo na Índia agora que sua mãe havia partido. Claro, ele ainda tinha seu pai, irmãos e irmã em Orissa, e todos seus amigos da escola de Artes e do Congresso Nacional Indiano em Deli, mas ele apenas realmente amou sua mãe. E agora Lotta. Ele não podia viajar até Kalabati. Lotta, no entanto, espera por ele logo além do horizonte.

Sua mente se obceca com um pensamento por horas enquanto ele pedala: ele deve se reunir com Lotta. A opção é essa ou morrer. E essa ideia se livra de todo o medo. O que tiver de ser, será. É melhor se eu não pensar demais sobre isso, ele filosofa enquanto pedala por aldeias e cidades com nomes como Qaemshahr, Shirgah e Pol-e-Sefid.

Ele está sendo impulsionado por emoção, não por razão, ele sabe disso. Ele está escutando seu coração, seu instinto. Uma viagem de bicicleta longa assim é absurda. Os perigos são muitos, o perigo de contratempos maiores é constante. Talvez o plano seja simplesmente impossível. Mas é apenas se recusando a pensar logicamente que ele consegue continuar.

No entanto, ninguém que ele encontrou até agora lhe disse que a viagem até a Suécia era absurda. Na verdade, quando PK conta as pessoas que ele está pedalando até a Escandinávia, elas reagem como se fosse perfeitamente normal. O caminho está cheio de românticos como ele. Além de todos os *hippies*, ele também conhece imigrantes; asiáticos pobres a caminho da rica Europa. Com essas companhias, ele compartilha a sensação de que tudo é possível.

Na Índia ele foi confrontado com uma reação diferente. Seus amigos lhe aconselharam a não começar a viagem. É impossível, eles disseram. Bicicletas são para pessoas pobres. Bicicletas são perigosas. Bicicletas são lentas. Você não pode. Nunca conseguirá. Você vai morrer.

Mas como eles estavam errados.

Até agora ele não conheceu uma pessoa hostil sequer. Ele foi acalentado com uma sensação de que todos na trilha *hippie* são curiosos, positivos, generosos e bondosos. Talvez ele pudesse viver sua vida em movimento, ele pensa, todos os dias feitos de primeiros encontros com pessoas interessantes.

No Irã, a hospitalidade continua. Ele dorme cada vez menos fora e, após deixar o mar Cáspio, ele quase nunca está só ou com fome. Ele recebe água, peixe seco, maçãs, laranjas e tâmaras pelo caminho, ele dorme todas as noites em uma cama sem ter que pagar um centavo sequer. Seu tíquete para a generosa Terra Prometida é o fato de ele ser indiano.

"Ah, Índia", eles dizem. "Um país muito bom."

"Você acha?"

Até sua recente morte, o Presidente indiano era um muçulmano que atendia pelo nome de Fakhruddin Ali Ahmed. Jornais iranianos dedicaram páginas para seu obituário, um muçulmano que havia atingido o topo em um país hindu.

As pessoas repetiam o mesmo discurso que ele ouvira tantas vezes desde que cruzou a fronteira. Tão generoso da parte dos hindus tornar um muçulmano Presidente, eles dizem. PK não vê isso como generosidade. Na verdade, foi uma forma de apaziguar a minoria do país, um gesto esperto que não envolvia grande sacrifício. O cargo de Presidente era amplamente sem utilidade; o Primeiro Ministro que realmente estava no comando.

Mas os iranianos estão impressionados mesmo assim. Muçulmanos no país de PK possuem os mesmos direitos que todos os outros, eles dizem. E sim, é verdade, pelo menos no papel. Um velho lhe conta sobre o historiador Al-Biruni, que viajou da Pérsia até a Índia mil anos atrás. Os hindus lhe disseram que a Índia era o país mais perfeito, com os reis mais poderosos, a melhor religião e a ciência mais avançada. Para esse velho homem, a Índia brilhava em ouro e prata.

Mesmo que fosse o caso naquela época, a Índia de hoje não é nenhum paraíso na Terra, PK pensa consigo. As favelas da capital fedem. Mas ele não diz isso. Não faz objeção. É mais fácil assim. Ele não quer desapontar seus anfitriões. Tais ilusões são a base para uma amizade fácil.

Em contraste, tudo sobre o Irã é rico e organizado; a mudança foi perceptível assim que ele atravessou a fronteira. Os guardas da fronteira do Afeganistão estavam vestidos em uniformes velhos e sujos, as estações da fronteira dilapidadas. Do lado iraniano, tudo era novo e limpo, as pessoas se vestem melhor e aparentam ser mais saudáveis, os carros são modernos, paradas de beira de estrada são equipadas com luxuosos sofás e máquinas de bebidas que servem água limpa e gelada de graça. Uma fronteira pode fazer toda a diferença.

Ele pedala para o Oeste, junto ao mar Cáspio e então ao sul, em direção ao Teerã. Outra estrada mais ao sul é mais perto, na verdade, mas os ônibus *hippies* geralmente usam essa, e ele não se atreve a desviar. Contanto que ele permaneça na trilha *hippie*, ele irá conhecer outros viajantes que poderá desenhar e com isso continuar ganhando dinheiro. Eles também são generosos com seus conselhos e oferecem ajuda quando ele está em apuros.

Ele precisa descansar. Agora ele está com a aparência de um homem santo errante, seu cabelo emaranhado e suas roupas cobertas de terra. Ele aluga uma tenda em um acampamento nos arredores de Mashhad e desempacota tudo o que tem, tira suas roupas sujas e lava elas com uma barra de sabão. Faz a barba, cortas os pelos do nariz, se ensaboa e deixa a água quente cair sobre ele. Fazia muito tempo desde que ele se sentiu limpo assim.

Um pequeno lago ocupa o meio do acampamento, junto com o túmulo de um famoso poeta iraniano. Uma mesquita reside em uma ilha no meio da água, iluminada por luzes coloridas quando chega o anoitecer. À noite, as pessoas vêm da cidade para aproveitar a tranquilidade e visitar esses locais de peregrinação. Elas trazem comidas e bebidas e fazem piquenique até tarde.

PK entende que essa é uma oportunidade de ouro. Ele monta seu cavalete e traduz seu cartaz para persa. Então ele senta e espera.

No primeiro dia, uma fila já se formava. Ele desenha durante toda a tarde e a seguinte, ganhando um bom dinheiro. Iranianos são ricos. PK percebe que eles chegam em carros grandes e caros.

Ele não coloca preço em seu cartaz. Quando as pessoas perguntam quanto custa, ele apenas responde, "O que você achar que vale".

Iranianos pagam alegremente cinco ou às vezes dez vezes mais do que ele está acostumado a receber por um retrato, além de lhe darem comida, frutas, chá e água de rosas.

O Irã foi tão acolhedor, mas agora seus pensamentos vão para a estrada à frente e a Europa. Ele ouviu tantos alertas que a dúvida começou a se instaurar; ele se preocupa que as coisas não continuem tão fáceis uma vez que ele deixe a Ásia para seu novo continente.

Teerã - Qazvin

Mas antes vem o Teerã, e é o caos. Carros estão por toda a parte, brigando por espaço nas ruas estreitas com caminhões, ônibus, carroças cheias de mercadoria, bem como ciclistas tentando não serem esmagados, seus rostos cobertos por lenços para evitar engolirem muita poeira e cascalho.

PK se ajusta na cela e continua pedalando com força, sinalizando todas as vezes com uma buzinada longa, que ele instalou em seu guidão para se fazer ouvir no meio do trânsito. A buzina emite um som alto e penetrante. Ele percebe como os motoqueiros viram a cabeça para ver quem, ou o quê, está fazendo o barulho. É sua única arma contra os caminhões barulhentos.

Apesar da cacofonia ao seu redor, ele está refletindo sobre a pessoa que se tornou, quem ele costumava ser e a pessoa em que ele pode se tornar uma vez que chegar na Suécia. Ele pedala para bloquear qualquer outro pensamento.

Ele é um híbrido. Às vezes ele acha que todas as culturas e crenças coexistem dentro dele.

Ele é um dos povos indígenas oprimidos da Índia, um símbolo das injustiças do sistema de castas, e ao mesmo tempo um homem a caminho do mundo. Ele é um pobre garoto aldeão e um homem da cidade bem-sucedido. Ele possui tudo e nada ao mesmo tempo. Ele tem conhecimento sobre História da Arte, romantismo e as cores das paisagens inglesas de Turner, e, no entanto, ele mal sabe onde fica a Suécia. Até agora, ele já teve uma vida mais cheia de acontecimentos do que ele jamais sonhou quando criança, e, ainda assim, ele ainda se sente inexperiente, acredita em literalmente tudo que as pessoas lhe dizem e é curioso em aprender coisas novas. Tentou cometer suicídio três vezes, quase morreu de fome, e, mesmo assim, é um ser humano de coração leve e, até se atreve a dizer, feliz. Ele acredita em destino e tradição, mas também na liberdade que vem de rejeitar tais ideias.

Sou um camaleão. Posso me misturar em qualquer lugar. Posso ser um rejeitado entre os rejeitados, importante entre pessoas importantes.

Mas ele conhece suas limitações. Ele nunca exigiu ser percebido, ele não sabe como afetar os outros ou o que está ao seu redor.

Em Teerã, ele adquire um pedaço de cartolina branca, que ele prende em um pedaço de madeira na traseira onde leva sua bagagem. Nela, ele escreve, *Sou um artista da Índia a caminho da Suécia.* Ele também prende seu portfólio, incluindo tudo o que já fez desde Cabul. Agora ele é uma propaganda ambulante de si mesmo.

Enquanto pedala pelo Teerã, ele percebe outro retrato, desta vez não feito por ele. Por onde ele vai, em postes e muros das casas, está a mesma figura.

"Quem é aquele?", ele eventualmente pergunta, apontando para o jovem homem ubíquo.

"O filho do Rei dos Reis", as pessoas lhe dizem. "O Príncipe dos Príncipes."

O Rei dos Reis? O Príncipe dos Príncipes?

"Você não sabe quem é o Shah?", diz um vendedor de frutas. "O Shah do Irã? Aquele é seu filho. Um dia ele vai assumir", diz o homem, apontando para o retrato.

Ele gosta dele. O jovem parece ser amigável. Ele faz um desenho do Príncipe dos Príncipes e o prende à placa que se tornou sua vela na traseira de sua bicicleta.

Os desenhos chamam atenção. Uma fila se forma em uma das praças do Teerã enquanto as pessoas observam ele desenhar e esperam para serem desenhadas.

Ele pedala da capital iraniana pela Rodovia 2 em direção a Tabriz. Alguém lhe diz que ele pedalou três mil quilômetros desde que começou em Nova Deli. Ele nunca pensa em quilômetros. O que um número pode lhe dizer sobre uma jornada? Significa tanta coisa diferente dependendo do seu meio de transporte, quer seja em um avião, ônibus ou bicicleta. Ele está viajando por quase dois meses, e ele deve ter quase o mesmo tempo à sua frente. Isso significa mais do que três mil quilômetros.

O sol é quente sem queimar sua pele e o vento lhe refrescar seu o desacelerar. Um bom dia para se pedalar. A pergunta, como sempre, é onde ele vai dormir esta noite? Mas ele não está preocupado. É uma das incertezas com a qual ele aprendeu a viver, e até apreciar. Ele tem dormido em tendas, gazebos e entre gados em seus abrigos. O padrão de sua acomodação tem variado, mas sempre foi suficiente para suas necessidades.

Ou ele desaba, ou atinge seu objetivo. Chega, ou morre tentando. Se sua mãe ainda estivesse viva, seria diferente. Ela era o amor que o teria mantido na Índia. Mas agora ele está deixando todo aquele absurdo para trás. Ele insiste, tentando ressuscitar o sentimento que Lotta lhe despertou na Índia, que a vida não é sem sentido.

Mas e se ela mudar de ideia? E se ela não mais o quiser?

Qazvin - Zanjan - Tabriz

Enquanto PK pedala pelo Irã, a notícia sobre sua grande viagem ao ocidente se espalhou em Orissa, sua terra natal. Ele tem enviado excertos de seus diários regularmente para um jornal local e eles são publicados sem edição. O irmão mais velho de PK lhe manda os recortes do jornal, e diz a todos que conhece sobre a jornada de PK. Ele se tornou o assunto de todo o estado.

Ele pode estar o mais longe que já esteve de casa, mas se sente extremamente presente. A essa distância, a tantos milhares de quilômetros dos brâmanes, sua intocabilidade não significa nada. Todos amam o sucesso. Os brâmanes só podem lhe tratar mal enquanto você está em sua aldeia, trabalhando de forma simplória, ganhando quase nada. Então o discurso deles sobre pureza ritualística carrega algum peso. Mas quando você fez seu nome, constrói uma carreira, de repente sua casta inferior desaparece na insignificância. As castas superiores se dobram para você. Ah, a falsidade, a hipocrisia!

Um dos artigos que ele manda do Irã causa um alvoroço em particular. Seu irmão lhe escreve para dizer que todos estão falando sobre ele.

A história surge de uma das atividades humanas mais básicas, e se segue assim. Um dia, ele se agacha atrás de uma moita de grama seca no deserto iraniano e se alivia. Sua bicicleta, com sua placa e portfolio, está parada deitada sobre o guidão e parece com um barco à distância. O sol está brilhando e uma brisa suave faz a grama amarela balançar. Enquanto senta, sua mente viaja para um momento que ocorreu quando ele tinha seis ou sete anos de idade. Ele havia ido para os arredores da aldeia para procurar um lugar para se aliviar. Uma árvore: ali parecia bom. Ele a escalou. Não havia nada de estranho quanto aquilo. A pessoas faziam assim em milhares de aldeias por toda a Índia; o campo era o banheiro. PK foi esperto em fazer seu negócio lá de cima: daquela forma ele evitaria o cheiro e as moscas.

De repente, ele ouviu um rugido. Um rugido que indicava tanto surpresa como raiva. Aterrorizado, PK olhou para baixo. Abaixo dele, PK viu um velho, e em sua cabeça estava o conteúdo do intestino de PK. E não era qualquer homem. Ele era um brâmane. PK pulou e correu. O brâmane correu atrás dele, mas PK era jovem e rápido e o brâmane era velho e lento, e estava vestido em um pedaço de pano apertado até os calcanhares. PK escapou.

Ele nunca mais defecou em árvores.

Ele olha ao redor, pelo deserto iraniano. Não tem uma alma viva a vista, nenhum risco de contaminar um homem sagrado aqui. Ele se senta cara a cara com a grama comprida. Sua amiga, ele pensa.

"Querida grama", ele começa após confirmar que ninguém o escuta.

"Aqui você está, sobrevivendo ao calor", ele diz a um pedaço em particular, "enquanto muitas de suas amigas sucumbiram a desidratação no deserto."

A folha da grama responde com um estremecer educado.

"Você teve uma grande família um dia, mas você é quase a única que restou... Mas você é necessária. Sem você, seria impossível viver no deserto. Aqui, até mesmo o menor sopro do vento se transforma em uma tempestade e a areia é como milhões de agulhas atacando seu rosto. Você e suas amigas restantes continuam lutando, e é graças a você que a areia não é soprada por completo.

"De onde eu venho, em Athmallik, no estado de Orissa, na Índia, nós temos outros tipos de grama. E elas são nossa felicidade. O arroz, nosso alimento principal, é também um tipo de grama. Seu primo. Você sabia disso?"

Um sopro de vento atinge a folha e ela dobra, como se concordando com as sábias palavras dele.

"Eu te amo, graminha. Você é apaziguadora dos homens e protetora da Terra. Sem você, seria um caos."

Mas a folha da grama não diz nada.

"Nós humanos lhe arrancamos pela raiz. Você é o nosso tesouro. Nós lhe usamos para construir nossas casas. Mas não temos o direito de lhe machucar assim. O homem tem o seu lugar, assim como o vento, a areia e você, folha de grama; você também tem o seu."

Ele derrama algumas gotas de água de seu cantil na grama seca, em um gesto de seu apreço. A terra treme em gratidão, ele imagina.

Ele monta sua bicicleta e está de volta a estrada, mas enquanto pedala, ele resolve registrar a conversa e enviar para seu irmão.

E agora foi publicada no jornal. Em pensar que as pessoas gostariam tanto! As pessoas de Orissa devem ter se reconhecido em suas palavras. Com certeza todos já se transformaram em filósofos enquanto se agachavam por trás de moitas, ele pensa. A natureza tem uma alma que merece respeito, ou então nós humanos devemos enfrentar consequências cármicas.

Ele sacode a cabeça e sorrir, e viaja mais rápido que o de costume até Tabriz, esperando encontrar uma carta esperando por ele lá.

Tabriz – Marand – Dogubayazit – Erzurum – Ankara – Istambul

Ele pedala, pega carona, sonha acordado e, com pernas cansadas, chega em Tabriz em sua nova bicicleta iraniana, a terceira desde que deixou Deli.

Tabriz, a terra natal do profeta Zaratustra. Uma carta de Lotta está esperando por ele. *Meu querido,* ela começa. E uma carta de Linnea, a garota australiana que ficou gravemente ferida no Afeganistão e quem ele levou para o hospital em Cabul. Ela havia chegado sã e salva em Viena. *Meu querido,* ela também começa. Apenas mais tarde ele pensa que talvez Linnea se apaixonou por ele. Ou talvez não. Seus amigos na Índia quase sempre escreviam em prosa florida. Tudo uma doce afeição, esse era o jeito indiano. Então ele não vê nada demais quando Linnea escreve:

> Querido PK
>
> Espero que esteja bem. PK, *meu bebê,* logo você virá até mim em Viena. Acredito que você devesse chegar semana passada. Eu estive esperando por um longo tempo. Espero que venha logo. Penso muito sobre você e quando faço isso, me sinto feliz. Teremos momentos maravilhosos juntos. Há tanto que quero lhe mostrar. Agora concluo essa carta, mas espero pacientemente sua chegada.
>
> Ihr treuer Freund.
>
> Linnea.

Ele pula de volta em sua bicicleta e continua a caminho da Turquia.

O Irã era vasto. Assim como a Turquia. O mundo é vasto. Ele está cansado de todo esse pedalar agora. Onde é a Europa? Estarei logo em Borås?

Com mais frequência agora ele pega caronas com caminhões. É fácil pegar carona na Turquia.

PK nunca prometeu a ninguém que ele iria pedalar por todo o caminho. A viagem até a Europa nunca foi sobre provar sua força e estamina; não era um desafio do corpo. Ele prometeu que chegaria de qualquer modo, e era só. Se ele tivesse dinheiro o suficiente, ele teria comprado uma passagem de avião. Ele escolheu pedalar porque era a única opção disponível para ele. Era tudo que ele podia comprar. Ele transformou uma necessidade em virtude. A jornada sempre seria difícil e trabalhosa.

Ele senta próximo ao motorista e seu amigo, cochilando enquanto a paisagem muda vagarosamente, pensamentos sobre tudo o que aconteceu no último ano correndo por sua mente. Tudo sobre sua vida é diferente agora, não apenas a geografia que o cerca.

Sim, eu mudei.

Ele foi acordado de um estupor num sentido mais amplo: conhecer Lotta foi o alarme que colocou tudo em foco. Antes dela, ele tinha dificuldade em distinguir seus próprios desejos das vontades dos outros. É como se ele não visse um limite entre o que ele pensava de si e o que os outros pensavam dele. Mas ele o fez perceber a linha entre seu senso próprio e suas circunstancias.

Agora, memórias do tempo antes de Lotta já são nebulosas. Alguma vez ele tomou uma decisão sozinho, foi dono de suas próprias escolhas, antes de conhecer ela? Não, ele se permitiu flutuar, ser levado por outros. Ele teve medo de ser visto e ouvido e raramente dizia o que realmente pensava. Ele ouvia e imitava. Ele foi um convidado na vida de outras pessoas. Curioso, claro, mas no fim das contas, submisso.

Ele sempre tentou agradar os outros. Lotta costumava dizer que ele era muito ingênuo, quase como uma criança. Mas ela também gostava disso nele. "O fato de você não precisar ficar se auto afirmando é sua força", ela disse.

Ele também ocasionalmente pega ônibus. Com sua bicicleta no topo, ele se acomoda na frente. O veículo toma vida e começa a andar pela estrada reta e áspera entre Van e Ankara.

As pessoas falavam inglês bem no Irã, mas na Turquia é impossível de se fazer entender. Na ausência de palavras, ele desenha. Todos entendem as imagens, apesar da falta de uma língua em comum. Ele desenha rápidas caricaturas de outros passageiros. O ônibus inteiro cai na gargalhada quando ele revela os resultados. O homem de bigode e a mulher usando o lenço lhe oferecem pão, queijo e fruta. Ele senta de pernas cruzadas, comendo doces maçãs e ameixas, azeitonas amargas e olha para as planícies. Eles se entendem de alguma forma.

A história se repete em vários ônibus e cafés, restaurantes e abrigos. Os turcos amam rir. Ele recebe convites para suas casas, onde ele desenha em troca de abrigo e algo para comer. Vocês são pessoas tão bondosas e de bom coração, ele diz a eles. Eles se sentem lisonjeados e lhe enchem de mais comida.

Quando em Istambul, ele levanta cedo. Os minaretes estão fazendo suas súplicas enquanto ele se apressa até o correio principal para ver se alguma carta o espera. Uma de Lotta, com várias linhas escritas em sua letra apertada. Uma de seu pai. E uma de Linnea, em Viena. A dela é grossa e foi enviada por correio registrado. Dela cai uma passagem de trem: O expresso Trans Balkan, de Istambul à Viena.

***

Ele anda pelo Corno de Ouro e olha para a água azul e a ponte Gálata coberta, como todas suas lojas e restaurantes. Istambul cheira a Ásia, mas de alguma forma parece diferente. Ele não consegue apontar o que, exatamente. Ele anda pelas ruas em direção ao Palácio de Topkapi e respira o ar frio da manhã, cheio de fumaça de madeira, pinheiros e com gosto de mar. Fumaça de cigarros sai das casas de chá. Buzinas dos barcos a vapor soam enquanto ele escala os montes, e no topo ele ainda consegue ouvir o som abafado dos antigos Chevrolets 1950 americanos e Buicks andando pelas ruas de Istambul lá embaixo. Os carros são ainda mais antigos do que em sua terra. Mas as mulheres se vestem com a última moda, diferente do Afeganistão e do Irã. Blusas, saias, jeans, e o cabelo solto ao redor dos ombros. Em nenhum lugar ele as vê cobertas por lenços, nicabes ou qualquer outra forma de cobertura.

Ele sente que Istambul é uma premonição de seu futuro.

Tantas cúpulas e pontes são construídas de forma tão sólida. Na escola, PK lê sobre Tamerlão, o senhor de guerra que destruiu Deli e executou uma grande parte da população masculina da cidade. Ele era turco? Ele nasceu próximo a Samarkand, que agora é parte da União Soviética. De qualquer forma, ele só tinha um olho, PK pensa enquanto senta em um banco próximo a Mesquita Azul, tomando um copo gelado de ayran salgado.

Ele fica em um pequeno hotel de baixo orçamento próximo a Sirkeci, a estação de trem do lado europeu. Lá, ele se sente triste e solitário. Ele se senta em sua cama estreita, no dormitório de oito camas, e lê suas cartas de novo e de novo para se lembrar que existem pessoas no mundo que se importam com ele. Ele está cercado por milhões de pessoas e ainda assim ele se sente tão pequeno e tão sozinho. Todos estão a caminho de algum outro lugar, mas ele está preso, girando.

Ele vai até o banco para sacar um cheque que recebeu como pagamento por uma pintura. Enquanto senta atrás da mesa esperando pelo dinheiro, ele pega seu caderno de desenho e um lápis – como dita o hábito – e começa a desenhar um dos bancários. Após alguns minutos, uma multidão se juntou ao redor dele. Os funcionários param o que estão fazendo e se juntam ao círculo.

"É igualzinho a mim!", o banqueiro ri quando vê o retrato. "Você é muito talentoso, senhor indiano!", e mostra a seus colegas.

Umas das mulheres que trabalham no banco quer um retrato dela também. Ela é muito bonita e PK quer capturar seu rosto. Mas ele fica nervoso em desenhar mulheres, caso elas se ofendam com o resultado final. Homens são mais relaxados. Não, ele não quer correr o risco, eles podem acabar lhe expulsando. Ainda mais com um rosto tão belo.

"Sinto muito, não tenho tempo", ele diz, se curvando educadamente.

Ansioso por ir embora, PK escreve *Muitas felicidades!* Em um canto do retrato, rasga o papel do bloco e o entrega ao banqueiro. Ele quer pagar.

"Quanto?", ele pergunta.

"O que você quiser." Essa é a resposta padrão de PK ultimamente.

Ele paga bem, o bastante para PK conseguir comer fora todos os dias por pelo menos uma semana.

Se sentindo animado e nadando em dinheiro, ele pega um táxi para a avenida Istiklal, uma rua cheia de lojas do outro lado do Bósforo. Ele quer comprar um presente para Lotta. Enquanto está no táxi, ele pega seu caderno e desenha o motorista enquanto o carro luta para subir um monte da cidade em sua marcha mais baixa. PK leva apenas alguns minutos para completar o desenho e o entrega ao motorista assim que atingem seu destino. A expressão fechada do motorista rui de repente e um sorriso se abre em seu rosto. PK questiona por um momento se o homem está prestes a abraçá-lo. Ao invés disso, o motorista recusa o pagamento e o convida até sua casa. PK aceita, pois isso significa que ele pode juntar um pouco mais de dinheiro para a Europa.

***

Ele vaga pelo Grandioso Bazar, que o lembra das ruas em Velha Deli, com suas pequenas lojas e prateleiras cheias de temperos, couro, ouro e cachimbos de espuma de milho. A fórmula básica para um mercado, tem sido a mesma desde o início dos tempos. Parte troca, parte teatro. Vendedores puxam suas roupas, assim como era em sua terra.

Ele se sente seguro. A intrusão lhe parece familiar.

Em Cabul, ele comprou sapatos de couro e uma bolsa para Lotta. Agora ele comprou um colar com pedras turquesas em uma alça de couro. Então ele vai até a The Pudding Shop, não uma loja que vende sobremesas, mas um café que serve comida turca. É o ponto de encontro preferido dos *hippies* no início ou no fim da estrada entre o oriente e o ocidente. Ele se senta ao fundo do cômodo retangular e reler as cartas de Lotta e Linnea. Então ele encara a passagem de trem.

Às vezes ele sentia que sua jornada duraria por uma eternidade. Pedalar, pegar carona, ônibus, pedalar novamente. As experiências de quase morte. O calor sufocante, o sol teimoso do meio dia. Bolhas vieram e se foram, suas nádegas agora estão permanentemente dormentes e seu estômago está quase sempre chorando de fome. Até sua cabeça parece com uma esponja recém cozida. A passagem de trem é um presente dos céus. Os anjos enviaram através de sua mensageira na terra, Linnea, através do sistema postal internacional.

Ele quase não consegue acreditar que é verdade. Ele vai pegar o trem para Viena. A última perna para a Europa não tem de ser feita de bicicleta.

Europa, ele pensa. Ele se pergunta se vai se encaixar.

Ele olha ao redor para a mesma exata cena do Indian Coffee House em Deli: mochileiros, assim como ele, e um quadro de avisos cheio de notas apressadas.

> Van para a Índia, partimos na sexta, uma vaga.
>
> Magic Bus Londres – Kathmandu. Cinco lugares vagos.
>
> Alguém achou minha câmera Pentax Spotmatic?

O que ele deveria fazer com sua bicicleta? Levar com ele no trem? Ele coloca a passagem em seu cós e decide vender a bicicleta e comprar uma nova em Viena. Ele escreve em seu caderno: *Bicicleta masculina estável e moderna à venda, comprada no Teerã. Apenas vinte dólares!* Ele rasga a página e a prende no quadro de avisos.

Istambul - Viena

Ele desce do trem na Estação do Oeste de Viena. É com isso que a Europa se parece? Casas grandes, ruas limpas e pessoas bem vestidas. Uma calma reservada. Mas também contida. É lindo. Um sonho de fuga. Como entrar no palco em um teatro de bonecos. Viena é um livro de histórias.

Silvia, irmã de Linnea, o encontra na estação. Linnea, que tanto ansiou pela chegada de PK e escreveu tantas cartas amorosas, partiu de Viena para Índia apenas dois dias atrás. Ela esperou e esperou, mas finalmente desistiu, disse Silvia. PK nunca chegou. Talvez ela pensou que ele havia dado meio volta e retornado. E sua sede de retornar a Índia a dominou.

Silvia o leva até o negócio da família, Galeria 10, localizada no centro da cidade. A mãe de Silvia o cumprimenta, mas também faz uma cara feia e o puxa até um banheiro nos fundos. Lá, uma antiga banheira ultrapassada e alta, em pés de leão, o espera. Ela a enche de alga quente e sais de banho e diz para ele se despir e entrar. Ele está tímido, mas ela insiste, então ele fica nu. Apenas então ele percebe o quanto ele fede, o quão suja estão suas roupas no chão e como sua barba e cabelo cresceram.

Ele se banha e pensa sobre a Europa. Seu cheiro de sabão. Completamente diferente da vida cotidiana cheia de sujeira e caleidoscópica da Ásia. Seu coração está mais incerto que nunca. As malditas preocupações começam a crescer dentro dele novamente; ele se sente muito distante de casa agora.

Ele fica com Silvia e seu namorado. Um artista e sua esposa numa cadeira de rodas também moram no mesmo apartamento.

Silvia conta a PK sobre a Europa. As verdades sobre sua própria cultura. Ela quer que ele desenvolva uma casca mais grossa, que esteja preparado, que não seja tão ingênuo.

"As pessoas não são tão amigáveis aqui, não como na Ásia. Europeus são individualistas e só pensam em si mesmos", ela diz, acrescentando que pessoas bondosas e manipuláveis entram em apuros na Europa.

"Fique atento, europeus são racistas. Você pode apanhar a qualquer momento só porque tem a pele escura", ela continua, explicando em detalhes como ele deveria cumprimentar as pessoas, dar início às conversas e se comportar.

PK é grato por seus bons conselhos.

Ela se importa comigo, ele pensa, enquanto Silvia despeja seus conselhos sobre ele.

Em apenas uma semana, ele aprende bastante sobre a cultura exótica e estrangeira da Europa.

O artista no apartamento de Silvia fuma incessantemente. Ele é bom, mas está sempre bêbado e seu comportamento é errático. Em um momento ele está desanimado, amuado, no seguinte ele ri ou é tão tomado por emoções que puxa PK em seus braços. Uma noite ele se levanta, abraça PK e diz a ele que ele pode beijar sua esposa.

"Fique à vontade", ele diz.

Mas PK não a toca. Ele não se atreve. Ele não quer. Eles nem se conhecem. Apenas disseram olá um para o outro. Por que ele beijaria uma mulher que nem conhece? Ao invés disso, ele junta suas mãos e se curva, um gesto nobre para a esposa do artista presa na cadeira de rodas, e sai no frio da chuva de primavera.

Ele anda pelas ruas reluzentes e vazias, pelo Danúbio e em direção ao verde da Prefeitura e parques da cidade, pensando no calor, na poeira, na sujeira e nas multidões em Deli. E a liberdade da Europa. Vai demorar um pouco para se acostumar.

Em Viena, ele procura algumas das pessoas que conheceu na trilha *hippie*. Seu caderno está cheio de endereços de amigos viajantes que lhe disseram para manter contato. Ele toma chá com eles, vai para bares, os desenha. Eles pagam maravilhosamente bem e seu fundo de viagem aumenta.

Agora, ele pensa, vou comprar uma boa e cara bicicleta, com muitas marchas e pedalar até a última parte do meu objetivo.

"Você não pode pedalar até a Suécia", Silvia diz.

"Sim, eu posso", ele insiste.

Silvia o leva até o parque diversões Prater, onde eles andam sob a sombra das árvores em Hauptallee e andam na roda gigante. Eles pegam o metrô para antigos cafés e tomam café com chantilly, andam de bonde até restaurantes em porões escuros envoltos em uma nuvem de tabaco. As pessoas são amigáveis, mas por que elas ficam lhe alertando sobre as realidades de se viver na Europa? É como se a bondade e a facilidade da viagem até agora tivessem sido substituídas por estresse, irritação e insensibilidade. Na Europa, prevaleciam as regras, não os sentimentos, ele aprende com esses amigos. Os europeus são menos humanos que o resto do mundo – é isso que eles querem dizer? Ele tem dificuldade em entender. Tenta acreditar neles.

"PK", eles dizem, "você é um bom homem, você faz as pessoas boas. Mas você não pode mudar a Europa. Na Europa, a empatia está morrendo. O medo é o que move as pessoas, não o amor."

Amor? Se eles são tão ligados a regras e regulações, talvez eles não acreditem no amor? Isso significa que Lotta não estava realmente apaixonada por ele?

Ele entende que a Europa é difícil. Ao mesmo tempo, aqui, suas ideias tomam vida. Ele reflete, problematiza, contorce o que é óbvio, complicado. Ele tem sido carregado por uma corrente de emoção, mas agora ele consegue sentir o tempo diminuindo, se tornando um fluxo mais lento e estreito. Ele alcançou o leito do rio. E agora ele está nadando para a superfície, necessitando de pensamentos racionais e ricos em oxigênio.

Talvez Lotta não o queira mais?

Ele deita no quarto de hospedes no apartamento de Silvia, afundando no colchão extremamente macio e enrolado em um cobertor excessivamente grosso, e está tomado por dúvidas. Mas de alguma forma ele é capaz de reunir forças para enfrentá-las. Na escuridão, ele vê sua mãe. Ela está sentada no chão ao lado de sua cama o observando. Ela é a força contrária. No fluxo de suas memórias sombrias, ela é o ponto pequeno e brilhante. Ele adormece em seu brilho

Antes que ele possa comprar uma nova bicicleta, ele conhece o dono da galeria, que se apresenta como Herr Manfred Scheer e diz a PK que admira sua determinação.

"Fazer um sacrifício por uma pessoa que se ama é um ato maravilhoso e invejável. Imagine se mais pessoas se deixassem guiar pelo amor", Herr Scheer pensa alto. "O mundo seria um lugar muito mais bonito", ele continua, antes de dizer a PK que tem algo para ele.

Eles vão até seu escritório e o homem entrega a PK um envelope retangular. Ele abre e tira uma passagem. Não, duas passagens. Duas passagens de trem.

"É muito", PK diz, querendo ele mesmo pagar.

O dono da galeria rejeita, mas após hesitar, aceita dois trabalhos de PK no lugar das passagens.

> Estação do Oeste de Viena – Estação Central de Copenhague
>
> Estação Central de Copenhague – Estação central de Gotemburgo

Viena - Passau

Ele senta, esparramado no assento macio. O estofado é tão macio que parece que ele não tem esqueleto e é feito apenas de tecido macio. Ele passou sua infância dormindo em um tapete de palha no chão. No seu quarto alugado em Nova Deli, ele tinha apenas uma cama com um colchão fino de corda trançada. Os vagões da segunda classe tinham apenas assentos não reservados de madeira. Sua bicicleta, uma cela dura de couro; os ônibus no Oeste da Ásia, bancos de vinil nada maleáveis. Ele estava acostumado a sentir seus ombros, cóccix e pélvis. Ele quer saber onde seu corpo começa e termina. Afundar em algo sem resistência parecia surreal.

Por que os europeus se envolvem em camadas tão grossas de travesseiros, almofadas e colchões? É o frio, ou porque se sentem perdidos? É medo? Estão com medo da dureza de seus próprios corpos?

Wien, Melk, Linz, Wels. As cidades europeias têm nomes monossilábicos e peculiares.

Ele está se aproximando de mais uma fronteira. Os freios do trem gritam até parar. Um cheiro úmido de aço frio, amianto queimado e lã ofende suas narinas. O corredor se enche de homens uniformizados.

A porta é aberta.

"Reipass, bitte!"

Ele entrega seu passaporte indiano verde.

Os guardar da fronteira Oeste Alemã folheiam detrás para frente as páginas do documento exótico. Não é todo dia que eles checam um passaporte indiano em Passau.

"*Unmöglich, mei Herr*. Sentimos muito. Venha aqui!", o homem diz em uma mistura de alemão e inglês.

PK é retirado do trem e segue eles para uma sala no outro lado da plataforma.

"*Scheisse*", PK murmura enquanto desce do trem. Silvia o ensinou algumas palavras uteis quando ele estava saindo de Viena naquela manhã.

É isso, ele pensa. Eles acham que ele é um imigrante ilegal vindo para se estabelecer em seu país rico e maravilhoso. Ele vai tomar seus empregos, roubar suas garotas e ser um fardo em sua sociedade. Exceto que tudo o que ele quer é atravessar; ele não tem nenhum interesse no Oeste da Alemanha.

Eles pedem para ele abrir sua bolsa velha. Seus olhares são duros, suas expressões imóveis. Eles acham que ele está carregando bens ilegais. Nenhuma discussão é para acontecer; eles vão lhe trancar por alguns dias enquanto organizam sua deportação milhares de milhas de volta para casa. Eles vasculham por entre suas roupas sujas e acham tubo de bicicleta e um monte de aerogramas azul claro amarrados juntos com um pedaço de corda fina.

"Entraremos em contato com a Embaixada Indiana no Oeste da Alemanha e eles comprarão uma passagem para você voltar para casa", diz um dos guardas enquanto levanta uma camisa azul e a segura com o braço esticado entre o dedão e o indicador, como se fosse contagiosa.

O avô de PK costumava dizer que se você usa apenas dois dedos para fazer seu trabalho, os resultados só devem lhe desagradar. Claro, a camisa cheirava mal: fazia muito tempo desde que ele teve a oportunidade de lavá-la. Mas o guarda estava claramente insatisfeito com seu emprego; ele está em piloto automático. Ou pelo menos era o que seu avô diria se estivesse aqui.

O guarda desdobra um artigo de jornal amassado. Está escrito em inglês e foi arrancado da revista indiana *Youth Times*. Pelo menos é o que diz no topo da página. Ele começa a ler.

"Ah, diz aqui que ele é casado."

Oito policiais se agrupam ao redor do *hippie* marrom com cabelo longo cacheado e sua bolsa suja. Um deles abre um dos aerogramas azuis e lê. Foi escrito por uma mulher, ele observa quando olha para o remetente. Ele fica satisfeito pelo indiano e a mulher serem mais que apenas amigos.

"Sim, é o que parece. Ele é casado", diz o outro homem. "Com uma sueca", ele acrescenta.

"Seu nome é Lotta", diz o guarda com o artigo do jornal, que o dobra novamente.

PK começa a contar a polícia de imigração sobre o início de sua jornada, em Nova Deli, Índia, sua terra natal, e a viagem de bicicleta pelos desertos e sobre as montanhas, por sete países e dois continentes, todas as centenas de paradas pelo caminho para beber, comer e dormir em aldeias e cidades. Apesar da incrível hospitalidades que ele encontrou, ele quase não conseguiu chegar até ali, diz ele. Ele trocou para o trem em Istambul e agora existe apenas dois países restantes entre ele e

"Chegue logo ao ponto", um dos homens interrompe.

"Eu não estou contrabandeando drogas e não tenho planos em me estabelecer no oeste da Alemanha."

Ele vê o ceticismo nos olhos deles e se desespera. Um dos guardas diz que está na hora de ligar para a Embaixada Indiana e organizar o transporte. Um carro da polícia o levará para o centro de detenção de imigrantes ilegais ou talvez direto para o aeroporto de Munique para uma partida imediata. A polícia explica que o oeste da Alemanha não pode aceitar ninguém que venha bater em sua porta. Então ele começa a conversar em alemão com um de seus colegas. PK não consegue entender, mas ele sente como se algo estivesse apertando seu peito. Uma força maligna. Ele geme, chora e lamenta.

"Vocês não podem me impedir agora! Vocês não podem ser tão sem coração!", PK explica em voz ainda mais alta.

Tudo está explodindo. Sua voz, sua autoconfiança, sua convicção. Ele olha pela janela e vê o trem ainda nos trilhos, esperando para seguir ao norte, em direção a Munique. Os vagões verdes estão cobertos por uma névoa cinza. Uma chuva fraca está caindo e ele está com frio.

Mas os europeus são motivados por regras, não por apelos do coração.

A aventura chegou ao fim. A esperança está perdida. Seu futuro está estraçalhado. Todos os sonhos, toda a espera, tudo pelo o que ele tem lutado, tudo. Tudo em vão!

Até esse momento ele foi convencido de que eventualmente atingiria seu destino. As dúvidas vieram, mas foram embora, a fé o empurrou para frente em seu plano maluco. Mas após os avisos de amigos em Viena, ele não estava mais tão certo. E agora: os guardas em Passau, na estação da fronteira entre a Áustria e o oeste da Alemanha, não parecem felizes.

"*Ein moment, bitte!*", diz um dos guardas, olhando para ele com uma expressão também ensaiada, desenvolvida para não revelar emoções ou pistas sobre o que ele estava pensando.

PK tenta parecer tão apaixonado quanto possível, mas suspeita que a batalha está perdida. Ele se prepara para pegar sua bolsa, ir para a sala de espera e esperar o próximo trem de volta a Viena.

Os guardas da fronteira olham novamente as cartas de Lotta e o artilho do *Youth Times*. O artigo está ilustrado com uma foto de PK, seu rosto pressionado contra o de Lotta.

"Ele está dizendo a verdade. Ele é casado", um dos guardas da fronteira diz.

A farsa de PK se desfaz. Lágrimas escorrem por suas bochechas. Chorando, ele conta a eles a história sobre a fonte, sua arte, a profecia, o encontro, a benção e a viagem de bicicleta.

O guarda, cuja expressão momentos atrás fora tão dura, tão série, relaxa. E então ele ri e de repente parece bem contente.

"E você está indo para a Suécia?", ele pergunta em um novo tom.

"Para a minha Lotta."

"Ah, bem, assim parece", ele diz para seus colegas e se vira para PK novamente.

"E ela mora na Suécia?", ele pergunta pela quinta vez.

"Em Borås."

Passau – Munique – Hamburgo – Puttgarden – Rodby – Copenhague – Helsingborg

Fazia um mês que ele deixara Istambul e sua terceira bicicleta para trás. Seus amigos estavam preocupados com ele, se recusaram a deixá-lo continuar sua jornada pedalando e insistiram que ele deveria viajar pela última parte de sua jornada por meios mais seguros e rápidos. Existem muitas coisas mais perigosas do que andar de bicicleta pela Europa. As pessoas são tão ansiosas, tão pessimistas, ele pensa, em sua cabine enquanto o trem segue a frente, para o ar frio que encobre o hemisfério Norte. Como ele irá sobreviver tão longe ao norte?

Mas por que se desencorajar? Os guardas da fronteira o deixaram entrar, ele não foi mandado para casa, ele tinha uma passagem para chegar até Gotemburgo. Certamente nada poderia dar errado agora!

Repetidamente ele lembra a si mesmo o que ele é, de onde ele vem, e as emoções que lhe afastaram da Índia. A raiva dos padres que jogavam pedras nele e o professor que se recusou a deixar ele se sentar dentro da sala de aula. O sentimento agridoce do pensamento em se vingar. Frustração por ter nascido intocável e, com isso, sem valor.

Sem essa frustração, ele não estaria onde está agora, sentado em um trem a caminho da Suécia. Frustração é sua força motor. Os sentimentos de inutilidade são os que estão o levando a felicidade. Sem essa sensação de inferioridade, ele nunca se tornaria um artista. Exclusão é o motor que o empurra pela estrada e além de sua imaginação. Quando criança, ele sempre foi cheio de perguntas. Quando eles veneravam vacas e jogavam pedras nele, ele se perguntava como um garoto valia menos que um boi. Suas veias não pulsavam com o mesmo sangue dos brâmanes? Quando seus colegas de classe se recusavam a brincar com ele, ele se perguntava o que realmente aconteceria se ele os tocasse. Fora a raiva e choque deles. O mundo entraria em colapso, o céu cairia, o ciclo divino do universo sairia de órbita?

"O sol está tapado por muitas nuvens escuras, mas um dia o vento soprará elas para longe." Essas eram as palavras de conforto de seu avô quando ele estava no pior de seus dias.

Vovô dizia outras coisas também, mas ele não entendia tudo. Palavras de sabedoria como "Nós viemos do amor, e é para o amor que retornamos: esse é o sentido da vida" eram fáceis de entender, mas "Nós não podemos conhecer o amor se não conhecermos nós próprios" eram mais obscuras. Ele teve dificuldade com essas por um longo tempo.

Ele está sentado em um compartimento de um trem alemão lembrando das palavras sábias de Vovô e, agora, finalmente, ele entende. Tudo o que ele quis dizer foi que a condição para o amor era o autoconhecimento.

As nuvens negras desapareceram quando ele conheceu Lotta. O que é, exatamente, que acontece quando você se apaixona? Uma força tão poderosa. Perdão. Ela me deu o poder de perdoar. Foi isso que aconteceu.

Na plataforma em Copenhague ele vê uma garota e um garoto enlaçados em um abraço apertado. Ela está prestes a embarcar no trem, sua mala está ao seu lado. O garoto não está indo com ela. Eles se beijam. Longa e profundamente. Ah meu Deus, eles estão usando as línguas! Ninguém está os impedindo! Na Índia, alguém já teria gritado com eles, os separado.

Então essa é a Europa, ele pensa. Meu futuro!

O trem range passando as marchas no terminal ferroviário em Helsingborg. A mulher norueguesa sentada à sua diagonal parece preocupada e de repente fala.

"Você tem uma passagem de volta?"

"Não", ele responde. "Por quê?"

"Eles não deixarão você passar se você não tiver."

A polícia da fronteira Sueca está a caminho. Ele escuta eles abrirem a porta para a cabine ao lado e pedir os passaportes. A norueguesa abre sua bolsa, tira várias notas de dentro e as coloca no bolso da camisa de PK.

"Três mil kronas de sueco", ela simplesmente diz.

A polícia entra. Ele mostra seu passaporte, eles olham para ele, céticos.

"Cidadão indiano?"

"Sim."

"E você está visitando a Suécia?"

"Algum problema, senhor?"

"Qual o motivo da sua viagem?", a polícia continua.

"Eu sou casado com uma sueca".

Admirado, os policiais se olham como se para determinar quem vai lidar com essa bagunça. Um deles pergunta se ele tem os papéis para comprovar. O coração de PK está gelado. Eles foram abençoados por seu pai, mas ele não possui nenhum documento oficial, selo ou assinatura que realmente *comprova* que eles são casados.

Ele está na fronteira, tão perto agora. No entanto, tão longe.

A norueguesa gesticula para ele e aponta para o bolso de sua camisa. E então ele entende. Ele tira o bolo de dinheiro que ela o deu e mostra a polícia.

Surpresa é seguida por um visível relaxamento em suas posturas. Eles sorriem um para o outro e saem do compartimento fechando a porta. PK devolve o dinheiro para a mulher. Seus próprios fundos se resumiam a quase nada desde que ele deixou Viena. Certamente não o bastante para convencer a polícia a deixá-lo entrar.

"Você é um anjo", ele diz a mulher sentada a sua frente. Ele nunca teria chegado tão longe sem um mundo cheio de anjos como ela.

***

Quando criança, ele havia aprendido a usar sua criatividade para superar obstáculos. Sua mãe costumava contá-lo uma história sobre o corvo que não alcançava a água no pote. A ave pegou pedras com seu bico e as colocou, uma a uma, dentro do pote. O corvo demorou bastante, mas eventualmente ele encheu o pote com pedras o bastante para levantar a água a um nível que ele conseguisse beber.

"Pense como um corvo", sua mãe disse.

Mas às vezes os obstáculos eram intransponíveis. Se tudo tivesse dependido de seus próprios meios, sua habilidade e talento, ele nunca teria conhecido tantos benfeitores, as pessoas altruístas que lhe ajudaram pelo caminho. Eles estiveram ao seu lado desde aqueles dias debaixo da ponte Minto em Nova Deli, quando seu estômago doía de fome e ele esquentava as mãos em fogueiras de lixo. Disso ele está certo.

Helsingborg – Gotemburgo – Borås

Ele está com frio. Confuso e ansioso. Expectante. O que ele está fazendo aqui? Um indiano barbado, de estatura mediana, cabelo embaraçado, roupas sujas, dentre todas essas pessoas altas e limpas. A luz do lado de fora da janela do vagão o encanta. Uma pincelada de vermelho foi aplicada no horizonte, mas o céu ainda está claro, apesar do fato de estar no meio da noite. Como isso é possível?

Ele adormece. Quando ele acorda, o sol está alto e entrando no compartimento. O trem está parado. Suando, ele puxa a janela e se inclina. Flores brancas – um tipo de anêmonas, ele aprende depois – ladeia os trilhos e uma música alegre de um pássaro preto de bico amarelo enche seus ouvidos. O som é tão bonito quando a voz de Lata Mangeshkar, a trilha sonora de sua juventude em sua terra natal na Índia.

Ele inala o ar frio e limpo por suas narinas e desce cuidadosamente na nova e recém surgida plataforma. Tudo é tão diferente das outras cidades pelas quais ele passou. Nada como a Ásia. Nada de corpos suados se espremendo contra ele. Nada de porteiros, nada de sinos enquanto os vendedores de chá passam e definitivamente nada de pedintes. Mas também é diferente de Istambul e Viena. Nada de chaminés com fumaças pretas, nada de toques de minaretes, nada de fachadas em ruínas, nem cheiro de petróleo ou carvão.

Tudo está tão quieto, limpo e vazio. Em casa, na Índia, ele constantemente se perguntava de onde todas as pessoas vinham.

Como tantos podia se espremer em um só lugar? Aqui, no entanto, ele se perguntou aonde todos tinham ido. Olá? Onde estão se escondendo?

Na praça em frente à estação de trem, ele pergunta a um pedestre onde fica o albergue da juventude mais próximo. Então um mochileiro que ele conheceu por seu caminho em Nova Deli aparece. Ele mora em Gotemburgo e pode levá-lo até a hospedaria do Exército da Salvação. Ele é grato pela ajuda contínua dos amigos que fez na trilha *hippie*.

Ele está em seu quarto compartilhado se barbeando, tendo acabado de se banhar. Ao seu lado, um homem branco também está se lavando, suas roupas tão sujas quanto as de PK. Sua pele é marcada e seus olhos estão vermelhos. De repente, ele remove seus dentes e tira seu cabelo. Medo toma conta de PK. Ele grita. Magia negra!

O mágico se vira e, em inglês quebrado, pergunta por que ele está gritando.

PK não responde, mas pega seu barbeador, enfia em sua *nécessaire* e corre para a recepção para contar sobre o faquir no banheiro.

"Tomem cuidado, ele pode ser perigoso", ele diz ao jovem na recepção. "Acredite, eu sou da Índia, eu sei o mal que a magia negra pode fazer."

"Quanto exatamente você bebeu?", o recepcionista responde.

Ele encontra um orelhão e liga para Lotta.

"Eu não acredito que você está em Gotemburgo!", ela diz.

O medo afoga qualquer prazer que ele sente em finalmente ouvir a voz dela. Ele diz que acabou de conhecer um mágico, mas ninguém acredita nele. E nem ela, aparentemente. Ela ri e pergunta a PK se ele nunca viu dentes falsos ou uma peruca antes.

Ela estará lá em breve, muito em breve, para pegá-lo.

Ele está na recepção da hospedaria do Exército da Salvação para jovens em Gotemburgo quando a vê. Ela está usando um blazer azul escuro com botões dourados. Nenhum deles fala. Já se foram dezesseis meses desde que se despediram na estação em Nova Deli.

PK esteve à beira de um colapso ali no *lobby*, esperando por Lotta. Os últimos dias foram exaustivos. Mas todo o cansaço se foi, substituído pela carga de antecipação se espalhando por seu corpo.

Ele se sacode, tenta pôr em palavras seus sentimentos, mas nada faz sentido. Ele olha para ela. E começa a chorar.

Lotta sabe que ele frequentemente é tomado pelo poder de suas emoções. Então ela sugere que eles caminhem. Para o Garden Society, ela diz.

"Um café em meio as flores."

Eles param para tomar café. O sol está grande, o ar está quente. O céu um azul claro. As anêmonas nemorosas floridas por todo o canal.

Tão grandes esse ano! Lotta está pensando. Ela nunca viu anêmonas tão grandes. Tão grandes quanto rodas gigantes! Ela diz a si mesma enquanto eles andam de mãos dadas. PK não faz ideia de que tamanho as anêmonas nemorosas geralmente são e, de qualquer modo, sua mente está em outro lugar.

PK olha para baixo, no canal, e admira a claridade da água. Nem um pouco preta e viscosa.

Eles viajam o restante de sua jornada juntos, no carro amarelo dela, por lugares que ele não consegue pronunciar.

Landvetter, Bollebygd, Sandared, Sjömarken.

De repente, o medo surge nele de novo. Que ela possa ter mudado de ideia, que o pai dela não o aprovará, que ele não se encaixará.

Mas eles já estão a caminho de Borås.

Ele está chegando em sua parada final. Deve ter sido predeterminado. Deve ser o destino. Seu destino.

28 de maio de 1977. Finalmente, ele está em casa.

A CHEGADA

O apartamento com a fachada rosa em Ulvensgatan consistia em três quartos e pertencia a família de Lotta. Sua mãe e seu pai viviam em outro apartamento no andar de cima. É o primeiro verão de PK na Suécia. Ele passa a maior parte do tempo com uma gola rolê tricotada e uma jaqueta de lã, sentado em uma cadeira de madeira na sala de estar com a janela aberta, escutando os pássaros cantando e o chacoalhar das árvores. Aqui e ali passava um carro. Borås é um mundo longe das cidades pelas quais ele pedalou, onde você tinha de se concentrar para distinguir sons individuais na cacofonia retumbante.

Ele gosta do silêncio, lhe dá uma sensação de paz. Mas, às vezes, quando uma coisa é muito boa, ele estremece. Todos no ônibus, por exemplo, desviam o olhar. Quando ele se aventura com algumas palavras para seus colegas passageiros, eles respondem educadamente, cordialmente, até. Mas ninguém inicia contato. Eles se sentam ombro a ombro, e mesmo assim cada um está trancado em seu próprio congelador, sempre frio.

Às vezes parece que ele passou para outro mundo por completo, longe de todo o sofrimento. É como se isso fosse um prêmio por sua luta devota no mundo real. A Suécia é emocionalmente fria e fisicamente confortável ao mesmo tempo. Isso faz sua pele coçar.

Mas ele vai se acostumar.

Do lado de fora da janela aberta, ele vê dois homens passarem em direção a floresta. Eles estão com pressa. Perigo, ele pressente. PK se apressa para fora e os segue até a floresta. Um incêndio, ele pensa, e esses homens vão apagá-lo. Eles podem usar a água do lago mais próximo, logo estarão passando baldes um para o outro. Eles precisam de ajuda.

Mas não há fumaça. Ele não vê chamas entre as árvores, nem pânico no rosto dos homens. Vestidos com roupas de corrida azul, eles pararam e estão conversando calmamente um com o outro, suas mãos contra um tronco de árvore próximo como se estivessem tentando empurrá-lo.

PK os observa.

"O que estão fazendo?", ele pergunta em inglês.

"Alongando", eles respondem.

"Por quê?"

"Estamos nos orientando."

PK não entende o que aquilo quer dizer.

"Nós praticamos orientação."

PK não possui uma bússola para guiá-lo nesse novo e estranho mundo.

Existe outro homem na Suécia. Ele não pedalou milhares de quilômetros sobre montanhas e através de desertos, nem foi ouviu quando criança que casaria com uma mulher musical nascida sob o signo de Touro. Mas ele sempre tem o bastante para comer, nunca dorme debaixo de pontes e certamente nunca pensa em suicídio. Nem desenhou retratos de primeiros ministros e presidentes. Mas ele é loiro, de pele clara e sueco, aparenta ser limpo e amigável, toca flauta, fala sueco perfeitamente e nunca deixa de entender o que está ao seu redor. E conhece Lotta muito bem. Eles têm cantado no mesmo coral por anos.

Seu nome é Bengt. É bem mais fácil de se pronunciar do que Pradyumna Kumar.

Uma tarde PK vem visitar. Ele fala e fala, estudando PK e Lotta enquanto eles sentam lado a lado no sofá. Seu discurso é apressado e seus olhares são estranhos. PK começa a se perguntar se ele está passando mal.

Horas passam, a tarde se torna noite, mas Bengt se recusa a ir para casa.

"Por que ele está aqui por tanto tempo?", PK pergunta a Lotta quando o relógio marca três e Bengt está no banheiro.

No fim das contas, PK está cansado demais para continuar acordado por mais tempo, tentando seguir o monólogo de seu convidado em sueco. Ele sai e faz uma caminhada, pensando que isso encorajará Bengt a ir para casa.

Mas quando PK retorna, Bengt ainda está lá, seus olhos vermelhos e inchados, suas bochechas marcadas por lágrimas. De repente seu convidado se levanta, bate à porta e desaparece escada abaixo.

Finalmente, eles estão sozinhos. PK ouve a porta principal bater. E então tudo fica quieto.

"Por que ele estava chorando?", PK pergunta.

"Nós nos conhecemos a muito tempo", Lotta começa. "Somos amigos, nada mais. Mas agora eu percebo que ele se apaixonou por mim. Ele não consegue lidar com o fato de você estar aqui, morando comigo." Bengt acha que PK é um bom homem, mas que ele não deveria estar com Lotta.

PK se deita na cama ao lado de Lotta e observa as sombras da rua dançarem no teto. Mas dormir é impossível. Sua mente está rodopiando, obcecada com o mesmo pensamento: *Deveria existir duas Lottas, uma para mim e outra para Bengt.*

Na manhã seguinte ele se levanta e anuncia que está indo à loja de bicicletas.

"Por quê?"

"Quero comprar uma bicicleta."

Ela olha para ele, confusa.

"Uma bicicleta boa e estável que possa me levar de volta a Índia."

Lotta começa a chorar e PK sai.

PK não consegue pensar em nada além de Bengt pelo restante do dia. Dói em PK pensar que ele seria o par perfeito para Lotta. Ele escolhe uma bicicleta e diz ao dono que voltará no dia seguinte para pegá-la. No caminho de volta ao apartamento de Lotta, ele esbarra com alguns de seus muitos novos amigos suecos. "Vou pedalar de volta para casa, para à Índia", ele diz a eles. Eles riem. Mas PK está sério e eles logo percebem. Eles não têm nada a dizer quanto a isso.

"O que estou fazendo aqui se não há amor?", PK questiona.

A jornada de volta seria mais rápida. Desta vez, ele iria pela rota mais direta. Ele não vai parar pela trilha *hippie*. Não, ele vai pedalar todo o dia, de manhã até o anoitecer, direto até Nova Deli e o escritório do *India Post* para ver se o emprego ainda estava disponível. Se isso falhar, ele vai pegar o ônibus para o Himalaia, encontrar um monastério budista escondido em um belo lugar e se tornar um monge.

Ele quer um lar. Ele não se importa com a casa, a mobília e sua aparência. Ele precisa é de segurança, um lugar para construir sua vida.

Na noite seguinte, Lotta e PK estão sentados no sofá em casa.

"Eu não mudei de ideia", ele está dizendo. "Eu vou pedalar de volta para Nova Deli."

As lágrimas continuam a escorrer pelo rosto de Lotta.

"Por que você está chorando?"

"Porque eu não quero que você compre uma bicicleta e vá embora." Ela se aproxima e o abraça. Ele a deixa. Talvez seja uma despedida.

"Devo ir agora?"

"Não, não quero que você vá", ela funga. "Eu não ligo para o Bengt. Eu nem sabia que ele era apaixonado por mim. Eu quero ficar com você, juntos em uma grande confusão. Pelo resto da vida."

A Suécia é um país estranho. As pessoas andam se agradecendo por nada. Sem contar as constantes frases sem sentido como "Que ótimo tempo estamos tendo". Por que se incomodar em dizer isso? Tudo o que você tem que fazer é olhar para cima e ver por si próprio se o tempo está bom ou ruim.

"Se seus amigos ou parentes fossem para Orissa", ele diz para Lotta, "e andassem pela rua principal da minha aldeia dizendo coisas como 'Que ótimo tempo estamos tendo, senhor Pravat', as pessoas balançariam a cabeça e continuariam andando. Eles achariam que os estrangeiros tinham enlouquecido."

Mas ele provavelmente se acostumaria.

Ele está mais antenado ao protocolo social quando conhece a mãe de Lotta pela primeira vez. Ou pelo menos ele acha que está. Tudo o que ele tem de fazer é cumprimentá-la com frases educadas em sueco com as quais Lotta o tem perturbado.

A cumprimente e então comente sobre o tempo. *Olá? Ótimo tempo estamos tendo hoje*! Ele repete para si em um sussurro enquanto a campainha toca.

Mas está tão frio lá fora, então ele vai ter de fazer uma mudança em sua fala: Está frio hoje! Muito frio! Olá! Algo do tipo.

Ficar cara a cara com sua sogra, o momento chegou.

"Muito frívola!", ele começa.

Está quase certo, mas nem tanto. Para completar, a audição de sua sogra é ruim. Ela não responde nada. Ela deve ser uma alma melancólica, PK pensa.

Mas mais tarde naquela noite, Lotta não está satisfeita com sua performance. "Por que você chamou minha mãe de frívola? Ela ficou muito chateada."

"Foi um mal-entendido", ele tenta se explicar.

O encontro com o pai de Lotta não é muito melhor. PK cai de joelhos para tocar os pés do velho. É assim que se demonstra respeito aos mais velhos na Índia. Mas, aparentemente, não na Suécia. "Aonde o pequeno indiano foi?", o pai de Lotta diz depois, descrevendo o encontro.

E então vieram as vacas. Durante seu primeiro verão na Suécia eles vão visitar a casa de veraneio da família num interior próximo. É então que PK as vê, lá fora, no pasto. Alguém esqueceu de abrir o portão, PK pensa. Vacas deveriam andar livres. Então ele abre o portão. Logo os animais chegam na estrada.

Os motoristas começam a buzinar, irritados. PK acena de volta alegremente. É assim que eles fazem as vacas saírem do meio na Índia também! Parece que eles não são tão diferentes assim no fim das contas.

Mas o fazendeiro está furioso.

"Quem deixou as vacas saírem?", ele demanda raivoso.

"Fui *eu*", PK responde orgulhoso.

Ele faz um curso de quatro meses de sueco para imigrantes e se esforça para se encaixar em seu novo país. Ele está acostumado a ir a todo canto descalço e às vezes esquece de calçar os sapatos quando sai, mesmo que seja inverno. Na maioria das vezes é necessária a neve gelada entre seus dedos para ele perceber seu erro.

Uma vaga de professor temporário foi disponibilizada no departamento de Artes da escola secundária local e PK se inscreve, mesmo que seu sueco ainda seja rudimentar. Mas arte não precisa de língua, todos entendem uma figura, ele reflete. Ele recebe um convite para uma entrevista no departamento municipal de educação. Ele usa sapatos e escova o cabelo. Tão civilizado, tão sueco. Quase.

A luz vermelha muda para verde e ele entre a sala de entrevistas, ainda tentando acalmar sua respiração para mascarar sua ansiedade. O entrevistador está andando de um lado para o outro, seus dedões pendurados em seus suspensórios. Ele se balança nos peitos dos pés, mas não diz nada. Os nervos de PK se intensificam. Ele não entende o que o homem está fazendo ou o que aquilo significa.

Então, de repente, o entrevistador fala.

"E com o que você tem *sysslat*?"

Ele aprendeu a palavra sueca para trabalho, *arbeta*, e até *jobba*, mas ele nunca escutou essa palavra *sysslat* antes. Mais tarde ele aprenderia que ela significa "se ocupar". O termo favorito do serviço empregatício sueco; não é um trabalho, é uma "ocupação", você não trabalha, você está "ocupado com sua carreira".

O primeiro sueco que PK conheceu na vida foi Jan Lindblad, o famoso diretor de filmes da vida selvagem. Ele foi até a aldeia de PK na selva em 1968 para filmar os animais da reserva selvagem Tikarpada. O PK adolescente serviu de mensageiro para a equipe e observou fascinado enquanto eles arrastavam o equipamento pesado pela vegetação, montavam suas câmeras e conectavam seus aparelhos com longos cabos elétricos.

Jan Lindblad gostava de PK e o chamava de Garoto da Selva. Ele era tão engraçado e amigável, e ele tratava os intocáveis como se fossem iguais a todo mundo.

PK observou enquanto Jan Lindblad rastejava pela vegetação, assobiando para atrair as aves. Ele era muito bom naquilo. Ele produzia melodias e imitava os animais para PK rir até seu estômago doer.

É isso! PK percebe no meio da entrevista. O homem está perguntando se PK consegue assobiar. Faz sentido! Claramente assobiar é uma habilidade muito importante na Suécia. Professores assobiam para as crianças para chamá-los de volta do intervalo, afinal de contas. É assim que eles fazem as coisas aqui na Suécia.

PK respira profundamente como um yogi e começa a assobiar, produzindo um som forte e completo. Eu também posso ser como Jan Lindblad, eu também posso ser sueco, PK pensa. Isso vai provar que eu sou qualificado para trabalhar na escola de Arte.

Mas o homem não parece feliz. Ele congela e então levanta a mão. Mais tarde, PK aprenderia que aquele era um sinal que significava "pare". Mas agora, PK não faz ideia. Na Índia, uma mão levantada significa "Ótimo, continue!". Então ele continua, mais alto e com mais fervor.

Ele assobia até suas bochechas doerem e então para. Aquilo deveria ser o bastante.

O entrevistador desvia o olhar. Então ele olha diretamente nos olhos de PK e faz dez perguntas curtas sobre sua educação e passado. Nada mais. Então ele vai até a porta e a abre. PK pega seus papéis.

"Obrigado, adeus!", o homem diz firmemente.

Ele quase parece raivoso.

Após a entrevista, PK se tortura com as perguntas sobre o comportamento do homem. Por que ele foi tão abrupto? Ele não era bom o bastante para o trabalho? Ele assobiou no tom errado?

No entanto, alguns dias depois, PK recebe uma ligação do diretor da escola Engelbrecht. Pradyumna Kumar Mahanandia estaria disposto a aceitar um trabalho temporário como professor de Artes e se apresentar para o trabalho cedo na manhã seguinte?

As pessoas pensam que o amor deles nunca irá durar. Ele vai achar muito difícil se adaptar. A escuridão, a frieza, o racismo crescente, até mesmo a forma como os suecos socializam, vai lhe atingir mais cedo ou mais tarde, eles dizem. "Ah, Deus, como um garoto de uma aldeia indiana vai aprender a viver na Suécia moderna?", eles sussurram uns para os outros, balançando suas cabeças. "Mais cedo ou mais tarde ele vai perceber como aqui é diferente e vai voltar para a selva."

Mas PK nunca anseia voltar para a Índia. "Mentalmente, eu parti completamente da Índia", ele escreve no diário vermelho e preto que Lotta lhe deu. Ele o preenche rapidamente – e mais outro, e outro – com devaneios sobre sua nova vida na Suécia. Durante o primeiro ano ele passa suas tardes no sofá, no apartamento em Ulvensgatan e escreve sobre suas decepções, novas experiências, as pessoas que acreditam neles e aqueles que não. Ele escreve enquanto a chuva de outono molha a fachada do apartamento, enquanto os pedaços de gelo brilham no sol de inverno e os melros pretos cantam pela janela aberta durante o primeiro calor da primavera. Ele se deixa absorver tudo, e processa seus pensamentos nessas páginas. A Suécia e o choque cultural lhe tornaram um homem mais reflexivo.

Com cada dia que se passa, ele se torna mais sueco e menos indiano. Mas Lotta está tomando o caminho oposto. Ela se imerge em yoga e meditação. Ela recita mantras. O som monótono lhe lembra de tudo que ele escapou: o poder dos brâmanes, a alienação e as tentativas de suicídio. Mas ele aprende a superar esses sentimentos, que às vezes ainda se manifestam em um enjoo físico. Ele deve silenciar as memórias e viver com elas.

Outros aspectos da cultura indiana ele relembra com mais carinho, contanto que não tenham nada a ver com religião. Logo após chegar, PK pintou cartões postais e pôsteres com temas indianos, que ele vendeu aos amigos e colegas. Ele teve pinturas publicadas em diversos jornais suecos. Seu momento de maior orgulhoso foi quando a seção de cultura de um dos maiores jornais da Suécia, *Aftonbladet*, publicou um artigo inteiro sobre sua arte e organizou uma exibição de seus desenhos na sala de notícias, assim como o *The Kabul Times* havia feito antes. O artigo do *Aftonbladet* acarretou em mais exibições pela capital.

No entanto, é difícil escapar do seu lugar de origem. As pessoas ficavam lhe mandando ensinar yoga, apesar de seus protestos que ele mal sabia o bastante para praticar, quem dirá ensinar. E mesmo assim, as expectativas eram altas. Ofertas para ministrar cursos eram cada vez mais frequentes.

"Eu nunca nem fiz aula de yoga, tudo que eu sei me foi ensinado pelo irmão mais velho", PK diz aos residentes de Borås.

"Ainda melhor", eles respondiam.

Quando a faculdade comunitária anuncia a primeira aula de yoga da cidade ministrada por um verdadeiro indiano, os lugares são preenchidos rapidamente. Quase todas as alunas são mulheres.

PK repassa os movimentos que seu irmão lhe mostrou. Não é muito, ele pensa. Mas elas parecem felizes, fazendo perguntas sobre o sentido filosófico profundo da yoga e seu significado, coisa que Lotta deveria ter respondido, porque ele realmente não sabe as respostas. E ainda assim, estranhamente, as mulheres pareceram satisfeitas com suas respostas parciais e confusas que não eram nem profundas ou significativas, baseadas em fragmentos que ele ouviu quando era garoto.

Eu sorrio e ensino minhas aulas de yoga. Pelo menos é trabalho e me dá dinheiro", PK escreve em seu diário.

Às vezes seus pensamentos se voltam para o que seria dele se não tivesse conhecido Lotta, comprado aquela primeira bicicleta em Nova Deli e começado a pedalar em direção ao Oeste. Ele sonha acordado sobre como a vida seria se ele não tivesse se apaixonado e sido recarregado com a "energia do perdão", e tivesse, ao invés disso, permanecido em sua terra natal, na Índia, paralisado pelo conflito das castas. Eu teria me tornado um político e lutado pelos direitos dos intocáveis, ele conclui. A política teria sido minha única arma.

Talvez ele teria sido eleito para o parlamento no Congresso Nacional Indiano de Indira Gandhi. Então ele provavelmente teria começado a aceitar propinas como todos os outros. O poder corrompe. É assim que acontece. Poucas pessoas conseguem resistir e permanecerem limpas.

Talvez a política teria se provado insuficiente para aplacar sua raiva. Pensamentos de vingança foram figuras presentes em sua infância e perduraram por sua vida adulta. Apesar dos esforços de seus pais em lhe dissuadir e lhe acalmarem, eles foram uma parte dele desde que consegue lembrar: pensamentos de horríveis atos de vingança. Isto é, até ele conhecer Lotta.

"Você deve perdoar", sua mãe e seu pai diziam.

Fazia muito tempo desde que PK pensou em vingança. Agora, se a raiva começasse a ferver e queimar, ele entende que a raiva nada mais é do que uma imagem espelhada de si mesmo.

PK quer ser sueco. Ele ignora o fato de que as pessoas ao seu redor permanecem céticas. Quanto mais amigos e colegas duvidam da sua capacidade de sobreviver na Suécia, mais ele luta para se encaixar. E é essa luta para abraçar tudo que é sueco que muda tudo. O move para frente. Aprender a língua não é fácil. Ele entende a maioria do que é dito, mas geralmente sua pronuncia o segura. Mal-entendidos ocorrem por causa de ênfases erradas, um som vocálico ou consonantal errado. Mas cada erro apenas o deixa mais determinado. Ele vai conseguir! Vai dar tudo certo! Contanto que ele não desista!

Durante seu primeiro ano na Suécia, uma aluna adolescente o aborda no corredor e pergunta por que ele não casou com uma indiana.

"Seria melhor para você", ela declara.

"O amor não conhece fronteiras", PK responde bruscamente e vai para o pátio da escola, onde Lotta espera por ele.

Ele vai superar esses obstáculos. Ele começa a ser treinado para educação externa na Mullsjö College, nos arredores de Jönköping, aprende a esquiar por trilhas e montanhas. Ele faz cursos de montaria em Tarnaby e escala o monte mais alto da Suécia. Ele consegue um emprego como líder recreativo em Elfsborg, um dos maiores clubes de esporte em Borås, organiza eventos na igreja e para a seção local do Cruz Vermelha, aprende a gostar de bolinhos de canela e a cavalgar no cavalo da família. Ele ganha cada vez mais habilidade e experiências específicas da cultura sueca, na esperança de que, eventualmente, os suecos irão começar a tratá-lo como uma pessoa e não como uma representação do local onde ele nasceu.

Lotta e PK continuam morando no apartamento em Borås, mas todo verão eles se mudam para a antiga fazenda da família em Kroksjöås, que costumava pertencer aos avós de Lotta. Lá, eles plantam couve e batata, fazem caminhadas pela floresta e discutem a possibilidade de eventualmente se mudarem para a floresta de vez.

No fim do verão de 1985, Emelie nasce. Não em qualquer dia. 15 de agosto. O mesmo dia em que, 38 anos antes, a Índia ganhou independência dos britânicos. Que coincidência! "Hoje me sinto mais livre do que nunca", ele escreve em seu diário.

Seu pai, irmãos e o resto da família veem isso como um presságio.

"Agora suas raízes estão firmemente plantadas em seu novo país", seu pai escreve em uma carta, acrescentando que ele espera que PK não tenha se esquecido de seus ancestrais por completo. "Espero ouvir em breve sobre a cerimônia de nomeação de Emelie", ele escreve.

PK é obrigado a mascarar sua aversão a religião. Sua família na índia ficaria desapontada se ele não organizasse uma cerimônia *Namkarana*, o equivalente hindu ao batismo cristão. Onze dias após o nascimento de sua filha, PK e Lotta realizam o ritual de acordo com a tradição hindu. Eles reúnem a parte sueca da família – a família de PK na Índia não podia dispor de vir – e eles raspam os finos tufos de cabelo de Emelie enquanto PK lê em voz alta os nomes auspiciosos e títulos honráveis que seu pai lhe mandou.

"O lado sueco da família não apreciou o ritual. Eles olharam para a cabeça raspada de Emelie como se ela fosse uma prisioneira em um campo de concentração", ele escreve em seu diário.

Quando chega a hora do irmão de Emelie nascer três anos depois, Karl-Siddhartha, eles já estão acostumados aos rituais indianos estranhos.

Após vários anos como professor substituto, cursos em sueco para imigrante e mais estudo, PK envia seu histórico da escola de Artes em Nova Deli para o Conselho Sueco Nacional de Educação para ser aprovado. As autoridades suecas aceitam a qualificação e ele agora pode ocupar uma vaga permanente como professor de Artes na escola Engelbrecht.

No início de cada semestre, ele remove as cadeiras e mesas do caminho e diz para os alunos sentarem de pernas cruzadas no chão. Ele quer que eles saibam que além de ser outro adulto autoritário, responsável, consciente e contido, ele também é uma criança igual a eles. Ele imita aves e animais da selva, deita no chão e sacode as pernas no ar. Ele planta bananeira, vindas de sua prática de yoga matinal na sala de estar. As crianças riem e entendem que não precisam temer um professor tão disposto a se fazer de bobo.

A naja o protegeu da chuva quando era um bebê em um cesto na cabana com o teto quebrado e também havia assegurado sua chegada segura em Borås. Agora continua o protegendo em seu novo país. Os alunos na escola Engelbrecht gostam de derramar açúcar no tanque de gasolina do diretor e dos outros professores, mas PK é poupado. Ninguém toca seu Volvo branco 242. Um rumor circula entre os alunos bagunceiros que PK tem uma Naja em seu porta-malas.

"Nunca toque o carro do indiano, você pode ser mordido!"

Enquanto PK fica diante de seus alunos, seus pensamentos frequentemente se voltam para seus dias de escola e todas as vezes durante o ensino fundamental em que sofreu *bullying* de seus colegas de sala e do professor. O pária intocável. Tal *bullying* em massa não é possível na Suécia, o que o acalma.

Mas acontece em pequena escala, até mesmo em Borås. Quando PK vê os alunos suecos perturbando uns aos outros ele ferve com uma raiva incontrolável. Um dos valentões conhecidos na escola comete o erro de atormentar uma de suas vítimas diante de PK. A reação de PK é instintiva. Ele ruge. Sueco muda para inglês e então para oryia, a língua de sua infância. Ele é envolvido por sentimentos que são difíceis de se explicar para as crianças suecas. Ele se conecta com uma raiva mais profunda, com raízes da sala de aula em Athmallik, e explode bem ali, em sua sala de aula na Suécia.

"Fique de joelhos!", ele comanda.

Uma sequência se segue em oryia, incompreensível para todos, exceto para PK.

Pela primeira vez o valentão obedece e se ajoelha, enquanto consegue sentir o significado das palavras de PK, mesmo sem entendê-las. O garoto baixa a cabeça e mantém o olhar no chão; ele está assustado demais para se mover. PK deixa seu prisioneiro ali pelo resto da aula, derrotado e humilhado.

Forçar um aluno a se ajoelhar por mais de meia hora não é uma punição aceitável em uma escola sueca. PK sabe disso, mas naquele dia ele não importava. A memória de sua própria vulnerabilidade ainda exposta. O ódio que esteve sempre logo abaixo da superfície por tanto tempo toma precedência. Ele se sente envergonhado depois. Mas muitos anos depois, ele recebe uma ligação do jovem valentão, agora um homem adulto, bêbado e chorando. Ele está ligando para agradecer PK. Uma carta se segue repetindo o sentimento, clamando que seu professor indiano havia "tirado o diabo de dentro dele". A vítima depois conta a PK que a experiência também foi transformadora para ele.

"Ninguém nunca mais me maltratou novamente depois daquilo; você quebrou um padrão de uma forma que todos estavam amedrontados em tentar", ele disse.

Fazenda Kroksjöås, 35 anos após ele ter visto uma anêmona nemorosa pela primeira vez. O lago Såken ondula na areia, os abetos chacoalham ao vento e a risada das crianças se espalha pela superfície da água da praia no outro lado. Ele ama o som da floresta escandinava.

Ele senta em uma cadeira branca de jardim, a grama alta e amarela intercalada com papoulas e margaridas fazendo cócegas em seus pés, e reflete sobre sua vida na Suécia. Quase uma vida inteira se passou.

Ele não teria sobrevivido sem Lotta.

Agora ele se aposentou mais cedo para ter tempo para pintar. Durante todos aqueles anos como professor, ele descobriu que era quase impossível criar qualquer coisa no estúdio em seu pequeno apartamento no centro de Borås e então, após se mudarem permanentemente para a floresta, no celeiro vermelho perto da casa amarela de madeira. Qualquer tempo livre que ele tinha antes desapareceu completamente quando a escola começou a exigir que ele escrevesse longos relatórios para cada aluno usando o novo sistema de computadores da escola.

Ele já estava acordado a horas, completou sua prática diária de yoga que, paradoxalmente, se tornou uma parte indispensável de sua rotina matinal desde que ele foi forçado a dar aulas como um imigrante recém-chegado. Tomou seu chá de gengibre no conservatório e finalmente tomou café da manhã, omelete de massala com torrada. A tarde está rapidamente se aproximando na casa perto do lago e as crianças acabaram de acordar.

São adultos agora.

Emelie terminou seus estudos como gerente de moda com foco em *marketing* e está prestes a entrar no mundo do trabalho. Fez estágio em Copenhague, andou pelos mercados de Londres, passou uma primavera em Bombaim e recentemente esteve em Orissa para assinar contratos com artesãos que são especializados em tecer lenços ikat.

Karl-Siddhartha, também conhecido como Kid Sid, esteve em turnê pela Suécia e pelo restante da Europa como DJ desde que era adolescente. Ele até ganhou o DMC World DJ Championships aos dezesseis anos. Ele tem usado o dinheiro que tem ganhado para estudar e tirar uma licença para pilotar helicóptero. Seu sonho é trabalhar como piloto profissional na Índia e talvez voar com políticos e empresários de locais inacessíveis de Orissa.

Os dois filhos sentem uma forte ligação com a terra natal do pai.

Seu primeiro contato com a Índia foi através de seu primo Ranjita, que veio de Athmallik visitar Borås antes de Emelie e Karl-Siddhartha começarem a escola. Emelie pensou que sua prima era muito estranha. Mesmo em sua adolescência, ela não sabia usar os talheres. Isso já foi o bastante para marcá-la como estranha aos olhos dos pequenos suecos.

No ano seguinte, PK e Lotta levaram seus filhos para a Índia pela primeira vez. PK estava preocupado sobre como tudo correria. Durante suas aulas em sueco para imigrantes, ele aprendeu que crianças deveriam usar capacetes quando andassem de bicicleta. Ele abraçou o amor sueco pela segurança como se tivesse escrito em pedra. Nada mais da mentalidade indiana "tanto faz", de agora em diante, eram capacetes suecos, sempre. Mesmo que eles não tivessem planos de andar de bicicleta na Índia, eles colocaram capacetes em suas malas. A Índia é tão perigosa, ele percebeu.

Emelie usou um capacete de isopor azul por praticamente toda a viagem, enquanto brincava com seus primos nos campos e nos caminhos de terra. Os aldeões em Athmallik nunca viram nada igual.

"Olá, garotinha", eles diziam, rindo e batendo os dedos em sua cabeça. A Emelie de cinco anos estava furiosa.

"Você nunca sabe o que pode acontecer", PK argumentava quando ela implorava para tirar o capacete. Estava suado e coçava.

É verão e PK está sentado no jardim da casa externa que eles construíram para os hospedes espantando uma mosca. Ele está tentando formular suas ideias como se tentando explicá-las a um sueco que não sabe nada sobre a Índia. Imagine, ele dirá, que a nobreza e o clérigo ocupam todas as posições importantes na sociedade e que você, que não pertence a nenhum grupo, é rejeitado por onde passa. Imagine que as pessoas são primeiramente alegres e abertas, mas logo franzem o cenho e se viram assim que você diz seu nome a elas. Imagine que todos os padres da Suécia nasceram nessa posição, e eles ficam em frente as igrejas e gritam com você para ir embora e rezar em outro lugar. Que eles até irão se baixar e pegar um punhado de cascalho e jogar em você, para que você corra, antes de fechar a porta e trancá-la. E então reflita, ele continua para seu amigo sueco imaginário, essas experiências se repetem todos os dias, anos após ano, mesmo que a lei diga que você tem os mesmos direitos que todo mundo e que é ilegal você sofrer esse tipo de discriminação.

E então ele lembra de um livro sobre o qual ele leu tanto no jornal indiano como no sueco, que conta a história de uma garota de casta inferior, explorada e oprimida, chamada Phoolan Devi, que acaba em uma gangue criminosa, se torna rainha dos bandidos e se vinga de quem lhe atormentou. Ela foi presa, mas depois solta e se tornou Membro do Parlamento e celebridade por toda a Índia, pelo mundo até, tudo por causa do livro e do filme que fizeram sobre sua vida. E, no entanto, no final de tudo, ela foi assassinada pelos parentes de seus antigos opressores: vingança por parte daqueles de quem ela tinha se vingado.

Isso é o que acontece quando você toma um olho por um olho. Ódio contínuo é o único desfecho de uma batalha de sangue. Represálias prolongam o sofrimento. Não, a vingança não é boa para ninguém, PK pensa, respirando o cheiro da grama recém cortada.

Um sopro de vento gentilmente chacoalha uma bétula próxima. Ele olha para o lago e para as ondulações brilhando na superfície da água.

PK não entende por que o governo da Índia não declara ilegal o sistema de castas de uma vez por todas, o prende nos livros de histórias. Claro, a discriminação baseada nas castas é tecnicamente ilegal. E existem medidas e cotas para que as castas inferiores tenham uma ajudinha. Mas o que é necessário é uma proibição por completa. Na Inglaterra, a igreja condenou a escravidão e a servidão logo em 1102, e na Suécia a escravidão foi declarada ilegal em 1335 pelo Rei Magnus Erikson. Os intocáveis da Índia não são escravizados, mas assim como os serviçais na Europa medieval eram proibidos de entrarem nas igrejas, ainda existem padres hindus que negam a entrada dos intocáveis em seus templos até hoje. Os intocáveis ainda são tidos como destruidores de tudo que é sagrado e puro.

PK sente a raiva tomar conta de si quando pensa na injustiça. Seu avô, que viveu sobre o comando da colônia britânica e frequentou a Escola Vernácula Victória, pelo menos teve a dignidade de ser tratado igual aos seus colegas de castas superiores. Mas PK, que cresceu na recém liberta e independente Índia, foi forçado a se sentar na varanda, ser separado de seus colegas e aguentar as formas mais sutis e cruéis de discriminação.

"Foi uma campanha organizada de opressão, isso sim", ele resmunga para si e começa a andar pelo caminho ao lado do lago e pelos pinheiros.

O sol está brilhando pela primeira vez no lugarejo saturado da chuva. Ele anda pela floresta inerte, pelos amontoados de pedra e terra enrolados em musgo macio e úmido. É como se alguém tivesse colocado um grande cobertor de marzipã sobre tudo, fazendo um tradicional bolo sueco *prinsesstårta* da natureza.

Os altos abetos formam um teto sobre sua cabeça. Ele salta de pedra em pedra por entre um pequeno córrego. Ele saiu do outro lado em uma clareira onde o orvalho brilha como prata na grama alta. Uma passarela cumprida e escorregadia atravessa o prado e então as árvores se dobram. Lá está, o lago, hoje liso e brilhoso. Troncos mortos repousam na areia da praia como se abandonados por um jogo gigante de Mikado. A água é marrom escura, quase como Coca-Cola.

"Que ótimo tempo estamos tendo", PK diz quando encontra um vizinho na estrada de cascalho que leva de volta ao chalé.

Ele pensa sobre todos os sentimentos contraditórios que se acordam nele sempre que retorna a sua aldeia na Índia. Alguns anos antes, políticos estaduais em Orissa mandaram um helicóptero buscar PK, Lotta e seus dois filhos até a capital do estado para a aldeia onde os locais estavam reunidos para o que estava sendo tido como uma visita oficial. Eles deveriam venerar a ressureição de PK, o garoto intocável bem-sucedido. Não é nem necessário dizer que foi demais para ele. As garotas brâmanes, cujos pais já haviam jogado pedras nele, se ajoelharam e tocaram seus pés, antes de decorá-lo com guirlandas de cravo-de-defunto. Mas enquanto os brâmanes lhe admiravam agora, ele ainda era cuidadoso para não desafiar seus poderes por completo. Do contrário, teria causado problemas após seu retorno à Suécia.

Seu irmão mais velho, Pramod, o que era um gerente ferroviário bem-sucedido em Bokaro, contratou diversos intocáveis para trabalhar para ele de acordo com o edital do governo. E, no entanto, um dia, ele foi encontrado sem vida no chão de seu bangalô. O empregado olhou para seu rosto, que a cada ano ia ficando mais branco. No canto de sua boca, saltou uma bolha de espuma azul.

"Morte por causas naturais", a polícia disse. Mas sua família e amigos duvidavam.

Ele havia desafiado os brâmanes com força demais, foi sua conclusão. Um empregado civil que seguia as regras e a lei ante discriminação ainda era demais para as castas superiores. Eles o envenenaram. E os assassinos, quem quer que fossem, saíram livres.

PK vai até a borda e joga uma pedra achatada sobre a superfície lisa do lago. Ele pode sentir fisicamente o pesar e a náusea que toma conta dele sempre que sente o cheiro de incenso, ou ouve músicas do templo hindu, ou até orações ou outros textos ritualísticos sendo lidos em voz alta em sânscrito. Mas nessas situações ele possui uma arma. Esses sentimentos não são nada além de nuvens passageiras; logo o vento as soprará novamente.

Ele inala o ar para seus pulmões. Cheia a água fresca e cana. E ele escuta os barulhos na água e as risadas de crianças na praia do outro lado. A floresta o acalma. Os troncos grossos das árvores, os pinheiros, o musgo, as urzes e os arbustos de mirtilos. Nosso reino, para Lotta e eu, ele pensa.

O outono chega e as nuvens de chuva se espalham por Borås. PK coloca suas botas de borracha e vai para a floresta, onde a chuva cascateia pelos galhos acima, fazendo o musgo inchar e brilhar. Ele sabe o quão precárias suas memórias são. Quando pensa sobre sua vida na Índia e a viagem de bicicleta que o trouxe a Suécia, parece que tudo aconteceu com outro PK. Ultimamente ele prefere ficar em casa, pintando em seu estúdio no celeiro, fazendo caminhadas pela floresta, sair com sua serra para fazer um pouco de jardinagem e voltar para o pequeno chalé deles para olhar para o lago.

PK relembra um discurso que fez apenas há uns dois anos para os parentes de Lotta, os membros da família von Schedvin. A conversa aconteceu no coração simbólico da nobreza sueca, Riddarhuset, em Estocolmo. Ele estava vestido com um terno azul escuro sem gola e uma camisa indiana de seda pura. Seu bigode estava tingido e seu cabelo bem penteado.

Ele havia falado sobre sua vida muitas vezes antes, para grupos de estudos nas escolas, funcionários públicos, associações locais e clubes de aposentados, mas aqui, na tão honrosa Casa da Nobreza, ele estava mais nervoso que o normal. Os arredores pomposos, as pinturas, os brasões e toda a louça fina pintada a mão, o fez sentir pequeno e insignificante. Mas ele reuniu sua coragem, foi até o microfone e começou a falar sobre sua infância, sobre a selva e os elefantes, as cobras e os templos e, claro, o sistema de castas. Ele queria aproveitar essa oportunidade para fazer uma comparação entre o sistema de castas indiano e a estrutura de classes sueca. Padres, guerreiros, comerciantes e trabalhadores, diziam os indianos. Nobres, clérigo, burgueses e camponeses, diziam os suecos.

E então ele os contou sobre a profecia, sobre se apaixonar por Lotta e sua viagem de bicicleta pela Suécia. Destino, amor, sua jornada.

"Eu não tenho poder sobre a direção da minha vida, e nem você, cara audiência. Olhem para mim! Tudo aconteceu como a profecia previu e não como meu pai, meus professores ou qualquer outra pessoa planejou."

E, ainda assim, PK está certo de que o homem possui livre arbítrio, e que o destino é apenas uma moldura. Os profetas podem apenas prever os contornos da vida humana. Sua mãe, Kalabati, colocou em palavras em termos esperançosos: "Ninguém está condenado a ser intocável para sempre e ninguém nas castas superiores pode esperar decidir pela eternidade quem pode ou não pode entrar nos templos ou realizar rituais sagrados".

Ele prosseguiu para explicar que já existiam leis que tornavam a discriminação ilegal e cotas para ajudar as castas inferiores a conseguirem educação e empregos, mas que a Índia ainda precisava ir mais além se quisesse se livrar do sistema de castas.

"Uma proibição! Essa é a minha visão."

Mais discursos se seguiram. Universidade de Cultura Utkal, em Bhubaneswar, ligou e quis lhe oferecer um doutorado honorário. Ele não conseguiu resistir. Estava lisonjeado e orgulhoso.

Quando era pequeno, eles lhe chutaram na sujeira; agora estão lhe bajulando e lhe vestindo com guirlandas – PK achava tudo isso engraçado. Para um intocável receber um doutorado deveria significar que o mundo estava fazendo algum tipo de progresso, apesar de todas as guerras e a miséria contínua.

Mais uma vez, ele veste seu terno azul escuro, respira fundo e sobe no palco. As luzes estão quentes, gotas de suor se formam em sua testa e centenas de pares de olhos lhe encaram de volta. Ele recebe flores e uma capa laranja com franja dourada é colocada sobre seus ombros. O discurso feito em sua honra é pomposo e além do necessário, como manda a tradição indiana.

"Eu nem sempre fui tão feliz em minha vida como sou agora. Quando era um jovem estudante, tentei muitas vezes tirar minha própria vida. Todo dia eu lutava para encontrar alimento para comer e estava sempre com fome", PK diz quando chega sua vez.

"Tudo começa com a família que crescemos. Se a família não está funcionando, a sociedade não pode funcionar." Ele continua com um dos ditados de seu avô: "com justiça em seu coração, sua casa será harmoniosa, com harmonia em casa vem a ordem na sociedade, e com a ordem na sociedade vem a paz na terra".

E ele não teria chegado tão longe – até a casa amarela na floresta da Suécia – se não fosse pelo exemplo inspirador das pessoas em Orissa, ele acrescenta por educação.

"Não me agradeçam, agradeçam a vocês mesmos", ele diz, repetindo as palavras do tardio Primeiro Ministro sueco Olof Palme.

Numa manhã congelante de dezembro, eu, Lotta, Emelie e Karl-Siddhartha embarcamos em um avião em Gotemburgo. Estamos indo para o antigo reino de Athmallik. Voamos sobre os campos brancos da Dinamarca e os tetos de cobre oxidado de Viena. Cruzamos as planícies áridas do Irã e as montanhas do Afeganistão, onde trinta anos antes eu batalhei com minha bicicleta na direção oposta. Nós passamos alto sobre as planícies banhadas pelo sol do Ganges, onde um trem um dia me carregou para longe da aldeia pelos trilhos brilhantes, sobre selvas escuras e enroladas como brócolis, antes de fazer uma volta na Baía de Bengala, o Black Pagoda e o tempo do deus do sol com a roda mágica. Finalmente, pousamos nos campos onde eu cresci.

Alugamos um carro e dirigimos pelas estradas pedregosas passando pelas cidades mercado de Dhenkanal e Angul, antes de sair da estrada principal para pegar uma trilha ainda mais estreita ladeada por selvas densas. De volta para a minha infância.

Nós entramos na aldeia ao som de uma orquestra. Oito homens andam em frente de um Chevrolet quatro rodas, que rasteja mais do que anda por medo de esmagar os músicos. Recebi a mesma recepção quando visitei da última vez que vim visitar, com a mesma exata melodia, tocada pelas mesmas baterias, clarinetes e tuba. Aldeões ladeiam a rua principal, acenando para nós enquanto passamos.

Nós moramos na casa entre as montanhas e o rio. A casa que construímos para que tenhamos um lugar para retornar agora que meu pai e minha mãe estão mortos e a casa de minha infância já não existe mais. Daqui eu consigo coordenar minhas caridades: poços de água, a escola e o centro recreativo que oferece workshops *para as mulheres.*

Eu quero ajudar aqueles que não foram tão bem afortunados quanto eu, mesmo que meu trabalho seja apenas uma gota no oceano. Há tanto a se fazer. Uma multidão se reúne toda manhã do lado de fora de nossa porta, eles vêm para receber conselhos.

Nós vamos até o rio Mahanadi, onde as mulheres lavam roupas na praia, búfalos e vacas andam pelas correntes e crocodilos se aquecem nos bancos de areia. Uma procissão de homens, mulheres e crianças da aldeia seguem atrás de nós. Meu guarda costas pessoal, vestido com uma boina preta e camuflagem, senta ao meu lado, enviado e pago pelo governo do estado.

Dentre a procissão pela aldeia, um brâmane levanta sua bengala para o céu e grita seu tributo a Deus, "Hari Bol!", Ele ri, seus dentes tremendo e vermelhos de anos mascando noz de betel.

Tenho dois guarda costas, então, um brâmane e um soldado. A melhor proteção que um homem pode querer.

O brâmane me diz que tem realizado esse ritual, a risada e o "Hari Bol!", todo dia, desde 1962, e não ficou doente uma só vez. Deus recompensa os devotos. Mas Karl-Siddhartha logo se cansa do canto monótono e ensina o velho a gritar "Ei, você!" em sueco com sotaque carregado de Gotemburgo.

A meio caminho do rio, o brâmane nos convida para sua casa. Ali, no escuro, ele ergueu um altar, como na maioria das casas hindus. Mas ao invés das imagens costumeiras de Shiva e Vishnu, ele colocou uma foto… minha e de Lotta.

Nós ficamos de pé e observamos o brâmane cair de joelhos, levantando as mãos para venerar a fotografia.

Eu olho para Lotta, que balança sua cabeça e sorri. Nós mal podemos acreditar no que estamos vendo.

PÓS ESCRITO

O Sistema Indiano de Castas

Como diz PK, o sistema de castas da Índia não é tão difícil de se entender na superfície. É quando você começa a mergulhar mais profundamente nas suas divisões e subdivisões que ele parece caótico e confuso como um mercado de rua Indiano.

A palavra casta é derivada do português *casta*, que significa "raça, espécie ou linhagem", e originalmente do latim *casto*, que significa "puro ou casto". Não existe uma tradução precisa nas línguas indianas, mas *varna* e *jati* são os termos mais próximos. Esses dois conceitos representam diferentes níveis de identidades sociais dentro do sistema de castas.

De acordo com os livros brâmanes, como o *Rigveda*, *varna* em sânscrito significa "cor, tipo ou ordem", inferindo a cor da pele de uma pessoa. Historicamente existiam quatro varnas principais em uma hierarquia rígida. No topo estavam os brâmanes –professores, intelectuais, padres –, e então os Kshatriya – guerreiros e governantes –, seguindo pelos Vaishya – negociantes, comerciantes, artesãos – e finalmente os Shudras – trabalhadores, empregados.

Alguns grupos de pessoas foram banidos do sistema varna e eram mencionados como "intocáveis", hoje conhecidos como Dalits. Eles são socialmente excluídos até hoje.

Jati se refere ao nascimento e é tipicamente associado a um trabalho ou ocupação. As jatis pertencem a uma das quatro varnas, e é nesse momento que os amigos ocidentais de PK jogam as mãos para o ar em meio a conversa, porque existem milhares de jatis. Esses grupos sociais complexos desafiam uma definição clara.

Os versos *Rigveda* que PK menciona é uma coleção de hinos sânscrito indianos dedicados as deidades Rigvédicas, uma das quais é Purusha, o "ser cósmico". Ele habita tudo universalmente consciente e inconsciente e é representado como um ser de mil cabeças, olhos e pernas.

A casta Dalit ou intocável, a qual PK pertence, era tradicionalmente envolvida com ocupações que eram tidas como impuras, tais como trabalhos com couro, açougueiros, remoção de carcaças de animais ou disposição de lixo ou dejetos humanos. Eles eram geralmente rejeitados, banidos de toda a vida social, separados fisicamente do resto da comunidade e proibidos de entrar em templos ou escolas. Como PK descreve, intocáveis eram párias sócias do momento em que nasciam, desprotegidos pela lei, vagabundos e indesejáveis, categorizados como não-pessoas pela força de um acidente do destino.

Embora o sistema de castas indiano tenha origens antigas, o Raja britânico exacerbou os problemas ao tornar a organização de castas legal, permitindo uma divisão regulada pelo governo. Entre 1860 e 1920, os britânicos segregaram os indianos por castas, dando os principais trabalhos administrativos para as castas superiores. No entanto, protestos durante os anos 1920 forçaram a administração colonial a começar uma política de discriminação positiva, oferecendo uma percentagem dos empregos do governo para as castas inferiores.

Os britânicos, como um todo, não consideravam os intocáveis sub-humanos ou ritualmente sujos, mas mão de obra útil, e muitos eram recrutados para o exército. Durante o reinado do Raja, os intocáveis eram tratados com um grau de benevolência pragmática e eles atingiram uma pequena emancipação. A família de PK prosperou sob os britânicos.

Mesmo assim, Mahatma Gandhi começou um movimento nacional contra a intocabilidade e nomeou as conhecidas castas inferiores *Harijan* ou "Filhos de Deus". Ele começou a Liga Toda a Índia Contra a Intocabilidade e o jornal semanal *Harijan*. Ele também fez um *tour* Harijan pela Índia entre novembro de 1933 e agosto de 1934, que ajudou a espalhar a mensagem para as seções mais baixas e oprimidas da sociedade. No entanto, ao renomear os intocáveis com uma palavra aparentemente elevada, Harijan, muitos acreditavam que Gandhi encobria o real e profundo problema da perseguição das castas inferiores. Eles diziam que apenas tirava "a ofensa do ouvido" e muito pouco mudou. Hoje, Harijan é considerado por muitos um termo insultante e depreciativo. O próprio PK não gosta da palavra, pois pode ser entendida como uma negação de sua ascendência.

Intocáveis foram mais tarde chamados de "Castas Programadas" e "Tribos Programadas", sob o Ato Indiano de 1935, e a recente Constituição Indiana de 1950. A constituição também baniu a discriminação com base nas castas e anunciou cotas nos empregos no governo e instituições educacionais para Castas e Tribos Programadas. O Ato da Intocabilidade (Delitos) (1955) prevê penas pela discriminação pela razão de um indivíduo ser de uma Casta Programada.

Apesar dessas medidas, as divisões entre as castas persistem e a violência e a intolerância continuam, principalmente em áreas rurais. No início do século XXI, Castas Programadas ou Dalits somavam 170 milhões de pessoas na Índia.

Uma recente declaração da *Human Rights Watch* diz:

> Apesar dos compromissos para acabar com a discriminação de castas e descendências, a prática persiste devido as leis e políticas fracas. Comunidades afetadas enfrentam inúmeras restrições e acesso limitado a recursos, serviços e desenvolvimento, mantendo a maioria em pobreza severa. Na Índia, atrocidades e violência contra Dalits chegou aos dois dígitos, enquanto a taxa de absolvição por esses crimes é extremamente alta. Os ataques são brutais e desumanos, variando desde estupros coletivos até, recentemente, atear fogo em duas crianças no estado de Haryana na Índia.[2]

2 Declaração do Human Rights Watch: 11 de março de 2016, Debate Geral para Acabar com a Discriminação com Base na Casta ou Descendência.

PK considera as castas como uma séria doença, como o câncer, e a discriminação é meramente um sintoma. Nós devemos focar em curar a doença – a raiz do problema –, ao invés do sintoma, e amor e compaixão são os remédios apropriados. Em sânscrito, a palavra *dalit* significa "suprimido, esmagado, quebrado em pedaços". A um limite no que a legislação pode fazer. Como PK diz: "leis são inúteis se não são reforçadas. Preconceitos antigos estão solidificados nas mentes das pessoas como camadas rochosas. A mudança deve vir de dentro, do coração".

AGRADECIMENTOS DE PK

Antes de tudo, gostaria de expressar minha mais profunda gratidão a Juliet, Novin e todos no Oneworld por seu amor, calor e apoio constante, bem como por seu esforço nessa história. Quando primeiro os conheci na editora em Londres, imediatamente me senti em casa, e eles e todos seus colegas causaram uma grande impressão em mim. Como meu filho comentou: "Encontramos a melhor editora no mundo". O nome "Oneworld" é muito apropriado para seu etos, e nós compartilhamos a mesma visão para o futuro da humanidade.

Esse livro nasceu da história de dois indivíduos, Charlotte e eu. Nós viemos de lugares completamente diferentes, de continentes diferentes e mundos deferentes, que eventualmente se tornaram um mundo! Nunca sonhei que um dia as pessoas se inspirariam em escrever, publicar e ler um livro sobre nós.

Eu gostaria de agradecer a minha mãe, que me trouxe ao mundo. Embora ela não pudesse ler ou escrever, ela era capaz de usar os dedos para contar os dias, semanas e meses, ela acompanhava os festivais tribais indianos e entendia o sol, a lua e o movimento dos planetas. Minha mãe me ensinou a como perdoar e como viver em harmonia, enquanto meu pai me ensinou a sobreviver. Quando criança, eu passei muito tempo me perguntando como eu poderia fazer minha mãe feliz. Hoje, posso sentir ela olhando para mim do paraíso, e sei que ela está feliz que esse livro foi escrito sobre seu filho.

Eu também estou em dívida com o autor sueco Per J Andersson e sua amável esposa Pernilla, por sua pesquisa incansável durante os últimos seis anos, durante os quais Per visitou minha aldeia no leste da Índia e entrevistou muitas das pessoas mencionadas no livro. Um obrigado especial também a Liselott e Adam, na Forum, e todos os envolvidos, também gostaria de agradecer a Martin Fletcher, por sua assistência editorial e seu pós-escrito sobre o sistema de castas indiano.

Um obrigado muito especial a minha querida amiga britânica Anne, que há muitos anos concordou em digitar meus antigos diários na minha máquina de escrever. Ela sentiu uma forte ligação emocional com a minha história e me deu muita coragem, e ela é uma amiga muito leal para mim e toda a minha família.

Finalmente, nem essa história ou esse livro teriam sido possíveis sem o calor e amor incondicional de Charlotte. Assim como minha esposa, parceira e melhor amiga, ela é minha deusa – eu não só a amo, mas a venero.

Eu também devo agradecer profundamente a minha querida esposa por ser infinitamente paciente comigo, por me deixar falar sem parar e por escutar todas as minhas ideias. Um agradecimento especial a minha filha Emelie, uma alma empática e uma grande flautista como meu pai, por seu apoio moral verdadeiro, e ao nosso filho, o príncipe Karl Siddhartha – ele é o verdadeiro empresário da família e tem outros maravilhosos talentos. Sou muito grato a querida mãe de Charlotte, AnnMarie, pelos seus conselhos inestimáveis em como viver no interior sueco de forma ecologicamente amigável, e por carinhosamente me chamar de Mogli pelos últimos quarenta anos, assim como meu avô chamava. Também sou grato a irmã de Charlotte, Ulla, que monta muito bem, é brutalmente honesta e que tem cortado meu cabelo melhor do que um barbeiro profissional desde que eu cheguei na Suécia.

Por último, mas não mesmo importante, eu imploro o perdão de todos aquelas que me ajudaram, me alimentaram e me deram conselhos valiosos durante minha longa jornada por terra na trilha *hippie* do ocidente ao oriente e cujos nomes não mencionei aqui.

ÁLBUM DE FOTOGRAFIAS

SHRIDHAR, PAI DE PK.

PK, ENTRE SEU PAI E SUA MÃE, SEU IRMÃO MAIS NOVO, PRABIR E UM PRIMO SENTADO À FRENTE.

KALABATI, MÃE DE PK.

AUTO RETRATO INTITULADO
"AMOR A MINHA LOTTA"

UM RETRATO DE PK FEITO
POR SEU AMIGO TARIQUE.

PK FAZENDO RETRATOS EM CONNAUGHT PLACE EM NOVA DELI.

DESENHANDO UMA SENHORA SUECA.

PK CONHECENDO A COSMONAUTA SOVIETE VALENTINA TERESJKOVA, QUEM ELE TINHA ACABADO DE DESENHAR.

B.D. JATTI FOI O TERCEIRO PRESIDENTE A SER DESENHADO POR PK EM ALGUNS POUCOS ANOS.

VISITANDO A PRIMEIRA MINISTRA INDIRA
GHANDHI COM AMIGOS DE ORISSA.

LOTTA E UMA AMIGA EM VARANASI.

A PRIMEIRA FOTO DE PK E LOTTA JUNTOS, TIRADA EM NOVA DELI EM JANEIRO DE 1976.

PK EM SUA CASA EM NOVA DELI.

PK E LOTTA EM LODI COLONY EM NOVA DELI.

JUNTOS NOVAMENTE APÓS A LONGA VIAGEM DE BICICLETA.

O CASAMENTO DE LOTTA E PK EM BORÅS EM
28 DE MAIO DE 1979, EXATAMENTE DOIS ANOS
DEPOIS DE SE REUNIREM NA SUÉCIA.

YOGA DE CABEÇA PARA BAIXO EM UMA CONFERÊNCIA PARA CEGOS NA FACULDADE DE MULLSJÖ.

UM RETRATO MAHANADIA-VON SCHEDVIN DA FAMÍLIA, TIRADO EM UM ESTÚDIO EM SANDARED.

A FAMÍLIA: EMELIE, LOTTA, PK, KARL-SIDDHARTHA.

A CASA DE LOTTA E PK EM KROKSJÖÅS.

PRECE MATINAL EM UMA ESCOLA EM BAGHMUNDA,
ONDE A SOBRINHA DE PK, RANJITA, É PROFESSORA.

PK FALA COM OS ALUNOS DO INSTITUTO KALINGA
DE CIÊNCIAS SOCIAIS (KISS), ODISHA.

Sobre PK e Lotta

PK e Lotta estão alegremente casados desde 1979. Eles têm dois filhos e vivem em Borås, Suécia. PK é um Conselheiro de Arte e Cultura para o governo sueco e também o Embaixador Cultural de Oriya na Suécia.

Sobre o autor

Per J Andersson é um escritor e jornalista. Ele é o cofundador da revista de viagens *Vagabond*, e tem visitado a Índia pelos últimos 30 anos.

Sobre a edição brasileira

Camila Araújo traduz literatura do inglês para o português.

Grupo
Editorial
LETRAMENTO